Veit Glassmann, Spieler und Einbrecher, setzt gern alles auf eine Karte. Doch als er über eine Leiche stolpert und jemand eine auf Veit passende Täterbeschreibung liefert, erkennt er, dass der Einsatz in diesem Spiel sein Leben ist.

Mosche Gurfinkel, Entfesslungskünstler und Fälscher, war achtzehn Jahre lang verschwunden. Als er seinen ehemaligen Schüler Veit aufsucht, lernt dieser, dass menschliche Identitäten austauschbar sind.

Eva Westphal, Ärztin und Genforscherin, lässt schon mal einen Konkurrenten über die Klinge springen. Erst als Gentechnikgegner sie bedrohen, begreift sie, was Todesangst ist.

Krysztof Mendritzki, Privatdetektiv, soll eigentlich den Tod eines ehemaligen Geliebten von Eva aufklären. Seine Recherchen verstricken ihn selbst jedoch in einen anderen Fall.

Aus unterschiedlichen Perspektiven erzählt der Roman von Zufällen und Schicksalen. Voller Überraschungen sind die Lebenswege der Protagonisten, deren Entscheidungen ihre Identitäten immer wieder infrage stellen.

Sascha Pranschke, 1974 in Hannover geboren, studierte Kulturjournalismus. Nach Stationen in Straßburg und Köln lebt er seit 2006 in Dortmund. Das erste Kapitel seines Romans »Veits Tanz« wurde beim internationalen Wettbewerb der Burgdorfer Krimitage (Schweiz) ausgezeichnet. www.pranschke-schreibt.com

Weitere Informationen über den Verlag und sein Programm unter:
www.verlag-der-criminale.de

Bibliografische Information der Deutschen Nationalbibliothek:
Die Deutsche Nationalbibliothek verzeichnet diese Publikation in der
Deutschen Nationalbibliografie; detaillierte bibliografische Daten sind im
Internet über < http://dnb.d-nb.de > abrufbar.

Oktober 2007
Verlag der Criminale
Ein Verlag der Buch&media GmbH, München
© 2007 Buch&media GmbH, München
Umschlaggestaltung: Kay Fretwurst, Freienbrink unter Verwendung
einer Fotografie von Markus Nilling, Dortmund
Herstellung: Books on Demand GmbH, Norderstedt
Printed in Germany
ISBN 978-3-86520-282-6

Inhalt

Erstes Kapitel	Friedrich wird ruhig	9
Zweites Kapitel	Veit raucht nicht	17
Drittes Kapitel	Eva spielt nicht	24
Viertes Kapitel	Agnes forscht nicht	36
Fünftes Kapitel	Tatjana tanzt	45
Sechstes Kapitel	Angela schweigt	52
Siebentes Kapitel	Henrik verliert alles	59
Achtes Kapitel	Fredo ist tot	67
Neuntes Kapitel	Krysztof gewinnt	76
Zehntes Kapitel	Mario springt	84
Elftes Kapitel	Simon schließt ab	95
Zwölftes Kapitel	Hammurabi knurrt	103
Dreizehntes Kapitel	Marc poliert Gläser	111
Vierzehntes Kapitel	Iokaste lebt dahin	121
Fünfzehntes Kapitel	Loesser lächelt nicht mehr	129
Sechzehntes Kapitel	Joël hält sein Versprechen	143
Siebzehntes Kapitel	Urs arbeitet nicht	152
Achtzehntes Kapitel	Dolly ist nichts wert	162
Neunzehntes Kapitel	Mosche malt	171

Vor dem Ende sprach Rabbi Sussja: »In der kommenden Welt muss ich nicht verantworten, dass ich nicht Mose gewesen bin. Ich muss verantworten, dass ich nicht Sussja gewesen bin.«

Chassidische Geschichte

Was soll der Mensch sich ängsten, dem des Zufalls Macht
Obwaltet, der von nichts klare Voraussicht hat?
Am besten ist, er lebt dahin, so gut er kann.

Sophokles: König Ödipus

Erstes Kapitel
Friedrich wird ruhig

Du wirst dick, dachte er und legte die Karte wieder auf den Tisch. Er hatte ohnehin keinen Hunger. Nach einem Drink wäre ihm zumute gewesen, vielleicht ein Cognac. Doch er musste einen klaren Kopf haben, wenn sie kam. Sie brauchten nun beide einen klaren Kopf.

Hinter dem Flügel, auf dem ein schmächtiger junger Mann in einem schneeweißen Anzug leise Jazz-Standards spielte, hing ein Spiegel. An einigen Stellen hatte sich das Blattgold vom Rahmen gelöst. Friedrich betrachtete sein Gesicht. Die Tränensäcke waren auch auf diese Entfernung nicht zu übersehen, genauso wenig die Geheimratsecken, deren Ränder längst grau waren. Doch am meisten störte ihn das fleischige Doppelkinn, das sich nach vorne schob, wenn er wie jetzt mit aufgestützten Ellenbogen und hochgezogenen Schultern dasaß. Sein hellbrauner Anzug war maßgeschneidert, doch nun fiel ihm auf, dass die Farbe der Krawatte nicht dazu passte. Außerdem war der Fleck von dem Kaffee, den er sich heute Morgen im Speisewagen über die Brust gegossen hatte, nur allzu deutlich. Er knöpfte sein Jackett zu, obwohl er schwitzte. Ein Teil des Kaffeeflecks war noch immer zu sehen.

Er erkannte sie sofort. Im Spiegel sah er sie hinter seinem Rücken in der Tür des Restaurants stehen. Sie hatte ihr Haar rot gefärbt und kam ihm größer vor, doch das musste an ihren Schuhen liegen oder an ihrer aufrechten Haltung. Sie trug ein eng anliegendes Kostüm in der Farbe ihres Haares. Der Rock endete knapp über den Knien.

Friedrich bemerkte den Schweiß auf seinen Handflächen, als er sich auf der Tischplatte abstützte, um sich zu ihr umzudrehen. Zwei Kellner waren sofort zu ihr gekommen und wollten sie an einen freien Tisch führen. Sie beachtete sie nicht und ließ ihren Blick über die Gäste schweifen. Als sie Friedrich bemerkte, hielt sie inne. Zögernd hob er seine Hand. Sie kam gerade durch den Raum auf Friedrich zu, warf einen Blick auf seinen Tisch, dann auf ihn, setzte sich auf den Stuhl, den der ihr eilig folgende Kellner ein Stück zurückgezogen hatte, und sagte:

»Hast du noch gar nicht bestellt? Ich bin zu spät, ich weiß.«
Er betrachtete ihren Mund, erinnerte sich an etwas und schob es beiseite. Er rechnete die Zahl der Jahre nach, nicht zum ersten Mal heute. Nachdem es damals passiert war, hatten sie sich nicht mehr oft gesehen. Sie waren einander aus dem Weg gegangen. Er sagte: »Eva! Ich bin so froh, dass du kommen konntest!«
»Ja, ja, ist schon gut. Ich hab aber nicht viel Zeit. Im Labor ist mal wieder die Hölle los. Wenn ich nicht spätestens um drei zurück bin … Du kennst ja das Sprichwort: Ist die Katze aus dem Haus, tanzen die Mäuse!« Sie lachte kurz, öffnete ihre Handtasche, nahm eine Zigarettenspitze heraus und steckte eine filterlose Gitane hinein.
Friedrich wischte seine schwitzenden Hände an den Hosenbeinen ab. »Eva, wir …«
»Sag mal, hast du vielleicht Feuer? Ich kann doch einfach mein Feuerzeug nicht finden!« Sie wühlte noch immer in ihrer Handtasche.
»Tut mir leid, ich rauche ja nicht.«
»Ach, ja, ich erinnere mich.«
Im Spiegel hinter dem Flügel sah Friedrich, wie sich sein Doppelkinn über den Krawattenknoten schob. Er setzte sich ein bisschen gerader hin. Der Pianist im weißen Anzug spielte *But not for me*.
»Eva, hast du …«
»Na, also«, sagte sie und zog ein silbernes Feuerzeug aus der Handtasche. »Wie heißt es doch: Ordnung ist das halbe Leben.«
Friedrich hustete in die Hand, als sie den Rauch über den Tisch blies.
»Es stört dich doch nicht?«, fragte sie.
Er sagte: »Nein, ich bin nur erkältet.«
»Stimmt, du siehst schlecht aus.«
»Ja, ich hab auch schlecht geschlafen. Sag mal …«
»Du bist auch dicker geworden, oder täusche ich mich? Nein, früher warst du viel schlanker! Kocht deine Frau so gut? Du bist doch verheiratet?«
»Ja, ich bin verheiratet. Und sie kocht wirklich gut. Aber worüber ich eigentlich mit dir …«
»Hast du jetzt eigentlich schon bestellt oder nicht? Du hast mir eben gar nicht geantwortet!« Sie inhalierte den Rauch, zog langsam die Zigarettenspitze zwischen den Lippen hervor und ließ die Asche in den Aschenbecher fallen.
»Nein«, sagte er. »Ich habe keinen Hunger.«
Eva winkte dem Kellner, der schon auf ein Zeichen von ihr gewartet zu haben schien. »Ich denke, ich werde auch nur einen Salat essen.

Wir sind ja schließlich keine zwanzig mehr, was Friedel?! Würde dir auch ganz guttun, mal ein bisschen kürzer zu treten!«
»Ich sage doch, ich will gar nichts essen!«
Sie bestellte den Salat und zwei Mineralwasser. Der Pianist spielte *Now's the time*, und für einen Moment erinnerte sich Friedrich daran, wie er selbst an Charlie Parkers Solo zu diesem Blues verzweifelt war. Schließlich hatte er sein Saxophonspiel deshalb aufgegeben. Als der Kellner gegangen war, sagte er laut:
»Eva, jetzt hör mir bitte mal zu!«
»Was ist denn los?« Sie nahm den Zigarettenstummel aus der Spitze und drückte ihn im Aschenbecher aus. »Friedrich, ich habe mich wirklich gefreut, als mir meine Assistentin von deinem Anruf erzählt hat. Aber ich habe keine Lust, mich hier von dir anschreien zu lassen!«
»Entschuldige, bitte! Aber ...«
»Wir hatten doch eigentlich eine schöne Zeit damals. Obwohl du auch früher schon ... ja, wie soll ich es nennen? Manchmal bist du einfach ausgerastet! Wie geht denn deine Frau damit um?«
Friedrich zerknüllte die Serviette, mit der er seit ein paar Minuten herumspielte. »Ich will mit dir nicht über meine Familie reden!«, sagte er. »Und was die schöne Zeit betrifft: Eva, liest du keine Zeitung?«
Sie steckte eine neue Zigarette in die Spitze. Beim Anzünden ließ sie sich Zeit. »Sie haben dich für den Konrad-Keppler-Preis vorgeschlagen, ich hab's gelesen«, sagte sie. »Ich gratuliere! Von unseren Kollegen macht dir so leicht keiner was vor.«
»Davon rede ich nicht.« Er stopfte die Serviette in den Aschenbecher. »Ich hab dich nicht hierher bestellt, um über unsere Karrieren zu plaudern. Obwohl ...« Er sprach nun etwas leiser. »Das eine lässt sich ja kaum vom anderen trennen. Eva ... sie haben die Präparate entdeckt!«
Das Restaurant war jetzt fast voll. Rings um Eva und Friedrich waren alle Tische besetzt. Die Stimmen der Gäste vermischten sich zu einem gedämpften Gemurmel. Von Zeit zu Zeit sah jemand zu den beiden herüber. Besonders Eva wurde sowohl von Männern als auch von Frauen eingehend betrachtet. Sie saß gerade, ohne dabei die Rückenlehne ihres Stuhls zu berühren. Ihr linkes Bein hatte sie über das rechte geschlagen. Jetzt schnippte sie die Asche in den von Friedrichs Serviette verstopften Aschenbecher.
»Die Präparate waren niemals versteckt«, sagte sie. »Das war ja das Geniale an unserer Idee. Sie standen zwischen all den anderen Präparaten in den Regalen des Instituts. Nur so, ganz öffentlich, konnten sie niemandem auffallen.«

»Ja, niemandem außer einem übereifrigen Doktoranden!« Friedrich zog ein Taschentuch aus seiner Hosentasche und schneuzte hinein. Eva sah, wie seine Hand dabei zitterte. »Letzte Woche fiel diesem Doktoranden auf, dass das Alter der Körperteile nicht mit den von uns bei der Katalogisierung angegebenen Daten zusammenpasste.« Er wischte sich mit dem Taschentuch die Stirn ab. »Und sag bitte nicht: *unsere* Idee! Die Idee, ihn zu konservieren, geht auf deine Kappe!«

»Ja, wir haben uns die Arbeit schön geteilt«, sagte sie. »Ich habe den Dreck weggemacht, nachdem du ...«

»Eva!«

»Da kommt mein Salat.«

Der Kellner stellte den Teller und die beiden Gläser mit Mineralwasser auf den Tisch. Er lächelte Eva an, und sie lächelte zurück. Friedrich war damals oft eifersüchtig gewesen. Ob es Gründe dafür gegeben hatte, wusste er nicht. Er sah auf ihre Lippen – sie hatten die gleiche Farbe wie ihr Haar und ihr Kostüm – und erinnerte sich an ihr Lachen von damals, an den Spaß, den sie miteinander gehabt hatten. All das war vor dem Abend im Keller des Instituts gewesen.

»Was für eine hirnrissige Idee!«, sagte er. »Ihn zu konservieren! Und ich hab mich darauf eingelassen!«

Eva drückte ihre Zigarette in der zerknüllten Serviette aus. »Du wolltest ihn in irgendeinem See versenken!«, sagte sie und nahm ihre Gabel in die Hand. »Ich sag dir mal was: Es hätte keinen Monat gedauert, und unser lieber Freund und Kommilitone wäre wieder aufgetaucht.«

»Sprich doch nicht so laut!«

»Entschuldige!« Sie schob sich ein Radieschen in den Mund. Es knackte, als sie mit den Backenknochen darauf biss. »Jedenfalls«, sagte sie kauend, »brauchten wir uns durch meinen genialen Einfall zwanzig Jahre lang keine ...«

»Es ist gerade achtzehn Jahre her!«

»Immer noch der alte Erbsenzähler, was?!« Sie schluckte und faltete mit Messer und Gabel ein großes Salatblatt zusammen. »Also gut: Wir mussten uns achtzehn Jahre lang keine Gedanken um den guten alten Moritz machen. Und ehrlich gesagt glaube ich auch nicht, dass wir es jetzt tun müssen.«

Friedrich seufzte. »Du und dein unerschütterlicher Optimismus!«

Eva kaute ihren Salat gut durch, schluckte und spülte mit Mineralwasser nach. »Erstmal müssen sie herausfinden, wem diese Körperteile gehörten. Überleg mal, wie viele Präparate es waren! Vielleicht haben sie noch gar nicht alle gefunden.«

»Wenn sie erst ein paar gefunden haben, finden sie auch die anderen. Und dann setzen sie das Puzzle Stück für Stück zusammen.«
»Schöner Vergleich, Friedel! Aber ich glaube trotzdem nicht, dass sie auf Moritz kommen werden.« Sie beugte sich zu ihm herüber und sprach etwas leiser. »Den Schädel hat schließlich die Müllabfuhr gekriegt«, sagte sie und lehnte sich wieder zurück. »Magst du wirklich nicht von dem Salat probieren?«
Friedrich schwitzte. Er wollte sein Jackett ausziehen, lockerte aber nur den Knoten der Krawatte. »Mein Gott, Eva!«, flüsterte er. »Wir sind doch beide vom Fach. Wir wissen doch, was es heute für Methoden gibt, um die Identität von ...« Er senkte seine Stimme noch mehr, »... um die Identität von Leichen zu bestimmen. Noch dazu, wenn sie so gut konserviert sind!«
»Fachgerecht eben!«, sagte Eva. Sie trank noch einen Schluck von dem Mineralwasser, verzog das Gesicht und sagte: »Früher hatten die hier San Pellegrino. Probier mal! Schmeckt wie Spülwasser!«
»Verdammt, Eva, ich hab Angst! Du warst ja schon immer die Ruhe selbst! Vielleicht hab ich mich deshalb damals in dich verliebt. In deiner Nähe wurde auch ich ruhiger.« Er wischte sich wieder die Stirn mit dem Taschentuch ab. »Aber als ich dann gesehen hab, wie du beim Präparieren mit seinen Fingern herumgealbert hast ...«
»Mein Gott, ich hab ihm 'ne brennende Kippe dazwischen gesteckt!« Eva stöhnte. »Das war 'n Witz!«
»Er war ein Mensch!«
»Ja. Vorher.« Sie legte ihre Gabel auf den Teller und sah Friedrich in die Augen. »Und dann hast du ihn ...«
»Eva!« Friedrich rutschte in seinem Stuhl zurück. »Was ich getan hab, war deine Idee!«
»Und? Profitiert haben wir doch wohl beide davon, oder? Das Forschungsprojekt, die Doktorarbeit, später meine Stelle als Assistentin und dein Lehrauftrag in England ... Mindestens die Hälfte davon hätte Moritz eingestrichen, da kannst du sicher sein! Moritz, der Liebling vom Prof ... Moritz, der Vorzeigestudent!«
Friedrich öffnete den obersten Knopf seines Hemdes. »Mir ist so heiß!«, sagte er.
Eva griff nach seinen Händen. »Du glühst ja regelrecht!«, sagte sie.
»Am besten, du hältst mal deinen Kopf unter den Wasserhahn! Die Toiletten sind dort neben dem großen Spiegel.«
Für einen Moment schloss Friedrich die Augen. Ihre Hände auf seinen fühlten sich so angenehm an. Früher hatte allein das genügt, um ihn zu beruhigen. »Wahrscheinlich hast du recht«, sagte er. »Entschuldige mich für einen Moment!«

Als Friedrich an dem Pianisten vorbeiging, machte der gerade eine Pause und trank ein Glas Wasser. Erst jetzt bemerkte Friedrich, dass nicht nur der Anzug des Mannes weiß war. Auch seinem Haar, seinem Gesicht und den Händen fehlte jede Spur von Farbe. Über den Rand des Glases sah der Albino Friedrich in die Augen.

Am Waschbecken zog Friedrich sein Jackett aus. Sein Hemd hatte große dunkle Flecken unter den Achseln. Seine Stirn und die Wangen waren gerötet. Er drehte den Hahn auf und warf sich kaltes Wasser ins Gesicht.

Eva ließ gerade den Verschluss ihrer Handtasche zuschnappen, als Friedrich sich wieder zu ihr an den Tisch setzte.

»Geht's dir besser?«, fragte sie.

»Ja ... nein, eigentlich nicht. Ein bisschen vielleicht.« Er holte Luft und drehte sein Wasserglas in der Hand. »Eva, ich hab einen Entschluss gefasst. Ich ... ich kann damit nicht weiterleben. Die ganzen letzten Jahre ... Manchmal hab ich ja schon gar nicht mehr daran gedacht. Aber immer wenn ich eine neue, eine noch besser bezahlte Stelle antrete, immer wenn man mir einen Preis verleiht ...« Das Glas zitterte in seiner Hand, ein bisschen Wasser schwappte über den Rand. Friedrich sah, wie Eva die Pfütze mit einer Serviette aufwischte und dann nach seiner Hand griff. Er flüsterte: »Dann sehe ich immer Moritz unten im Labor liegen, sehe das Blut an meiner Hand und das Skalpell darin ... Ich werde zur Polizei gehen, Eva.«

Sie ließ seine Hände los. Sofort begann das Glas darin wieder zu zittern.

»Du bist ja schon wieder ganz aufgeregt«, sagte sie. »Wie du zitterst! Komm, trink mal einen Schluck!«

Sie nahm seine linke Hand, während er mit der rechten das Glas an den Mund führte und beim Trinken den Kopf ein wenig in den Nacken legte. Er spürte die Wärme ihrer Hand und drückte sie, als er sagte: »Ich werde ihnen nichts von dir erzählen. Wenn du damit leben kannst ... Ich werde alle Schuld auf mich nehmen.«

»Ist ja schon gut. Wenn das deine Entscheidung ist ... Komm, trink dein Glas aus, das wird dir guttun!«

Jetzt, wo er eine Entscheidung getroffen und sie auch ausgesprochen hatte, fühlte sich Friedrich tatsächlich ein wenig besser. Er trank das Glas aus, verzog das Gesicht und sagte: »Du hast recht, es schmeckt tatsächlich wie Spülwasser.«

Eva ließ seine Hand los, lehnte sich zurück und winkte dem Kellner. »Vielleicht ist es wirklich das Beste«, sagte sie. »Dann kannst du ruhig schlafen, Friedel.«

Der Kellner kam, und Eva verlangte die Rechnung.

»Ach, du willst schon gehen?«, fragte Friedrich.
»Ja, ich muss leider. Ich habe noch eine Verabredung.« Sie nahm ihr Portemonnaie aus der Handtasche. Friedrich wollte bezahlen, doch sie wehrte ab. »Nein, du hast ja selbst gar nichts gegessen. Ich lade dich ein.« Sie gab dem Kellner eine Banknote. »Stimmt so.« Sie zündete sich noch eine ihrer filterlosen Gitanes an, diesmal ohne die Zigarettenspitze zu benutzen. Friedrich beobachtete sie dabei. Als sie die Zigarette im Aschenbecher ablegte, um sich den Seidenschal um den Hals zu binden, sagte er:
»Ein bisschen wundere ich mich schon, wie ruhig du noch immer bleibst. Ich hatte gedacht, du würdest mich davon abbringen wollen, zur Polizei zu gehen.«
Eva stand auf und beugte sich zu ihm herunter. »Friedel, ich sag dir jetzt mal was«, flüsterte sie. »*Unter alten Freunden* möchte ich nicht sagen, und auch *ein Rat fürs Leben* erscheint mir gerade etwas unpassend.« Sie zog an ihrer Zigarette. Im Aschenbecher hatte sich die zerknüllte Serviette daran entzündet und schwelte vor sich hin. »Was ich dir sagen will, ist Folgendes: Man sollte im Leben einfach nichts dem Zufall überlassen. Niemals. Es könnte einen teuer zu stehen kommen.«
Sie war so nah bei Friedrich, dass ihr Parfüm in seiner Nase stach. Es war nicht mehr jenes, das sie früher benutzt hatte. »Ich gehe jetzt zu meiner Verabredung«, fuhr sie fort. »Als ich sagte, ich müsse um drei zurück im Labor sein, habe ich dich angeschwindelt. In einer halben Stunde treffe ich das Preiskomitee der Konrad-Keppler-Stiftung. Sie ziehen es in Erwägung, mich für die diesjährige Preisverleihung zu nominieren.«
»Ach! Dich auch?« In Friedrichs Nase vermischte sich der Duft von Evas Parfüm mit dem der schwelenden Serviette. »Na, da gratuliere ich doch!«
»Vielen Dank! Und ich sage dir noch etwas: Ich rechne mir ziemlich gute Chancen aus, den Preis auch zu bekommen. Mein schärfster Konkurrent wird demnächst einem Herzinfarkt erliegen. Zumindest wird das die Obduktion ergeben. Er war sehr aufgeregt zuletzt, ja, er wirkte richtig gestresst. Wollte gar nichts mehr essen, hat nur Wasser getrunken, der Ärmste!«
Friedrich wurde auf einmal wieder sehr heiß. Evas Gesicht so nah vor seinem eigenen schien jetzt größer zu werden. »Eva, was willst du damit ...«
»Ich muss jetzt wirklich gehen. Ich will das Komitee nicht warten lassen.« Sie drückte ihre Zigarette aus. »Außerdem möchte ich nicht dabei sein, wenn es so weit ist.«

Friedrich wollte etwas sagen, doch ihm fehlte der Atem dazu. Er sah, wie Eva sein Wasserglas in ihre Handtasche steckte.
»Das nehme ich besser mit«, sagte sie. »Wir beide wissen ja, was sie heute für Methoden haben, nicht wahr?!« Sie lächelte. »Weißt du noch, wie wir früher in Restaurants immer Gläser und Aschenbecher geklaut haben? Du hattest jedes Mal eine Heidenangst, erwischt zu werden! Ach, Friedel, die alten Zeiten!« Seufzend drehte sie sich um. Friedrich sah, wie ihr ein Kellner die Tür aufhielt.
Er wollte ihr etwas hinterherrufen, doch er fand noch immer nicht die nötige Luft dazu. Er stützte sich auf dem Tisch ab und atmete stoßweise. Im Spiegel hinter dem Flügel sah er sein eigenes Gesicht und das des Pianisten. Der Albino sah ihm in die Augen und lächelte. Er spielte *Autumn Leaves*, Friedrich mochte das Stück sehr gern. Er legte den Kopf auf die Tischplatte, sah zu dem Pianisten hinüber und hörte zu. Mit jedem Takt wurde die Musik nun lauter, und Friedrich spürte, wie er selbst dabei immer ruhiger wurde.

Zweites Kapitel
Veit raucht nicht

Das Klopfen beendete Veits Starren auf den Fernseher. Das Gerät war ausgeschaltet. Im grauen Bildschirm spiegelte sich Veits Zimmer: ein Stuhl, ein Schrank, ein Bett, darin zwei Menschen. Er wartete. Wieder klopfte es. Veit schob den fremden Arm von seinem Bauch, zog den braunen Frottee-Bademantel über und ging in die Küche. Die Bodenfliesen waren kalt. Noch kälter war die hereinströmende Luft, als er die Wohnungstür öffnete. Carlo hatte sich schon zum Gehen gewandt.

»Hast du mich nicht gehört?«

»Hätte ich dann aufgemacht? Ich hab geschlafen.«

»Wann reparierst du endlich deine Klingel?«

»Komm rein, es wird kalt.«

Dem älteren Mann vorangehend ließ Veit den Blick durch seine Küche schweifen. Die Schlafzimmertür war einen Spalt weit geöffnet. Er sah einen Zipfel der Bettdecke und den Stuhl, an dessen Rückenlehne eine Handtasche hing. Während Carlo sich aus seinem Mantel kämpfte, zog Veit die Schlafzimmertür zu. Er bemerkte die Zigarettenschachtel zwischen den Büchern auf dem Küchentisch, zögerte einen Moment und ließ sie schließlich dort liegen. Carlo setzte sich unaufgefordert auf einen der beiden Holzstühle. Er atmete schwer durch den Mund und zog ein blau gemustertes Taschentuch hervor.

»Wenn das bis Samstag noch schlimmer wird, stehe ich die Hochzeit nicht durch«, sagte er und schneuzte sich laut und lange.

Veit nahm eine verbeulte Blechdose aus dem Regal, in dem neben einigen Kartoffeln ansonsten nur Bücher, aufgerissene Briefumschläge und etliche Stapel Papier lagen. Er hielt Carlo die Teedose hin und sah ihn fragend an.

»Hast du Rum?«

Veit schüttelte den Kopf.

»Dann nicht.«

Veit setzte dennoch Wasser auf. Er zog den Bademantel fester zu und rieb abwechselnd die Füße an den Waden. »Hat sich was an den Touren geändert?«, fragte er.

»Nein, warum?«

17

»Du tauchst nur hier auf, wenn es um die Arbeit geht.«
Carlo stützte die Ellenbogen auf die Tischplatte, verschränkte die Finger und rieb sie aneinander. Veit bemerkte die schorfigen Risse seiner trockenen Haut.
»Ja, es geht um die Firma.« Er sah Veit an. »Willst du dich nicht setzen?«
»Wenn der Tee fertig ist.«
Carlo wandte seinen Blick wieder dem Tisch zu. Für ein paar Sekunden schien er durch ihn hindurchzusehen. Dann fixierte er die Schachtel Marlboro Lights darauf, und Carlos ohnehin faltige Stirn bekam zwei weitere Furchen. »Seit wann rauchst du?«
Veit nahm eine Kanne aus dem Spülbecken. »Noch immer nicht«, sagte er. »Ich hab ein Mädchen drüben.« Er spürte Carlos Blick im Rücken, während er grüne Teeblätter in die Kanne schüttete.
»Entschuldige, das wusste ich ja nicht! Dann mach ich's kurz.« Carlo schien zu überlegen, wie er das anstellen sollte. Schließlich fragte er: »Was hältst du von Murat?«
»Murat ist in Ordnung. Netter Kollege. Erledigt seine Touren termingerecht. Warum, ist was nicht okay mit ihm?«
»Keine Ahnung, ob mit ihm was nicht in Ordnung ist. Aber mit der Kasse stimmt was nicht.«
Veit drehte sich zu Carlo um. »Was soll das heißen?«
»Es fehlt Geld.«
»Aus deinem *Tresor*?« Veit betonte das letzte Wort.
»Mach dich nur lustig! Ich weiß, du hast immer gesagt, die Kassette ist nicht sicher.«
»Die macht ein Kind mit 'ner Haarnadel auf!«
»Ja, das mag sein. Aber Kinder kommen nicht in mein Büro.«
»Und jetzt glaubst du, es war Murat?«
Carlo zuckte mit den Schultern.
»Wie viel fehlt denn?«
Carlo zog sein Taschentuch heraus, schneuzte sich, faltete das Tuch auseinander und betrachtete das Ergebnis. »Ich hab da nicht so den Überblick«, sagte er.
Veit seufzte, stellte das Gas aus und goss das kochende Wasser in die Kanne. »Wie oft hab ich gesagt, du brauchst jemanden für die Buchführung?«
»Ja, und du hattest mal wieder recht! Tatjana will sich ja demnächst darum kümmern. Übrigens: Hast du sie gesehen? Ich suche sie schon seit Stunden.«
Veit schüttelte den Kopf. »Lenk nicht ab, Carlo! Wie viel?«
»Ungefähr zweitausend. Vielleicht auch mehr.«

»Und was soll ich jetzt machen? Die Kollegen ausspionieren?«
»Halt einfach die Augen offen! Schließlich betrifft es auch dich und deine Zukunft.«
Veit goss den Tee durch ein Sieb in eine zweite Kanne. »Carlo, ich weiß noch immer nicht, ob ich die Spedition übernehmen will.«
Carlo griff nach einem der Bücher auf dem Tisch, drehte es herum und las den Titel. »*Der Idiot?* Wie passend! Genau das bist du, wenn du es dir anders überlegst. Und du solltest dich bald entscheiden. Ich will das nicht mehr lange machen.«
»Ich weiß, du willst mit Tatjana das halbe Jahr auf Mallorca verbringen.«
»Was dagegen?«
»Ich gönne es dir! Tee?«
»Junge, nichts gegen deinen Bücherkram hier« – er gab dem Buch einen Stoß mit dem Finger –, »aber glaubst du wirklich, das wird noch was mit deiner Doktorarbeit? Seit wie vielen Jahren sitzt du eigentlich daran?«
Veit goss sich Tee in eine Tasse mit abgebrochenem Henkel. »War sonst noch was?«, fragte er.
Carlo seufzte. »In Ordnung, ich lass dich in Ruhe, du hast ja auch Besuch.« Er warf einen Blick auf die geschlossene Schlafzimmertür, dann stand er auf. »Ach ja, da war tatsächlich noch was«, sagte er, während er seinen Mantel vom Haken nahm. Einen Moment lang betrachtete er das Kleidungsstück in seinem Arm wie einen fremden Körper, von dem er nicht wusste, wie er dort hingekommen war. Dann sah er Veit an, der an der Spüle lehnte. »Fredo wird zur Hochzeit kommen.«
Veit stellte die Tasse so heftig ab, dass der Tee überschwappte. Er ging einen Schritt auf seinen Chef zu. »Du weißt, wo er ist?«
»Ich hab es immer gewusst.«
»Aber ...«
Carlo hob abwehrend eine Hand. »Das Beste wird sein, er erzählt dir alles selbst.« Er zog den Mantel an und öffnete die Tür. »Aber wenn du ihn am Samstag siehst, geh bitte nicht auf ihn zu. Ihr seid Fremde. Ich werde euch einander vorstellen.«
Veit wollte ihn aufhalten, aber Carlo war schon auf der Straße.
»Ab ins Bett!«, rief er der Gestalt im Bademantel zu. »Du bekommst kalte Füße!«
Veit blieb stehen. Über ihm, im ersten Stock, bellte Hammurabi, der Hund der Hamidis. Das Ehepaar hatte Veit die Einzimmerwohnung im Erdgeschoss ihres Hauses vermietet. Vor ihrem Unfall hatte dort Leila, die Tochter der Geschichtsprofessorin und des Arztes, ge-

wohnt. Veit hatte Leila nie kennengelernt. Zufällig hatte er ihr Grab in der Nähe des Grabes seines Vaters entdeckt: ein Stein, darauf ihr Name, sonst nichts. Die Hamidis sprachen nicht über sie. Und bei ihren seltenen Begegnungen, wenn Veit Hammurabi zu einem Spaziergang durch die Weinreben abholte, fragte er nicht nach Leila.

Manchmal jedoch stellte er sich vor, sie sitze in seiner Küche, eine schwarzhaarige junge Frau mit den kastanienbraunen Augen ihres Vaters und der blassen Haut der Verstorbenen – eine schöne Frau. Sie saß dort am Tisch und sah ihn an, während er Tee kochte oder ein Buch las oder am Fenster stand und wie jetzt den Blick über die zahllosen Reihen von Weinreben schweifen ließ, hinunter über die Dächer der Kleinstadt und das Industriegebiet, in dem sich Carlos Spedition befand, und weiter über die Obstfelder der Rheinebene, die heute in einem klaren Winterlicht lag, in dem sich in der Ferne der einsame Turm des Straßburger Münsters wie ein mahnender Zeigefinger zum Himmel reckte.

Als er mit zwölf Jahren zum ersten Mal in Straßburg auf dem Münsterplatz gestanden hatte, war ihm schwindlig geworden. Den Kopf in den Nacken gelegt wie bei den Auftritten seines Vaters hatten die Wolken still am Himmel gestanden – der Turm aber war auf ihn zu gestürzt. Veit war gefallen, aufs nasse Pflaster, zwischen seine Mutter und Carlo. Das war ihm bei den Sprüngen seines Vaters nie passiert.

Einmal hatte der ihn mit auf das Gerüst genommen. Aus dreizehn Metern Höhe betrachtet war die Manege nicht größer als sein Handteller. Und das Wasserbecken, in das sich sein Vater Abend für Abend stürzte, schien sich darin zu bewegen wie ein Kreisel. »Das ist das Gerüst, es schwankt«, hatte sein Vater gesagt und Veits Hand abgestreift. »Versuch zu stehen! Atme!« Tatsächlich hatte Veit vor Angst die Luft angehalten. Nachdem er wieder zu atmen begonnen hatte, war das kreiselnde, nur vier Meter breite und zwei Meter tiefe Wasserbecken ruhiger geworden. »Bevor du springst, musst du stehen«, hatte sein Vater gesagt. Er hatte Veit einen Meter nach hinten gezogen, war vor ihn an den Rand der Plattform getreten, hatte dort einige Sekunden in völliger Bewegungslosigkeit verharrt, um schließlich die Arme auszubreiten und unendlich langsam nach vorn zu fallen und aus Veits Blickfeld zu verschwinden. Der Augenblick bis zum Geräusch seines Eintauchens war Veit wie eine Ewigkeit erschienen. Minutenlang hatte er sich nicht von der Stelle gerührt. Er stand und atmete. Dann war Fredo auf der Plattform erschienen, um ihn herunterzutragen.

Fredo. Ob er noch auftrat? Veit glaubte es nicht. Er wusste nicht, warum und wohin er damals verschwunden war. Doch bereits vor

Carlos geheimnisvoller Andeutung, Veit und sein alter Lehrer seien einander nun Fremde, hatte er geahnt, dass sein Leben ein anderes war als vor achtzehn Jahren. Sein Lehrer ... Von Jahr zu Jahr fiel es Veit schwerer, sich an ihn zu erinnern. Wenn er heute an ihn dachte, sah er ihn immer an jenem Märzmorgen, als Veit die Handschellen schließen, den Leinensack zuschnüren und diesen das steile Flussufer hinunterrollen musste. Es war seine erste Unterrichtsstunde gewesen, im Grunde nur eine Demonstration von Fredos Meisterschaft. Als er Minuten später vor Nässe triefend das Ufer zu Veit emporgeklettert war, hatte er dem Neunjährigen einen kleinen Metallgegenstand in die Hand gedrückt. »Drehmomentschlüssel«, hatte er gesagt und Veit das Wort so oft wiederholen lassen, bis er es richtig aussprach. »Was du damit machen kannst, zeige ich dir beim nächsten Mal.«

Wieder bellte Hammurabi. Veit bemerkte die Kälte. Carlo war längst nicht mehr zu sehen. Veit horchte, ob der Dieselmotor seines Daimlers noch zu hören war. Stattdessen mischten sich fanfarenartige Musik und Applaus mit dem Gebell des Hundes. Er schloss die Tür, goss sich Tee nach und nahm die Tasse mit ins Schlafzimmer.

Der Fernseher stand rechts neben der Tür auf dem Fußboden. Sie zielte darauf, mit einer Hand die Fernbedienung umklammernd, während sie sich mit der anderen das Haar aus der Stirn strich. Das natürliche Dunkelbraun war von blonden Strähnen durchzogen. Sie hatte ihm die Fotos gezeigt, die dem Friseur als Vorlage gedient hatten – Fotos einer Popsängerin, an deren Namen Veit sich nicht erinnerte. Sie wollte selbst singen. Veit hatte ihr geraten, sich aufs Tanzen zu konzentrieren.

Ihre Lippen bewegten sich, während ihr Blick ebenso gerade auf den Bildschirm gerichtet war wie die Fernbedienung. Veit ahnte, dass sie die möglichen Antworten auf die Quizfrage ablas, die der Moderator in diesem Moment wiederholte. Sie schaute nicht hoch, als er die Zimmertür mit der Ferse schloss.

»*Freud* ist falsch«, sagte sie.

Er setzte sich neben sie aufs Bett. Sie legte die freie Hand auf seinen Oberschenkel und schob den Stoff des Bademantels zurück.

»Wer ist *Mendel*?«, fragte sie.

Veit zog die Bettdecke ein Stück herunter und betrachtete ihre Brust. Sie streichelte seinen Oberschenkel. Im Fernsehstudio war die Stille so gespannt, dass sie hörbar wurde. Wenigstens für einen Augenblick erschien es Veit so. Dann bemerkte er den leisen, anhaltenden Synthesizer-Klang, der diese Atmosphäre künstlich erzeugte.

»Wo hast du dein Auto geparkt?«, fragte er.

»*Planck*«, sagte sie. »Meinst du nicht auch?«

»Dein Auto!«
»Oben am Wald. Warum?«
Veit zog die Bettdecke wieder über ihre Brust. »Eben war Besuch da«, sagte er und trank einen Schluck Tee.
»Der Idiot tippt auf *Mendel*!«, sagte sie.
»Dein Verlobter.«
»Was ist?«
»Carlo war hier.«
Ihre Hand hörte auf, sein Bein zu streicheln. Zum ersten Mal, seitdem er ins Zimmer gekommen war, sah sie ihn an. Veit stand auf und ging zum Fenster. Hinter dem Garten der Hamidis, am Waldrand, leuchtete Tatjanas gelber Mini-Cooper zwischen kahlen Ästen – der einzige Farbklecks in der Dezemberlandschaft.
»Wir müssen vorsichtiger sein«, sagte er.
»Meinst du, er hat was gemerkt?«
Veit zuckte mit den Schultern.
Sie warf die Bettdecke zurück und folgte ihm ans Fenster. Von hinten umfing sie ihn mit beiden Armen und öffnete den Knoten seines Bademantels.
Veit löste sich aus ihrer Umarmung. »*Mendel* ist richtig«, sagte er, nahm die Fernbedienung von der Matratze und wechselte das Programm, noch bevor in der Quiz-Show die Antwort gegeben und der Kandidat mit zweiunddreißigtausend Euro belohnt wurde. Auf einem anderen Sender begannen gerade die Nachrichten.
Tatjana seufzte und sah sich im Zimmer um. »Hast du meine Zigaretten gesehen?«
»Auf dem Küchentisch.«
»Holst du sie mir?«
»Ich will die Nachrichten sehen.«
Er spürte ihren Blick, ihren Zorn, und sah weiter auf den Fernseher, der Bilder aus dem Nahen Osten zeigte. Nach ein paar Sekunden kreuzte ihr nackter Körper sein Blickfeld und verschwand durch die Tür. Er hörte, wie sie sich Tee eingoss, dann Stuhlrücken und das Schnippen des Feuerzeugs. Er wusste, sie würde die Zigarette in der Küche zu Ende rauchen. Vielleicht noch eine hinterher. Bis er kommen und sich entschuldigen würde. Das machte es so einfach mit Tatjana: Sie überraschte ihn nicht.
Der Nachrichtensprecher verlas eine Meldung über die Verleihung eines Medizinpreises an einen Genforscher. Veit stellte den Ton lauter. Nicht weil ihn Genforschung besonders interessierte. Vielmehr sollte Tatjana nicht hören, wie er nun durchs Zimmer schlich. Er spähte durch die halb geöffnete Tür. Sie saß auf einem der Stühle und

drehte ihm den Rücken zu. Die Beine hatte sie übereinandergeschlagen. Den Kopf in den Nacken gelegt blies sie den Rauch senkrecht nach oben. Ihr langes Haar fiel über die Schultern. Ohne die blonden Strähnen hatte es ihm besser gefallen, doch auch so mochte er es. Und sie mochte es, wenn er sich hineinkrallte, während sie miteinander schliefen. Er hatte oft versucht, sich Tatjana und Carlo im Bett vorzustellen, doch es war ihm unmöglich. So unmöglich wie es war, sich die eigenen Eltern beim Sex vorzustellen. Dabei war Tatjana vier Jahre jünger als Veit. Sein Blick glitt ihren Rücken hinab. Jetzt hatte er wieder Lust auf sie. Doch das war nicht wichtig.

Er beugte sich zum Stuhl neben dem Bett hinunter und nahm ihre Handtasche von der Lehne. Zum Glück ein Knopf, das Öffnen eines Reißverschlusses hätte sie womöglich gehört. Während seine Hand die Tasche durchsuchte, betrachtete er Tatjana weiterhin durch den Türspalt. Sie legte die Zigarette auf der Tischkante ab, goss sich Tee nach und kratzte sich mit der linken Hand am rechten Schulterblatt. Dabei geriet ihr Kopf ins Profil, Veit sah plötzlich ihr rechtes Auge, wich einen Schritt ins Zimmer zurück und ließ die Handtasche aufs Bett fallen.

Sie hatte ihn nicht gesehen. Im nächsten Moment griff sie wieder nach der Kippe, die beinahe bis zum Filter abgebrannt war. Veit nahm wieder die Tasche und zog das Portemonnaie hervor. Es waren acht oder neun Scheine darin, alles Fünfziger. Er nahm drei heraus, steckte sie in die Tasche seines Bademantels und das Portemonnaie zurück in die Handtasche. Zur Schlussfanfare der Fernsehnachrichten hängte er die Tasche zurück über den Stuhl und betrat die Küche. Tatjana drückte eben ihre Zigarette auf der Tischplatte aus. Sie sah ihn an.

»Und, war was Spannendes in den Nachrichten?«
»Krieg.«
»Na, wenn das interessant sein soll ...« Sie wandte sich wieder von ihm ab.
»Entschuldige, Tatjana!«
»Was?«
»Carlos Besuch hat mich durcheinandergebracht.«
»Warum dich? Du willst ihn schließlich nicht heiraten!«
»Du weißt, er ist fast wie ein Vater für mich.«
»Ach, dann soll ich vielleicht die böse Stiefmutter sein?«
Er trat hinter sie, legte ihr die Hände auf die Schultern und begann, sie zu massieren. »Was möchtest du denn sein?«
Sie senkte das Kinn auf die Brust und atmete tief ein. Dann griffen ihre Hände rückwärts um den Stuhl herum nach ihm. Das macht es so einfach, dachte Veit erneut: Sie überrascht mich nie.

Drittes Kapitel
Eva spielt nicht

Was ihr an diesem Ort gefiel: das allgemeine Bemühen um Haltung, während der Zufall in der nächsten Sekunde über Reichtum oder Ruin entschied; das beinahe unmerkliche Zucken von Augenlidern, dazu der leichte Schweißgeruch, wenn ein Lächeln der Mundwinkel noch Gleichgültigkeit vortäuschen wollte; die gedämpften Stimmen, das Rollen der Kugel und das Klackern der Jetons, eine Ruhe, die nur hin und wieder durch einen gezischten Fluch oder den Schlag einer Faust auf den Spieltisch unterbrochen wurde. Solche Gefühlsausbrüche waren selten. Wer sich dazu hinreißen ließ, sank unverzüglich im Ansehen der übrigen Spieler. So trennte man hier die Spreu vom Weizen, die Zocker von Damen und Gentlemen. Und doch sah Eva es in den Augen beinahe aller Gäste des Casinos: Sie waren nicht hier, um sich die Zeit zu vertreiben. Sie forderten das Schicksal heraus. Im Grunde gab es deshalb kaum Unterschiede zwischen den Gästen. Nur konnten manche ihre Leidenschaft besser verbergen als andere.

Eva hatte noch nie auch nur einen einzigen Jeton auf den grünen Filz geworfen. Sie bemühte sich nicht, ihren Stolz darüber zu verbergen.

Der Barkeeper stellte einen weiteren Martini neben ihr leeres Glas. Sie steckte eine Gitane in die Zigarettenspitze und ließ sich von ihm Feuer geben. Ihr gefiel seine Diskretion: Obwohl sie seine Blicke spürte, sobald sie sich abwandte, um das Roulette zu beobachten, sah er sie kaum an, wenn sie sich wieder zur Bar umdrehte. Beinahe schüchtern wirkte er, und Eva mochte das. Leider gefiel er ihr ansonsten nicht besonders gut. Seine fleischigen Unterarme standen in merkwürdigem Kontrast zu den streichholzdünnen Lippen.

Selten nahm sie einen Mann mit nach Hause. An den letzten konnte sie sich kaum erinnern. Er hatte kräftige Hände gehabt und sich dann doch als schwach erwiesen. Um vier Uhr früh hatte sie ihn hinausgeworfen. Niemals begleitete sie einen Mann in seine Wohnung. Auf fremdem Terrain fühlte sie sich nicht wohl.

Sie nahm einen langen Zug aus der Zigarette. Der Rauch schmeckte ihr heute nicht. Trotzdem war die Schachtel, die sie vor zwei Stunden gekauft hatte, bereits halb leer. Sie spülte den Geschmack mit Martini hinunter und ließ ihren Blick über die Spieler schweifen. Die mühsam zurückgehaltene Verzweiflung in ihren Augen hatte Eva oft wieder aufgebaut. Deshalb kam sie hierher: Um die Nervosität zu spüren, die den Zigarettenrauch über den Spieltischen bewegte. Für Eva war diese Nervosität ein Ausdruck der Dummheit der Spieler – einer Dummheit, die größer war als ihre eigene und die Eva deshalb mit sich selbst versöhnte.

Heute hatte die Konrad-Keppler-Stiftung den diesjährigen Preisträger bekannt gegeben. Ein Kollege aus der Schweiz wurde für seine Forschung geehrt. Wie hatte Eva so dumm sein können, sich Hoffnungen auf den Preis zu machen? War das, was von ihrer eigenen Forschung bekannt war, nicht einfach mittelmäßig? Für eine Sekunde rückte Friedrich in ihr Bewusstsein und die Erkenntnis, dass sie ihn umsonst getötet hatte. Sie setzte das Glas an, um auf ihn zu trinken, als ihr ein Mann am Roulette auffiel.

Er musste gerade erst an den Tisch getreten sein. In einer Hand hielt er einen Stapel Jetons, mit den Fingern der anderen trommelte er einen ungeraden Rhythmus auf seiner Krawatte. Die hellblaue Krawatte mit grünen Querstreifen bewies entweder schlechten Geschmack oder Gleichgültigkeit. Eva tippte auf Letzteres. Womöglich wusste er gar nicht, was er trug. Das dunkle Haar war nachlässig gekämmt, am Hinterkopf stand eine widerspenstige Locke wie eine Antenne ab. Seine Haut war blass, die Augen leicht entzündet. Die Nase sprang ein wenig vor, und mehrmals putzte er sie mit einem Papiertaschentuch. Er hatte breite Schultern, ansonsten war er schmal. Besonders seine Hände fielen Eva auf, die langen Finger mit den ausgeprägten Gelenken und die stark hervortretenden Adern. Als er den rechten Arm weit ausstreckte, um seine Jetons zu verteilen, ähnelte seine Bewegung der einer Marionette, gezogen von einem unsichtbaren, am Handgelenk befestigten Faden. Er hatte vielleicht ein Dutzend Jetons in der Hand gehalten, und nun verteilte er sie alle auf einmal.

Eva versuchte gar nicht erst, sein System zu verstehen, seine Kombination von Impair, Rot, dem mittleren Dutzend und mehreren Zahlen. Das wiederholte Scheitern jeglicher Systeme an diesem Tisch hatte sie zu oft amüsiert, um sich noch mit ihren mathematischen Grundlagen zu befassen. Meistens beobachtete sie gar nicht, was auf dem Filz vor sich ging. Allein die Gesichter der Spieler unterhielten sie. Und das Gesicht jenes blassen jungen Mannes gefiel ihr. Nicht die Entschlossenheit und die Überzeugung in seinen Augen. Das waren nur die üblichen Merkmale des wahnhaften Spielers. Gemeinsam mit Zeichen der Nervosität wie dem Trommeln der Finger machten sie

25

Männer für Eva eher unattraktiv. Die entzündeten Augen und die etwas zu große Nase verbesserten den Eindruck nicht, von der geschmacklosen Krawatte zu schweigen.

Trotzdem drückte Eva ihre Zigarette aus und trat an den Spieltisch, dem Mann gegenüber. Sie fixierte ihn, doch er sah nicht herüber. Seine Augen folgten der Kugel. Seine Finger trommelten lautlos auf dem Filz. »Rien ne va plus«, hörte sie eine Stimme sagen. Eine, zwei, drei Sekunden lang schien niemand zu atmen. Dann das Ergebnis. Eva hörte nicht hin. Sie beobachtete das blasse Gesicht gegenüber. Es verriet nichts. Kein Muskel bewegte sich. Sein Blick war noch immer auf das Roulette gerichtet. Erst als sein Marionettenarm wieder bewegt wurde, um die Jetons neu zu verteilen, begriff Eva, dass er gewonnen hatte. Und dass sie ihn heute Nacht wollte.

Sie ging zur Toilette, um ihr Make-up zu erneuern. Gewiss würde sie niemand auf einundvierzig schätzen. Aber wenn man etwas erreichen wollte, fand Eva, sollte man auf Nummer sicher gehen. Also zog sie den Lidstrich etwas wagemutiger, ohne zu übertreiben und dadurch billig auszusehen. Sie besaß ein natürliches Gespür für den schmalen Grat, auf dem eine Frau sich beim Schminken bewegte: Wenig war so lange gut, wie man es sich leisten konnte. Viel war so lange gut, wie es nicht nötig war. Sehr viel erweckte schnell den Eindruck, es mehr als nötig zu haben. Sie trug Lippenstift auf, ein schweres Dunkelrot. Eigentlich passte es nicht zu ihrem Haar, das viel heller war, beinahe orange. Doch der Kontrast bewies Mut. Und was bei anderen Frauen unmöglich ausgesehen hätte, zeugte bei Eva nicht nur von Selbstbewusstsein, es wirkte sogar elegant. Lächelnd betrachtete sie ihr Spiegelbild.

Auf dem Weg durch die Spielsäle spürte sie Blicke ihr folgen. Sie selbst sah stur geradeaus. Der Barkeeper fixierte sie schon von Weitem. Sie gab ihm ein Zeichen. Er goss einen neuen Martini ein. Sie trank das Glas halb leer, bevor sie sich zum Roulette umwandte.

Der blasse junge Mann stand nicht mehr am Tisch.

Evas Lächeln verschwand. Um Diskretion bemüht suchte sie den Raum ab. Auch an den anderen Tischen war er nicht zu entdecken. Sie zündete sich eine Zigarette an, trank den Martini aus und ging in den benachbarten Spielsaal. Sie versuchte, ihren Schritt gemessen zu halten, zu schlendern und dabei unbeteiligt den Blick schweifen zu lassen. Weder am Roulette noch an einem der Kartentische fand sie den Mann. Sie ging weiter durch die übrigen Räume. Er blieb verschwunden.

Zurück an der Bar bestellte sie den Martini, der, wie sie wusste, sie endgültig betrunken machen würde. Eva hasste es, betrunken zu sein. Wie lächerlich es doch aussah, wenn jemand seine Bewegungen nicht mehr unter Kontrolle hatte! In betrunkenem Zustand unterschied sie sich kaum von den Spielern mit ihren starren Blicken und ihren wie von fremden Händen gelenkten Bewegungen. Trotzdem trank sie weiter. Manchmal war es egal. Manchmal, für ein paar Stunden, hatte auch sie nicht die Kraft, weiterhin Haltung zu bewahren. Morgen würde sie sich dafür hassen. Dann würde sie sich fragen, wie lächerlich sie auf die anderen Leute gewirkt hatte. Auf die Spieler in ihren verschwitzten Hemden. Auf den Barkeeper mit seinen lüsternen Blicken. Andere würden ihre schlechte Laune zu spüren bekommen. Ihre Assistentin würde schon am Vormittag den Feierabend herbeisehnen.

Nach einem weiteren Glas war sie sicher, dass der Mann nicht mehr ans Roulette zurückkehren würde. Sie forderte die Rechnung. Beim Bezahlen musste ihr der Barkeeper helfen, den richtigen Betrag aus dem Portemonnaie zu zählen.

»Trinkgeld gibt's nicht!«, sagte sie.

Die kalte Nachtluft traf sie wie eine Ohrfeige. Weniger betrunken wurde sie dadurch nicht. Im Gegenteil, nun bemerkte sie erst, wie unsicher ihr Schritt war. Langsam, Stufe für Stufe, die Hand am Geländer stieg sie die Treppenstufen hinab. Am Straßenrand warteten Taxis. Einer der Fahrer diskutierte durch die Seitenscheibe mit dem Fahrer eines rostigen Opels, der auf einem der Taxiplätze geparkt hatte. Eva machte einen Bogen um sie. Mit einem Taxi wäre sie in weniger als fünf Minuten zu Hause gewesen. Aber erstens fürchtete sie, sich vor dem Taxifahrer zu blamieren. Und zweitens wollte sie gar nicht so rasch in ihr Haus. Was sollte sie dort, wo niemand sie erwartete? Henrik hatte früher nächtelang auf sie gewartet. Oft vergeblich. Damals hatte gerade sein Warten sie von der Villa ferngehalten. Nun, da sie dort allein wohnte, ertappte sie sich manchmal dabei, dass sie ihn vermisste.

»Das ist absurd!«, sagte sie laut vor sich hin und überquerte die Brücke, hinter der die Fußgängerzone begann.

Sie bog nach rechts in die Kreuzgasse ab, um nicht über den Leopoldsplatz gehen zu müssen. Auch zu dieser Stunde bestand die Gefahr, dort einem bekannten Gesicht zu begegnen. Die Gasse war leer. Sie hatte Baden-Baden immer als zu still empfunden. »Verschlafene Seniorenresidenz!« hatte sie Henrik gegenüber geschimpft und sich nicht darum geschert, ob sie damit seine Gefühle verletzte. Mit der Begründung, es sei so praktisch, wenn sie länger im Labor arbeiten müsse, hatte sie sich geweigert, ihre Wohnung in Karlsruhe aufzugeben. In Wahrheit war ihr die Mietwohnung zuwider. Sie hatte sie sofort nach Henriks Tod gekündigt, um fortan nur noch in der Baden-Badener Villa zu leben. Die Stille ihrer Umgebung nahm sie in Kauf, solange diese Stil besaß.

Nach einem weiten Bogen kehrte sie zweihundert Meter hinter dem Leopoldsplatz auf die Sophienstraße zurück. Sie sah sich um. Auch hier waren nur noch wenige Menschen unterwegs. Das einzige Auto näherte sich langsam von hinten, aus der Straße, aus der Eva gekommen war. Die Scheinwerfer blendeten sie. Hastig stolperte sie nach rechts in das Licht der Schaufenster. Hier fühlte sie sich beobachtet. Sie beschleunigte ihren Schritt. Natürlich war es albern. Sie würde niemandem begegnen. Kein Bekannter beobachtete sie. Trotzdem wünschte sie, es wäre dunkler. Doch wo kein Schaufenster das Trottoir erhellte, warfen Straßenlaternen ihre Lichtkegel wie Spotlights auf Eva. Und als sie sich vor dem Gebäude der Staatsanwaltschaft umdrehte, erschrak sie.

Das Auto, dessen Scheinwerfer sie eben geblendet hatten, stand noch immer an derselben Ecke. Das Scheinwerferlicht wies in ihre Richtung. In der nächsten Sekunde stellte der Fahrer es ab. Den Motor ließ er weiterlaufen. Eva glaubte, den Wagen zu erkennen: War das nicht der rostige Opel, der vorm Casino auf dem Taxiparkplatz gestanden hatte? Folgte er ihr? Hatte der Fahrer sie schon im Casino beobachtet?

Sie ging weiter, schneller. Sie spürte ihren Puls in den Schläfen. Ihr war schwindlig. Zweimal knickte sie wegen ihrer hohen Absätze um. Es waren noch dreihundert Meter bis zu der Straße, in der sie wohnte, als sie das Auto hörte. Es fuhr langsam. Doch es näherte sich beständig. Als das Scheinwerferlicht Evas Schatten vor ihr auf das Pflaster warf, begann sie zu rennen.

Was ihm in diesem Haus gefiel: der Geruch alter Möbel, Holz und Leder und auch Staub; das Geräusch seiner Schritte, widerhallend von hohen Wänden; die Schatten der Skulpturen, vom Mondlicht aufs Parkett geworfen, verzerrte Abbilder von Abbildern. Es war nicht die erste Villa, in die er einbrach. Doch in wenigen hatte er sich so lange aufgehalten. Bereits vor zehn Minuten hatte er die Terrassentür aufgebrochen. Das Öffnen des Schlosses war Routine – er benutzte dazu noch immer das Werkzeug, das ihm Fredo zum zwölften Geburtstag geschenkt hatte. Spannend war nur die Sekunde, wenn er die Tür langsam aufschob. Gab es eine Alarmanlage? Manchmal glaubte er beinahe, er breche nur wegen des Adrenalins, das sein Körper während dieses Augenblicks ausschüttete, in Häuser ein. Natürlich war das nicht der Grund. Es war nur eine angenehme Begleiterscheinung.

Mehr Adrenalin gab es anderswo. Doch das kostete Geld. Deshalb war er hier.

Auch heute war kein Alarm ausgelöst worden. Das Vertrauen der Menschen war erstaunlich. Nur einmal hatte er fliehen müssen, weil plötzlich eine Sirene losheulte. Er blieb stets im Erdgeschoss. Oben lagen meistens die Schlafzimmer, was sollte er dort? Außerdem kam man nach oben nur über Treppen, die nicht selten knarrten. Ihr Bargeld, hatte Veit gelernt, versteckten die Leute äußerst selten unter dem sprichwörtlichen Kopfkissen. Viel häufiger fand man es in Kaffeedosen oder unter Besteckkästen, selbst in Villen wie dieser, die meistens über einen Tresor verfügten.

Hier hatte er den Tresor schnell gefunden. In dem Raum, den er durch die Terrassentür betreten hatte – ein großer Mahagonischreibtisch und Aktenschränke aus dem gleichen Holz wiesen ihn als Arbeitszimmer aus –, war ihm ein Bild aufgefallen: eine abstrakte Studie verschiedener Grüntöne, nachlässig auf die Leinwand geklatscht. Das Bild passte nicht zu dem Geschmack, den die Hausbesitzer durch die Möbel und die antiken Vorbildern nachgearbeiteten Skulpturen bewiesen. Entweder ein beredter Galerist hatte sie über den Tisch gezogen, oder das Bild erfüllte einen anderen Zweck. Veit vermutete Letzteres. Und er hatte recht: Das Bild ließ sich wie eine Tür aufklappen, dahinter befand sich der Tresor.

Er wollte gerade beginnen, den Tresor zu öffnen, als der Strahl seiner Taschenlampe durch die geöffnete Tür des Arbeitszimmers in eine Bibliothek fiel. Alle vier Wände des Zimmers waren bis zur Decke mit Büchern gefüllt. Es gab nur zwei freie Stellen: die Tür, durch die Veit sah, und eine weitere Tür gegenüber. Fenster gab es nicht, der Raum lag im Zentrum der Villa. Veit ließ das Werkzeug sinken und betrat die Bibliothek.

Die Regale waren aus Eichenholz. Außer ihnen befand sich im Raum nur ein großer Ohrensessel, eine Chaiselongue und ein winziger Tisch mit drei zerbrechlich wirkenden, unten kaum fingerdicken Beinen. Er entdeckte den Tisch erst, als er dagegen stieß. Nach dem Poltern wartete er ein paar Sekunden, ob sich im Haus etwas rühren würde. Nichts. Er sah eine kleine Lampe auf dem Tisch und knipste sie an. Ihr Licht erreichte gerade den Sessel und die Chaiselongue, die Regale lagen weiterhin im Halbdunkel. Veit seufzte. Hier hätte er sich Stunden aufhalten können. Die Beine auf der Chaiselongue ausgestreckt, auf dem Tisch ein kräftiger Tee, in den Händen eines jener Bücher, über deren Rücken er nun den Lichtkegel seiner Taschenlampe streifen ließ. Neben alten Ledereinbänden gab es auch jüngere, in Leinen gebundene Werke, auch einigen Taschenbüchern

29

hatte man einen Platz in der Bibliothek nicht vorenthalten. Veit sah eine Dostojewski-Gesamtausgabe. Er trat näher und zog die *Aufzeichnungen aus einem Totenhause* hervor. Das Buch war 1921 in Leipzig erschienen. Veit sog den Geruch des Papiers ein. Das Geräusch eines vor dem Haus vorbeifahrenden Autos erinnerte ihn daran, dass er nicht zum Lesen gekommen war. Er klappte das Buch zu und stellte es zurück. Doch anstatt zum Tresor im Arbeitszimmer zurückzukehren, griff er ein Regal höher und zog Sophokles' Tragödien daraus hervor. Eine handliche Ausgabe aller sieben Dramen – das Buch war bei seinem Erscheinen im Jahr 1937 sicher nicht teuer gewesen. Veit gefiel es, dass der Besitzer der Bibliothek auch solche preiswerten Ausgaben nicht verschmähte. Er schlug das Buch in der Mitte auf. Auf dem vergilbten Papier las er die Antwort der Iokaste auf Ödipus' Frage, wie er seiner Angst Herr werden solle:

Was soll der Mensch sich ängsten, dem des Zufalls Macht
Obwaltet, der von nichts klare Voraussicht hat?
Am besten ist, er lebt dahin, so gut er kann.

Es war lange her, dass Veit *König Ödipus* gelesen hatte. Doch an diese beiden Sätze erinnerte er sich. Das Ergeben in die Macht des Zufalls hatte ihm damals imponiert. Die meisten Menschen wurden unsicher oder ängstlich bei dem Gedanken, nicht ein Gott oder ein ewiges Gesetz lenke ihr Leben, vielmehr sei es durch Chaos und Zufall bestimmt. Iokaste aber sah gerade in *des Zufalls Macht* den Beweis, dass man keine Angst zu haben brauche. Es gab ohnehin keine *klare Voraussicht*. Warum also nicht einfach dahinleben, so gut man konnte? Unendliche Gelassenheit las Veit aus diesen drei Zeilen.

Vielleicht übertrug sich diese Gelassenheit direkt aus dem alten Drama auf Veit. Jedenfalls zog er, anstatt die Villa endlich nach Bargeld zu durchsuchen, weitere Bücher aus den Regalen. Mit Wells' *Geschichte unserer Welt* ließ er sich in den Ohrensessel sinken. Er blätterte durch Jahrtausende, durch Kontinente und durch Geschlechter. Mit Erstaunen stellte er fest, dass Hammurabi, der Hund seiner Vermieter, nach einem babylonischen König benannt war. Er stand auf, um in *Meyers Konversationslexikon* diesen Namen nachzuschlagen. In einem der Regale hatte er eine Ausgabe des Lexikons aus den Zwanzigerjahren entdeckt – der Zeit also, in der Wells seine Weltgeschichte schrieb. Veit liebte es, auf diese Weise von einem Buch zum nächsten geworfen zu werden. Sein Weg durch die Literatur war nie ein systematischer gewesen. Er glich einer Weltreise, auf der keine Etappe im Voraus geplant war.

Als er den schweren Lexikonband aufschlug, hörte er eine Stimme hinter sich: »Rühr dich nicht von der Stelle!«

Die Stimme gehörte einer Frau. Sie klang außer Atem. Und keineswegs so sicher, wie es ihre Ermahnung erfordert hätte. Wie lange hatte sie ihn hier unten in der Bibliothek gehört und Angst gehabt? Hatte sie bereits die Polizei gerufen? Veit ließ das Lexikon sinken.

»Keine Bewegung!«

Er hielt inne.

»Langsam umdrehen!«

»Ohne mich zu bewegen?« Kaum hatte er es gesagt, wurde ihm ein harter daumendicker Gegenstand in die Rippen gestoßen. Vor Schmerz stöhnte er auf und prallte gegen das Regal.

»Das ist nicht der Moment für Klugscheißerei! Hände hoch und umdrehen! Aber langsam!«

Er gehorchte. Im nächsten Augenblick sah er in die Mündung eines Jagdgewehrs. Die Frau, die es hielt, trat drei Schritte zurück, um aus der Reichweite seiner Arme zu gelangen. Sie trug ein schwarzes Cocktailkleid, dessen Schnitt ostasiatisch wirken sollte. Es war hochgeschlossen, doch gerade dieses Verhüllen machte neugierig auf das Darunter. Denn die Frau war schön. Veit bemerkte ihre grünen Augen, die im Zwielicht der Bibliothek beinahe wie Katzeaugen leuchteten. Nur die Irritation, die er darin zu entdecken glaubte, konnte er sich nicht erklären: Die Frau sah ihn an, als hätte sie ihn schon einmal gesehen, es war ein Blick des Wiedererkennens. Veit hingegen war überzeugt, ihr noch nie begegnet zu sein. An solche Frauen erinnerte man sich.

»Was tust du hier?«, wollte sie wissen. Alkohol machte ihre Stimme schwer. Wahrscheinlich kam sie von einer Party. Hätte sie nicht mit einem Gewehr auf ihn gezielt, hätte Veit über ihre unsinnige Frage gelacht.

»Was glauben Sie? Ich schlage im Lexikon die Namen babylonischer Könige nach. Sie besitzen eine großartige Bibliothek.«

»Du bist hier eingebrochen?«

»Ich war dazu gezwungen, Sie hatten leider abgeschlossen.«

Sie zog die Stirn in Falten. Etwas machte ihr zu schaffen. Veit begriff nicht, was für sie so schwer zu verstehen war. Sie hatte einen Einbrecher überrascht. Gut, vielleicht rechnete die durchschnittliche Villenbesitzerin nicht damit, dass sich ein Einbrecher für Literatur interessierte. Wenn er es sich recht überlegte, war das Bild tatsächlich ein wenig merkwürdig: wie er es sich in dem Ohrensessel gemütlich gemacht hatte, anstatt so schnell wie möglich den Safe zu leeren und

31

wieder zu verschwinden. Doch während sie ihm die folgenden Fragen stellte, verstand er immer weniger.

»Fährst du einen alten Opel?«, fragte sie.

»Nein, warum?«

Sie schüttelte den Kopf. »Natürlich nicht. So schnell konntest du nicht sein.« Sie musterte ihn von Kopf bis Fuß. »Woher wusstest du, wo ich wohne?«

»Ich hatte keine Ahnung, wer hier wohnt.«

Sie lachte. »Erzähl mir nichts! Hast du mich heute Abend etwa nicht gesehen? Bist du nicht deshalb hier? Weil du wusstest, dass niemand zu Hause ist?«

»Ich verstehe nicht. Ich habe keine Ahnung, wo wir uns schon begegnet sein sollen.«

Die Falten verschwanden von ihrer Stirn. Anstelle von Irritation trat nun ein Ausdruck in das Gesicht der Frau, den Veit nur als Enttäuschung deuten konnte. »Ich bin dir nicht aufgefallen?«

Beinahe tat sie Veit leid. Sie war hoffnungslos betrunken. Und so lächerlich ihm diese Szene zwischen Einbrecher und Hausherrin in der nächtlichen Bibliothek mittlerweile auch vorkam – er musste weiterhin brav Rede und Antwort stehen. Der Blick in den Gewehrlauf überzeugte ihn davon. Der Alkoholpegel der Frau machte das Gewehr in ihrer Hand nicht ungefährlicher, im Gegenteil. Also beschloss Veit, höflich zu sein, vielleicht sogar charmant. Offensichtlich war die Dame es nicht gewohnt, übersehen zu werden.

»Ich versichere Ihnen«, sagte er, »wären wir uns schon einmal begegnet, würde ich mich an Sie erinnern.«

»Deine Schmeicheleien kannst du dir sonst wohin stecken!«

Ein solcher Ausdruck aus ihrem Mund überraschte Veit. Doch noch stärker verwunderte ihn ihre nächste Frage.

»Trägst du unter deiner Jacke noch die hässliche Krawatte?«

»Wie bitte? Was für eine Krawatte?«

»Hellblau, mit grünen Querstreifen.«

Endlich begriff er. »Sie haben mich im Casino gesehen?«

»Ich dachte, du würdest gewinnen.«

»Das dachte ich auch.«

»Spielst du deshalb?«

»Weshalb sonst?«

»Ich habe keine Ahnung. Ich spiele nicht.«

»Was machen Sie dann im Casino?«

»Leuten beim Verlieren zusehen.«

»Manche gewinnen auch.«

»Tatsächlich? So wie du?«

»Heute hatte ich Pech.«
»Und deshalb brichst du bei mir ein? Weil du Geld brauchst? Weil du weiterspielen musst?«
Er zuckte mit den Schultern. Was sollte er sagen? Dass es ihm leidtat? »Haben Sie schon die Polizei gerufen?«, fragte er stattdessen.
Sie zögerte. »Natürlich«, sagte sie.
Das Zögern hatte zu lange gedauert. »Sie lügen«, sagte Veit und wagte einen Schritt in ihre Richtung.
Das Gewehr zuckte nach oben. »Bleib stehen!«
»Sieht alt aus, das Gewehr. Schießt es überhaupt noch?«
»Meinem Mann hat es den Schädel weggeblasen.«
Veit sah, wie sie lächelnd seine Reaktion auf diese Antwort verfolgte. Er musste plötzlich sehr unsicher wirken. »Sie haben Ihren Mann getötet?« Er versuchte, die Frage so klingen zu lassen, als sei das nichts Besonderes.
»Was glaubst du?«, fragte sie, und ihr Lächeln wurde breiter.
Ja, was glaubte er eigentlich? Er hatte keine Ahnung, was er von dieser Frau halten sollte. Mittlerweile traute er ihr vieles zu. Vielleicht sollte er ihr das sagen? Schließlich schien sie so sehr von sich überzeugt zu sein, dass sie es womöglich als Kompliment auffassen würde. Es würde ihr zeigen, dass er sie ernst nahm. Vielleicht kam er so noch davon, durch Respekt. Er sagte:
»Ich würde es Ihnen zutrauen.«
Einige Sekunden lang betrachtete sie ihn stumm. Dabei verschwand ihr Lächeln nicht. Es veränderte sich. Vorher hatte es ihre Belustigung gezeigt. Jetzt drückte es Zufriedenheit aus. Und noch etwas anderes war darin, das Veit nicht deuten konnte. Als sie ihn hier überrascht hatte, war sie unsicher und ängstlich gewesen. Jetzt schien ihr die Situation mehr und mehr zu gefallen.
»Zieh die Jacke aus!«, sagte sie.
Er zog den Reißverschluss der schwarzen Kapuzenjacke auf.
»Tatsächlich!« Sie lachte. »Du trägst noch die Krawatte!«
Er zog die Jacke aus. »Und jetzt?«, fragte er.
»Wirf sie auf den Sessel!«
Er dachte daran, ihr die Jacke ins Gesicht zu schleudern. Sie schüttelte langsam den Kopf und wies mit dem Gewehrlauf auf den Sessel. Er warf die Jacke dorthin.
»Die Krawatte!«
Er nahm sie ab und warf auch sie auf den Sessel.
»Weiter!«
»Was soll das? Haben Sie das nötig?«
»Sei ruhig und zieh dich aus!«

Er schlüpfte aus den Schuhen, ließ Hemd und Hose fallen. »Zufrieden?«, fragte er.

»Könnte schlechter sein.«

»Und jetzt?«

»Die Unterhose kannst du anbehalten. Ich hab's nämlich ganz und gar nicht nötig. Schon gar nicht mit dir, da muss ich dich leider enttäuschen.« Ohne ihren Blick oder den Gewehrlauf von ihm abzuwenden, bückte sie sich zum Sessel hinunter und begann, seine Hosentaschen zu durchsuchen. Nach wenigen Sekunden hielt sie seinen Personalausweis in der Hand. »Veit Glassmann«, las sie. »Angenehm, Veit. Ich heiße Eva.«

»Sehr erfreut. Darf ich mich dann wieder anziehen?«

»Das kannst du draußen machen.«

Er stutzte. »Sie lassen mich laufen? Sie rufen nicht die Polizei?«

Sie ließ sich auf die Chaiselongue sinken und schlug die Beine übereinander. Den Gewehrlauf stützte sie auf der Lehne ab. Er zielte auf Veits Körpermitte. Hätte sein Unterbewusstsein ihm nicht gesagt, dass darin etwas Perverses lag, Veit hätte sich eingestehen müssen, dass er diese Frau, die ihn bedrohte und demütigte, begehrte, wie er selten eine Frau begehrt hatte. Sie musste das spüren. Lächelte sie deshalb nun noch breiter?

»Dir gefallen meine Bücher?«, fragte sie.

Was sollte das jetzt? Er nickte brav.

»Kennst du den *Spieler*?«

»Natürlich.«

»Ach, bist wohl stolz auf deine Belesenheit, was? Egal! Ich besitze eine schöne Dostojewski-Ausgabe.«

»Hab ich gesehen.«

»Möchtest du einen Band haben?«

»Sie wollen mir etwas schenken?«

»Sagen wir *leihen*. Nachdem du dir solche Mühe gemacht hast, sollst du nicht mit leeren Händen gehen. Mein Geld brauche ich leider selber.«

Dass sie dem Mann, der ihr Haus hatte ausrauben wollen, nun etwas schenkte, empfand Veit nur als weitere Demütigung, als weiteren Beweis ihrer Überlegenheit.

»Na, los!«, forderte sie ihn auf. »Du weißt doch, wo es steht.«

Veit drehte sich zum Regal um und zog den Roman heraus.

»Und jetzt verschwinde aus meinem Haus!«

Er nahm seine Kleider vom Sessel. Als er in die Hose schlüpfen wollte, versetzte sie ihm mit dem Gewehrlauf einen weiteren Stoß in die Rippen.

»Ich sagte doch: draußen!«
Auf Socken stolperte er aus dem Lichtkreis der kleinen Lampe zur Tür des Arbeitszimmers. »Meinen Ausweis ...«
Sie schüttelte den Kopf. »Der bleibt hier.«

Viertes Kapitel
Agnes forscht nicht

Krysztof Mendritzki betrat das Labor durch einen Nebeneingang. Lange hatte er suchen müssen, bevor er in einer Zufahrt für Lieferanten auf die Stahltür mit der Aufschrift PROREPRO – *Nur für Personal* gestoßen war. Gleich nach seiner Entlassung aus dem Polizeidienst, zu Beginn seiner Selbstständigkeit, hatte Krysztof begonnen, eine Liste anzufertigen. Ein *Leitfaden für private Ermittler*, den er zu veröffentlichen gedachte, sollte daraus werden. Heute bestand sein Leitfaden aus genau zweieinhalb mit Kugelschreiber bekritzelten Seiten in einem Notizblock. Auf dem Deckel des Notizblocks wurde eine Wandfarbe beworben, die seit 1995 wegen krebserregenden Inhaltsstoffen nicht mehr im Handel war. Wenn auch Krysztofs Leitfaden niemals in die Buchhandlungen gelangen sollte, so richtete er selbst sich doch strikt nach seinen Grundsätzen. Regel Nummer vier lautete: *Ein Objekt nach Möglichkeit niemals durch den Haupteingang betreten.*

Er folgte einem langen Korridor. Das Licht der Neonröhren schimmerte grünlich an den Wänden, spiegelte sich in den verglasten Bildern: weibliche und männliche Geschlechtsorgane im Querschnitt, schematische Darstellungen der embryonalen Entwicklung, Fotos von Neugeborenen und ihren glücklichen jungen Eltern. Vor einem Bild blieb er einen Augenblick stehen. Es zeigte goldgelbe, auf dünnen Drähten balancierende Klümpchen vor weinrotem Hintergrund. Krysztof hatte wenig übrig für moderne Kunst, aber dieses Bild gefiel ihm. Die schlichte Zweifarbigkeit und die kühne Balance der abstrakten Formen strahlten eine große Ruhe aus. Er trat näher heran, um die rechts unter dem Bild angebrachte Tafel zu lesen:

Elektronenmikroskopische Aufnahme deformierter Spermien. Sie können die Ursache männlicher Unfruchtbarkeit sein. Das gekrümmte Exemplar in der Bildmitte weist Missbildungen an Kopf und Geißel auf und ist bewegungsunfähig. Spermien, die nur im Bereich der Geißel deformiert, darüber hinaus aber gesund sind, können Reproduktionsmedizinern noch zur Befruchtung weiblicher Eizellen dienen.

»Kann ich Ihnen helfen?«

Krysztof schreckte zurück und sah sich irritiert um. Eine hübsche, dunkelhaarige Frau in einem weißen Kittel sah ihn fragend an. Sie

trug eine schmale schwarze Hornbrille und machte Krysztof augenblicklich nervös. Vielleicht lag das auch an dem starken Interesse, mit dem er die elektronenmikroskopische Abbildung betrachtet hatte, was ihm nun peinlich war.
»Ich habe einen Termin«, brachte er mit Mühe heraus.
»Da sind Sie hier falsch. Wer hat Sie denn in diesen Gang geschickt?«

Leitfaden für private Ermittler, Regel Nummer neun, wiederholte Krysztof im Geist: *Bei Fragen nach Personen, die man kennen sollte, aber nie gesehen hat, möglichst ungenaue Angaben machen.* »Ihre Kollegin. Mit diesem ... na, wie heißt das noch?«

»Sie meinen ihre Narbe?«

Krysztof nickte.

Die Dunkelhaarige seufzte. Offenbar wusste sie genau, mit wem Krysztof nicht gesprochen hatte. »Lippen-Kiefer-Gaumenspalte. Im Volksmund Hasenscharte. Wie oft habe ich ihr gesagt, sie soll den Herren den Weg zeigen?«

Während er sich noch über seinen Erfolg mit Regel Nummer neun freute, spürte Krysztof plötzlich die Hand der hübschen Frau an seinem Oberarm.

»Kommen Sie, ich bringe Sie hin!«

Sie führte ihn durch zwei weitere fensterlose, durch Neonlicht erhellte Korridore. Vor einer Tür, die sich in nichts von allen übrigen Türen unterschied, stoppte sie abrupt.

»Hier stellen Sie es ab«, sagte sie und deutete auf eine kleine Milchglasscheibe, die neben der Tür in die Wand eingelassen war. »Dann melden Sie sich vorne bei Theresa. Die mit der Hasenscharte. Hier hinunter und da vorne rechts.« Sie wies den Gang entlang. »Ich bin übrigens Dr. Agnes van Doorn.« Sie gab ihm die Hand.

»Krysztof Mendritzki«, sagte Krysztof Mendritzki, zu verwirrt von der schönen Ärztin und dem Geheimnis der Milchglasscheibe, um etwas anderes zu sagen.

»Dann bis später, Herr Mendritzki«, sagte sie, öffnete ihm die Tür und ging zur anderen Seite im Neonlicht davon.

Krysztof sah ihr noch hinterher, bis sie um eine Ecke bog. Der Raum, den er dann betrat, war nur wenige Quadratmeter groß. Es gab zwei weiße Plastikstühle, ein Regal, darauf einige in Plastikhüllen eingeschweißte Becher, ein Waschbecken und einen dunklen Holztisch. Auf dem Tisch lagen Pornohefte.

Agnes goss sich noch einen Kaffee ein und setzte sich wieder an den Schreibtisch. Der Computermonitor flimmerte. Sie nahm die Brille ab und rieb sich die Augen. Nebenan hörte sie Dr. Westphals Stimme. Agnes hätte auch gern mit den Patienten gesprochen. Noch lieber hätte sie im Labor gearbeitet. Stattdessen musste sie die Daten von Patienten der vergangenen Jahre in ein neues Computerprogramm eingeben. Seit zwei Wochen tat sie kaum etwas anderes. Hatte sie dafür Medizin studiert?

Sie wollte forschen, und zu Beginn hatte ihre Tätigkeit bei PRORE-PRO nach einer soliden Basis ausgesehen. Das Unternehmen finanzierte sich zunächst aus Einnahmen durch unfruchtbare, aber finanzstarke Patienten. Seit dem Sommer 2002 waren die Krankenkassen verpflichtet, die Kosten für künstliche Befruchtungen zu übernehmen. Die erwarteten steigenden Patientenzahlen waren jedoch ausgeblieben. Und die Krankenkassen feilschten um jeden Cent. Einem wohlhabenden Paar mit Kinderwunsch war es nie auf tausend Euro angekommen.

Dr. Westphals Firma überlebte trotzdem, weil die öffentliche Hand ihre Forschung, das zweite Standbein des Unternehmens, über Jahre hinweg großzügig förderte. So hatte auch Agnes am Anfang bei PROREPRO, unterstützt von einem persönlichen Assistenten, nach Lust und Laune forschen dürfen. Seit ihrer Dissertation beschäftigte sie sich mit der Optimierung von Nährlösungen. Nun war sie schon seit Tagen nicht mehr im Labor gewesen. Ihr graute vor dem schlechten Zustand, in dem sich ihre Versuchsanordnungen befinden mussten.

Ihr Assistent war nach der überraschenden Streichung der jährlichen Fördergelder im vergangenen Jahr als Erster entlassen worden. Als Nächstes hatten Dr. Westphals Assistentin, die Sekretärin und die Putzfrau gehen müssen. Jetzt waren nur noch die Arzthelferin Theresa, die Chefin und Agnes übrig. Agnes erledigte ihre Sekretärinnenarbeit genauso stur wie den im dreiwöchigen Wechsel anfallenden Putzdienst. »Wir müssen nun alle Opfer bringen«, hatte ein Politiker vor Kurzem die Situation am Arbeitsmarkt kommentiert. Hätte sie nur einen Weg gesehen, der zurück zu ihren Nährlösungen führte, sie wäre ihn gegangen. Doch Dr. Westphal ließ nicht mit sich reden: Damit sei im Moment kein Geld zu machen, und deshalb hätte anderes Vorrang. Selbst solche stupiden Arbeiten wie das Anlegen einer Patientenkartei in dem neuen Computerprogramm. Später würden sie damit eine Menge Zeit sparen. Und Zeit sei schließlich Geld.

Agnes fluchte über den dünnen Kaffee und nahm die nächste Akte vom Stapel. Sie schlug den Hefter auf und bemerkte sofort, dass er hier nicht hingehörte. Das waren die Akten der Familie Klein, die gerade nebenan bei Dr. Westphal saß. Wahrscheinlich hatte die Chefin sie hier im Vorzimmer vergessen. Frau Klein hatte mit Hilfe von PRO-

REPRO vor fünf Jahren eine gesunde Tochter zur Welt gebracht. Es war einer der ersten Aufträge für Dr. Westphal gewesen, Agnes hatte damals noch nicht hier gearbeitet. Aus Dankbarkeit hatten die Kleins ihre Tochter nach ihrer Wohltäterin Eva genannt. Wie die übrigen Kunden – nach einem Management-Seminar hatte Dr. Westphal sich angewöhnt, ihre Patienten als Kunden zu bezeichnen – erschien die Familie Klein regelmäßig zu Nachuntersuchungen.

Agnes mochte die neugierige Art des Mädchens. Es stellte alle möglichen Fragen nach Agnes' Arbeit und schien auch an den komplizierten Antworten interessiert zu sein. Ihre Eltern wirkten bei jedem Besuch glücklicher über die gesunde Entwicklung ihrer Tochter. In solchen Augenblicken wusste Agnes, wofür sie arbeitete.

Sie wollte den Hefter wieder zuklappen und nach nebenan bringen. Die Daten der ältesten Kunden, hatte die Chefin gesagt, wollte sie selbst in das neue System übertragen, weil Agnes an den Fällen nicht mitgearbeitet hatte. Gerade deshalb interessierten sie Agnes natürlich. Und so wandte sie sich vom flimmernden Monitor ab, lehnte sich im Schreibtischstuhl zurück und begann zu lesen.

Sie war so vertieft in die Dokumente, dass sie das Klopfen überhörte. Erst ein zaghaftes Räuspern ließ sie aufblicken.

»Herr ...«

»Mendritzki«, half ihr der Mann.

»Sie sollten sich doch bei Theresa melden, wenn Sie fertig sind.«

»Ich fürchte, da liegt ein Missverständnis vor.«

»Jetzt kannst du die Faust wieder öffnen«, sagte Eva.

Der Blick des Mädchens verfolgte den Weg ihres dunklen Blutes in die Spritze.

»Du bist so tapfer!«, lobte Frau Klein ihre Tochter. Ihr Mann – am Fenster stehend wandte er ihnen den Rücken zu – bestätigte das. Er konnte kein Blut sehen.

»Ich will ein Krokodil-Pflaster«, sagte die Kleine.

Eva nahm ein buntes Kinderpflaster aus einer Schublade und ließ es Frau Klein auf den Arm des Mädchens kleben. »Glück gehabt«, sagte sie. »Das war das letzte Krokodil.«

Sie verabschiedeten sich herzlich. In ihren Augen gehöre Eva zur Familie, hatte Frau Klein einmal gesagt und sie zum Kaffee eingeladen. Unter einem Vorwand hatte Eva im letzten Augenblick abgesagt. Auch die wiederholten Einladungen zum Geburtstag des Mädchens nahm sie nicht an. Sie strich der Kleinen durch die blonden Locken und schob sie zur Tür. Als sie die drei hindurchgelotst hatte, sah sie einen fremden Mann bei Dr. van Doorn im Vorzimmer. Er trug einen

39

fleckigen Anorak, sein dünnes Haar hing ihm fettig in die Stirn. Er sah älter als Eva aus, doch sie fürchtete für ihn, dass dieser Eindruck täuschte.
»Der Herr möchte Sie sprechen«, sagte Dr. van Doorn.
»Habe ich einen Termin vergessen?«, fragte Eva.
»Nein. Er hat keinen.«
»Dann tut es mir leid. Sie werden verstehen, dass ich viel Arbeit habe.«
»Das habe ich ihm auch schon zu erklären versucht.«
»Frau van Doorn wird Sie zum Empfang begleiten«, sagte Eva. »Dort gibt Ihnen unsere Mitarbeiterin gern einen Termin.«
»Ich komme wegen Friedrich Martensen«, sagte der Mann.
Eva brauchte nur eine Sekunde, um sich zu sammeln. »Friedrich«, sagte sie. »Wie geht es ihm?«
»Schlecht, sehr schlecht. Darüber wollte ich mit Ihnen sprechen.«
»Begreifen Sie denn nicht …«, setzte Dr. van Doorn an, aber Eva unterbrach sie.
»Würden Sie die Kleins zu Theresa bringen und einen Termin für Anfang nächsten Monat ausmachen?«
Dr. van Doorn stand irritiert auf und folgte der Familie.
»Wie war doch gleich Ihr Name?«, fragte Eva.
»Mendritzki.«
Sie bat ihn in ihr Büro.
»Mendritzki«, wiederholte sie. »Ich kann mich nicht erinnern, dass Friedrich Sie einmal erwähnt hätte.«
»Wann haben Sie ihn denn zuletzt gesehen?«
Eva schlug ein wenig Zeit heraus, indem sie ihrem Gast mühsam einen Stuhl zurechtrückte, selbst hinter ihrem Schreibtisch Platz nahm und Mendritzki einige Sekunden lang versonnen betrachtete, als würde sie nachdenken. Er war groß und schlank, vielleicht sogar sportlich, doch seine Haltung war schlecht, er neigte zum Buckel. Seine wässrigen Augen und die gerötete Haut wiesen ihn als Trinker aus. Deshalb musste er aber nicht dumm sein. Wahrscheinlich kannte er die richtige Antwort auf seine Frage bereits. Also war es am besten, die Wahrheit zu sagen. So lange sich diese vertreten ließ.
»Er hat mich vor ein paar Monaten angerufen«, sagte sie. »Weil er in Karlsruhe zu tun hatte, wollte er sich mit mir treffen. Das muss Ende September gewesen sein.«
»Am zwanzigsten September?«
»Möglich. Ich müsste in meinem Terminkalender nachschauen. Aber vielleicht verraten Sie mir zuerst einmal, was los ist? Sie sagten, es geht Friedrich schlecht …«

Mendritzki bohrte mit dem kleinen Finger in seinem Ohr. Eva war es gewohnt, dass Männer bemüht waren, einen guten Eindruck bei ihr zu hinterlassen. Mendritzki beschränkte sich darauf, ungeniert ihre nackten Waden unter der Schreibtischplatte zu begutachten, während er sich, noch immer im Ohr bohrend, seine Antwort zurechtlegte.

»Sie sprechen von Ihrem Terminkalender«, begann er endlich.
»Genau darum geht's.«
Sie sah ihn irritiert an.
»Nicht um Ihren«, erklärte er. »Um Herrn Martensens Terminkalender. Seine Frau hat Ihren Vornamen darin gefunden.«
»Oh, nein! Ich spiele doch nicht etwa eine Rolle in einem Ehedrama?«
»Das wäre halb so schlimm für Herrn Martensen.«
»Sie kennen offensichtlich keine eifersüchtigen Ehefrauen!«
»Frau Dr. Westphal, aus Herrn Martensens Kalender geht hervor, dass Sie wahrscheinlich die letzte Person waren, die mit ihm gesprochen hat.«
»Ist er verschwunden?«
»Er ist tot.«

Eva hatte ein wenig Zeit gehabt, sich auf diese Eröffnung vorzubereiten. Große Bestürzung nahm man ihr für gewöhnlich nur schwer ab. Dafür wirkte sie zu kühl. Totale Beherrschung wäre jedoch ebenso verdächtig. Schließlich waren sie und Friedrich einmal ein Paar gewesen, auch wenn das achtzehn Jahre zurücklag. Und falls Mendritzki davon noch nichts wusste, würde er es bald herausfinden. Ja, sie würde es ihm selbst sagen.

»Friedrich?«, sagte sie also, stützte sich auf der Tischplatte ab, sah Mendritzki in die Augen und schüttelte den Kopf. Dann stand sie auf und zündete sich eine Zigarette an. »Woran ist er gestorben?«
»Die Ärzte sagen: Herzinfarkt.«
Sie trat ans Fenster und sah hinaus. Am Ende der Straße sah sie die Familie Klein in ihr Auto steigen. »Und das ist schon im September passiert? Vor vier Monaten? Warum erfahre ich das erst jetzt?«
»Hatten Sie denn engen Kontakt?«
»Nein, Sie haben recht. Vorher hatten wir uns Jahre nicht gesehen.«
»Sie haben zusammen studiert, nicht wahr?«
»Ja. Damals waren wir auch eine Weile zusammen. Aber das wissen Sie als sein Freund wahrscheinlich.«
»Ich war nicht mit ihm befreundet. Seine Witwe hat mich engagiert.«

»Engagiert? Wofür?«
»Ich bin Privatdetektiv.«
Eva drehte sich um und musterte ihn erneut. »Das ist ja wie im Kino! Hat Friedrich was angestellt?«
»Das weiß ich nicht. Aber seine Frau glaubt nicht an den Herzinfarkt.«
»Kann ich verstehen. Er war so alt wie ich! Er hat nicht geraucht! Gut, er hatte Übergewicht, aber …«, sie stockte. »Was wollen Sie damit eigentlich sagen?«
Mendritzki drehte seinen Stuhl so, dass er Eva besser sehen konnte. »Darf ich?«, fragte er mit Blick auf ihre Zigarette.
Sie bot ihm eine von ihren an und gab ihm Feuer.
»Nach Frau Martensens Aussage war ihr Mann Hypochonder. Rannte ständig zum Arzt. Wobei die Tatsache, dass er selbst Mediziner war, alles nur schlimmer machte. Denn da wusste er ja genau, was für Krankheiten er haben könnte.«
»So geht es mehr Ärzten, als man glaubt«, sagte Eva.
»Nur war Ihr Bekannter kerngesund. Die zahlreichen ärztlichen Berichte belegen das. Keine Herzschwäche.«
Eva sagte nichts. Sie versuchte Mendritzki einzuschätzen. Auf sein ungepflegtes Äußeres durfte sie nichts geben. Durch den Zigarettenrauch blickten sie zwei kleine, dicht beieinanderstehende Augen an. Trotz ihrer Wässrigkeit durchbohrte ihr Blick Eva. Was wusste Mendritzki? Und wenn er nichts wusste, was vermutete er?
»Hat die Polizei denn nicht ermittelt?«, fragte sie.
»Das hat sie. Konnte aber nichts Ungewöhnliches feststellen. Herr Martensen hatte an jenem Nachmittag einen Termin beim Preiskomitee der … warten Sie …« Er zog einen verknickten Notizblock aus der Tasche seines Anoraks.
»Beim Preiskomitee der Konrad-Keppler-Stiftung«, half Eva. »Er hat mir davon erzählt.«
»Richtig, ich bewundere Ihr Gedächtnis!« Mendritzki sah sie erstaunt an. Als Eva nicht reagierte, fuhr er fort. Martensens Frau habe von dem Termin mit dem Preiskomitee gewusst, jedoch nichts von der Verabredung mit Eva. Sie habe die Polizei auf den unbekannten weiblichen Vornamen im Terminkalender ihres Mannes hingewiesen. Da eine zweite Obduktion der Leiche aber dasselbe Ergebnis wie die erste geliefert habe, sei man sehr unhöflich mit Frau Martensen umgegangen. »Der die Ermittlungen leitende Kommissar sagte, es täte ihm leid, wenn Frau Martensen auf diese Weise von einer anderen Frau im Leben ihres Mannes erfahren müsse. Aber das sei kein Grund für weitere Ermittlungen. Und damit war der Fall abgeschlossen.«

»So ein Schwein!«
Mendritzki nickte zustimmend. »Erst ich konnte durch Sichtung alter Unterlagen, darunter Dokumente aus Herrn Martensens Studienzeit, dem geheimnisvollen Namen Eva eine Person zuordnen.« Will er jetzt gelobt werden, dachte Eva und sagte: »Gratuliere!« Er wiegelte ab, er mache nur seinen Job. Die Angestellten des Restaurants, in dem Herr Martensen gestorben sei, hätten bestätigt, dass er sich dort mit einer Frau getroffen habe. »Einer sehr attraktiven Frau«, präzisierte Mendritzki und lächelte schief.
Eva ging nicht auf das Kompliment ein. »Sie sagen, er ist noch in dem Restaurant gestorben?«
Mendritzki nickte. »So dass Sie nun wahrscheinlich verstehen, warum ich mit Ihnen sprechen wollte. Frau Martensen hat sich in den Gedanken verrannt, ihr Mann sei ermordet worden. Und da die Polizei ihr den Beweis nicht bringen wollte, hat sie mich engagiert. Können Sie mir also sagen, ob Ihnen irgendetwas Ungewöhnliches an Herrn Martensen aufgefallen ist? Haben Sie jemanden in Ihrer Nähe bemerkt, der sich auffällig verhielt? Hat Herr Martensen Ihnen von irgendeiner merkwürdigen Begegnung erzählt?«
Eva schüttelte den Kopf. »Friedrich war nervös.«
»War das nichts Ungewöhnliches?«
»Nein, nervös war er früher oft. An diesem Nachmittag war es vielleicht schlimmer wegen des Treffens mit dem Preiskomitee.«
»Herr Martensen sollte einen Preis bekommen, nicht wahr?«
»Er hatte gute Chancen, der Ärmste.« Sie wusste, nun wurde es brenzlig. Wenn Mendritzki bereits von ihrer Nominierung für den Preis wusste, erwartete er sicher, dass sie davon erzählte. Wusste er nichts davon, würde sie ihn durch die Information vielleicht auf eine Spur lenken, die er sonst nie gefunden hätte. Erneut entschied sie sich für Offenheit. »Ich war übrigens auch nominiert«, sagte sie.
»Ach! Und? Haben Sie den Preis bekommen?«
»Nein.« Sie sah ihm in die Augen, während sie es sagte. Er wirkte enttäuscht. Offensichtlich hatte er noch nicht Bescheid gewusst. Innerlich fluchte Eva.
»Worüber haben Sie eigentlich gesprochen?«, wollte Mendritzki wissen.
»Über die Arbeit.«
»Forschen Sie auch?«
»Nur nebenbei. Mein Brot verdiene ich mit künstlichen Befruchtungen.«
Mendritzki sah sich im Büro um. Sein Blick fiel auf ein Ölgemälde über Evas Schreibtisch. Es zeigte eine Frau in einem weißen Kleid,

die in die Betrachtung eines leuchtend gelben Rapsfeldes versunken war. Der breite Rahmen war vergoldet. »Und?«, fragte er, »geht das Geschäft gut?«

»Ich kann mich nicht beschweren«, log sie. Besser, er wusste nichts von ihrer angespannten Finanzlage. Besser, sie kamen wieder auf andere Dinge zu sprechen. »Natürlich haben wir auch ein paar Erinnerungen aufgewärmt. Friedrich neigte zu Sentimentalität.«

»Sie sagten, Sie seien einmal ein Paar gewesen?«

Sie nickte.

»War er noch in Sie verliebt?«

»Ich bitte Sie! Das ist fast zwanzig Jahre her!«

»Nun, bei sentimentalen Männern weiß man nie, was wann wieder hochkommt.«

»Ich glaube, Friedrich war damals ganz froh, mich los zu sein.«

»Das kann ich mir nun beim besten Willen nicht vorstellen!«

»Wenn Sie mir jetzt nur noch Komplimente machen wollen, muss ich Sie leider enttäuschen. Dafür ist meine Zeit zu kostbar. Sollten Sie also noch Fragen haben, rufen Sie mich bitte an. Aber ich glaube nicht, dass ich Ihnen noch weiterhelfen kann.«

Er hatte wohl gehofft, sie noch ein wenig länger begaffen zu dürfen. Langsam erhob er sich aus seinem Stuhl, sah sich noch einmal im Büro um, sagte mit Blick auf das Ölgemälde, das sei alles wirklich sehr nett, bat um Entschuldigung für die Störung und bedankte sich vielmals. Zum Abschied gab er Eva seine Visitenkarte.

Im Vorzimmer klappte Dr. van Doorn eine Akte zu, sprang auf und führte Mendritzki hinaus. »Damit Sie sich nicht wieder verlaufen«, sagte sie.

Fünftes Kapitel
Tatjana tanzt

Carlo war seine Erkältung nicht losgeworden. Während der Trauungszeremonie musste er sich ständig mit einem karierten Taschentuch die Nase putzen. Tatjanas Laune verschlechterte sich sichtbar, je näher das Jawort rückte. Immer finsterer wurden die Blicke, die sie ihrem Bräutigam bei jedem erneuten Niesen zuwarf. Der feierliche Kuss, der die Ehe besiegeln sollte, war nicht mehr als ein flüchtiger Schmatzer, weil es Carlo schon wieder in der Nase kribbelte. Laut und feucht brach es aus ihm heraus. Veit, der in der ersten Bank saß, sah den angewiderten Blick, mit dem Tatjana ihr Dekolleté, das wohl etwas abbekommen hatte, betrachtete. Carlo schnäuzte in das rot-blaue Taschentuch und tupfte sich die verschwitzte Stirn ab.

Veit versuchte sich zu erinnern, wie Carlo vor fünfzehn, vor zwanzig Jahren ausgesehen hatte. Kräftig war er schon immer gewesen, vielleicht nicht so dick wie heute, aber Idealgewicht hatte er sicher nie gehabt. Doch das machte Carlo nicht unattraktiv. Sonst hätte sich Veits Mutter nicht für ihn interessiert. Sie mochte schöne Männer. Und sie bekam, wen sie wollte. Veit blieb ihre Lebenslust nicht verborgen. Seinem Vater wahrscheinlich erst recht nicht. Bis heute fragte Veit sich, was für ein Arrangement die beiden miteinander hatten. Hatte der für seine Waghalsigkeit bewunderte Turmspringer Mario Glassmann ebenfalls Affären? Gelegenheiten gab es ohne Zweifel, all die Frauen, die nach den Vorstellungen um Autogramme bettelten und wissen wollten, ob der Große Mario denn keine Angst habe, wenn er von der schwankenden Plattform auf das winzige Wasserbecken hinuntersah. Vielleicht, gestand Veit sich ein, wollte er seine Erinnerung an den Vater rein halten. Vielleicht hatte er deshalb Frauen aus dem Gedächtnis gelöscht, die allzu vertraut mit ihm umgegangen waren.

Nach dem Tod von Veits Vater dauerte es nicht lange, bis Carlo an seine Stelle trat. Er war ein eleganter, wenn auch etwas schmieriger Charmeur – damals trug er einen schmalen Schnauzbart und färbte sich das Haar schwarz, was ihm ein südländisches Aussehen verleihen sollte. Ein Zirkus musste italienisch sein – deshalb hatte sich Karl in Carlo, Martin in Mario, Fritz in Fredo und Annegret in Angela verwandelt. Als Veit mit zehn Jahren von einer Karriere als

Entfesslungskünstler zu träumen begann, nannte er sich nur noch der Unglaubliche Vito. Fünf Jahre später, in einem ihrer letzten klaren Momente, bat seine Mutter ihn, den Unglaublichen Vito zu begraben. »Tu mir einen Gefallen, und mach was anderes als diese Artistenscheiße«, sagte sie und zog damit einen Strich unter ihre fast zwanzigjährige Laufbahn als Seiltänzerin. Der Niedergang von Carlos Truppe in den folgenden Monaten hatte Veit die Bitte seiner Mutter begreifen lassen. Am Ende des zwanzigsten Jahrhunderts waren die Tage der Zirkusse gezählt.

Veit hatte Carlo nie im Verdacht, seine Mutter zu betrügen. Auch sie schien treu zu sein, seitdem sie Witwe war. Von anderen Männern bemerkte Veit nie wieder etwas. Carlos und Veits Verhältnis wurde nie eine Vater-Sohn-Beziehung. Wenn er sich jemals einen Ersatzvater wünschte, dann war es Fredo, sein Lehrer in der Kunst der Entfesselung. Doch Fredo verschwand bald nach dem Tod seines Freundes Mario. Carlo war für Veit immer wie ein Onkel – ein Onkel, den man respektierte aber nicht liebte. Veit musste sich eingestehen, dass er ihm dankbar war, weil er sich um seine Mutter kümmerte. Er sah ein, dass er noch zu jung für diese Aufgabe war. Und wahrscheinlich gefiel es ihm auch, dass die Affären seiner Mutter vorbei waren, seitdem Carlo mit ihr zusammenlebte.

Dass dieser sich jedoch von ihr distanzierte, als sie krank wurde, nahm Veit ihm bis heute übel. Er bezweifelte, dass Carlo sie im vergangenen Jahr auch nur ein einziges Mal besucht hatte.

Beim Auszug aus der Kirche bildete Veit mit Tatjanas älterer Schwester Natascha hinter den Brauteltern das zweite Paar. Natascha war ihm als Tischdame zugeteilt. Veit sprach kein Wort mit ihr. Er betrachtete den Bräutigam. Carlos Haar war dünn geworden, aber eine Halbglatze war ihm erspart geblieben. Auch glänzte es noch immer dunkel, wahrscheinlich hatte er nie aufgehört es zu färben. Von Carlos Kopf ließ Veit seinen Blick über die Gesichter der Hochzeitsgäste schweifen. Während der Zeremonie hatte er sich nicht umdrehen wollen, um in der Menge nach Fredos Gesicht zu suchen. Doch auch jetzt konnte er es nicht entdecken. Warum hatte Carlo ihm falsche Versprechungen gemacht? Er musste wissen, wie aufgeregt Veit wegen des Wiedersehens war. Beinahe achtzehn Jahre hatte er Fredo nicht gesehen.

Er musste noch bis zum Abend darauf warten. Im angemieteten Hotelsaal verging die Zeit bis dahin mit Glückwunschgedichten selbst ernannter Poeten, die noch auf die aussichtslosesten Wörter Reime fanden, mit Diavorträgen, die an Tatjanas Schulzeit und an Fredos Artistenleben erinnerten, mit frivolen Spielen, die auf die

Freuden des Ehelebens vorbereiten sollten. Bei einem dieser Spiele sollte die Braut ihren Bräutigam anhand seiner nackten Wade erkennen. Carlo musste sich hinter einem Bettlaken in einer Reihe mit fünf anderen Männern aufstellen, die alle nur ihr Bein unter dem Laken hervorstreckten.

Veit wurde zum Mitmachen genötigt. Er hasste solche Spiele. Die ganze Feier war ihm zuwider. Seit der Trauung trank er. Zuerst Sekt, später Bier. Da ihm die Übung fehlte, war er längst betrunken. Doch so ließ sich das ganze Theater einigermaßen ertragen. Er verstand nicht, was Natascha ihm erzählte, stimmte ihr aber in allem zu – was sie sichtlich befriedigte. Sie war vier Jahre älter als Tatjana, so alt wie Veit also, und die Heirat ihrer Schwester erschien ihr ungerecht. Eigentlich wäre sie, Natascha, zuerst an der Reihe gewesen. Sie sagte nichts darüber, doch Veit las ihren Neid in den Blicken, die sie Tatjana zuwarf. Ihre Eifersucht versuchte sie durch die Organisation des Unterhaltungsprogramms zu überspielen. Sie war auch diejenige, die das Spiel mit dem Bettlaken vorschlug und Veit mit den anderen Männern dahinter drängte.

Carlo hatte dicke, unbehaarte Waden, blaue Äderchen schimmerten unter der rosa Haut. Veits Waden waren so mager wie sein übriger Körper. Tatjana betastete ein Männerbein nach dem anderen, reagierte schlagfertig auf die anzüglichen Bemerkungen der Zuschauer und griff schließlich nach Veits Knie.

»Ich nehme den hier!«, erklärte sie.

Dem allgemeinen Gelächter folgte eine kurze Irritation Carlos. Doch bereits im nächsten Moment lachte der Bräutigam mit, bevor er in erneutes mehrfaches Niesen ausbrach. Tatjana empfahl ihm das Bettlaken als Taschentuch.

Als sie Schuhe und Socken wieder angezogen hatten, fixierte Carlo plötzlich den Eingang des Saales. Veit folgte seinem Blick. In der Tür stand ein kleiner Mann mit schwarzem, breitkrempigem Hut und grauem Vollbart. Früher war er stets glatt rasiert gewesen, trotzdem erkannte Veit ihn sofort. Seine kleinen, wachen Augen, die konzentriert jeden Winkel des Raumes abtasteten, machten ihn unverwechselbar. Diesen Blick hatte er Veit beibringen wollen, doch so weit waren sie nicht mehr gekommen. »Nimm dir die Zeit, einen Gegenstand in Ruhe zu betrachten«, hatte Fredo immer wieder gesagt und ihm dabei verschiedene Tür- und Vorhängeschlösser gezeigt. »Wenn deine Augen erst alle Einzelheiten daran begriffen haben, wird sich seine Funktion wie von selbst erschließen. Erst dann nimmst du dein Werkzeug in die Hand. Und das Schloss wird schon halb geöffnet sein.«

Zweifellos war dieser konzentrierte Blick auch die Basis für die zweite von Fredo ausgeübte Kunst: Er war ein talentierter Kopist berühmter Gemälde. Stundenlang versenkte er sich in die Betrachtung eines Druckes, ohne sich dabei von der Stelle zu rühren. Auf einen unmerklichen Impuls hin löste er sich schließlich aus der Meditation, grundierte die Leinwand, mischte die Farben und hatte in einer Nacht van Goghs *Sonnenblumen* oder eine Landschaft Caspar David Friedrichs neu erschaffen. Meistens ergänzte er die Vorlage um ein winziges Detail, das karikierend wirkte. So entdeckte man beim zweiten Hinsehen Mülltransporter, welche durch die Gebirge des neunzehnten Jahrhunderts fuhren, oder die Biene Maja, die an einer Sonnenblume saugte. Durch den Verkauf dieser Bilder nach den Zirkusvorstellungen verfügte Fredo über einen kleinen Nebenverdienst.

Veit sah Carlo an, stand wortlos auf und ging durch den Saal auf Fredo zu. Carlo beeilte sich, ihm zu folgen, stolperte dabei über seinen noch offenen Schnürsenkel, brach in ein erneutes Niesen aus, und holte Veit dennoch ein, weil dieser aufgrund seines Alkoholpegels mit einer Zimmerpflanze zusammengestoßen war.

»Ich sagte doch, du sollst mich euch vorstellen lassen!«, raunte er Veit zu.

»Was soll der Quatsch?«, fragte Veit. »Das ist Fredo, den musst du mir nicht vorstellen!«

Carlo ging nicht darauf ein. Er trat auf den bärtigen Mann zu und streckte ihm die Hand entgegen. In dem allgemeinen Gemurmel konnte Veit nicht verstehen, was sie sprachen. Er sah Fredo zu ihm herüberblicken. Einige Sekunden ruhte sein Blick auf Veit, der sich währenddessen nicht von der Stelle rühren konnte. Fredos Blick hielt ihn fest. So stand er still, bis die beiden zu ihm herübergekommen waren. Bevor Veit etwas sagen konnte, sprach Carlo.

»Veit, darf ich dir jemanden vorstellen?«, sagte er. »Das ist mein alter Freund Mosche Gurfinkel.«

Veit ergriff die ausgestreckte Hand des alten Mannes und wusste nicht, was er sagen sollte.

»Sehr erfreut«, sagte Mosche Gurfinkel. Sein Händedruck war warm und fest.

»Wir haben uns seit Jahren nicht gesehen«, sagte Carlo. »Mosche wohnt in Frankreich.«

Der andere Mann warf ihm einen zornigen Seitenblick zu.

»Entschuldige!«, zischte Carlo.

»Was spielt ihr hier für ein Theater?«, brach es aus Veit heraus. Seine Stimme war unsicher, sein Körper schwankte von einer Seite zur anderen.

»Veit, du solltest zwischendurch mal ein Glas Wasser trinken«, sagte Carlo. »Herr Gurfinkel wird sich später mit dir unterhalten.« »Verdammt, das ist nicht Herr Gurfinkel!«
Der Bärtige lachte. »Carlo, dein junger Freund hat doch recht«, sagte er und legte dabei seine warme Hand auf Veits Schulter. Sie war schwer und zog Veits Oberkörper zu dem kleineren Mann herunter. Gurfinkels Blick ließ Veit nicht los, während er zu Carlo sagte: »Wie kann ich behaupten, Mosche zu sein? Bist du dir denn sicher, dass du Carlo bist? Die Bemerkung des Jungen erinnert mich an Rabbi Sussjas Worte, bevor er starb: *In der kommenden Welt muss ich nicht verantworten, dass ich nicht Mose gewesen bin. Ich muss verantworten, dass ich nicht Sussja gewesen bin.*«

Veit war zu ratlos und zu betrunken, um etwas darauf zu erwidern. Natascha gab bekannt, dass nun das Abendessen serviert werde. Im nächsten Augenblick waren Carlo und der in einen chassidischen Weisen verwandelte Fredo in der Menge verschwunden. Veit verlor die Balance und prallte zum zweiten Mal gegen die mannshohe Zimmerpflanze.

Beim Essen beschwerte sich Natascha über Veits Zustand. »Du bist peinlich«, sagte sie, als er ein Weinglas umwarf. Besonders seine Unaufmerksamkeit gegenüber ihren Äußerungen, seitdem er mit Carlo und Fredo gesprochen hatte, störte sie. Fredo saß am anderen Ende des Saales, an einem Tisch mit Tatjanas Schulfreunden, deren Gesprächen der alte Mann stumm folgte. Die ganze Zeit starrte Veit zu ihm hinüber. »Hörst du mir überhaupt zu?«, fragte Natascha.

»Hör mal«, sagte Veit, »nur weil du keinen eigenen abbekommen hast, musst du nicht mit mir wie mit einem Ehemann reden!«

Er sagte es so laut, dass jeder am Tisch es hörte. Sie saßen am Tisch des Brautpaars, gemeinsam mit den Brauteltern und den Trauzeugen, einer Freundin Tatjanas und Carlos Neffen.

»Veit, bitte!«, sagte Carlo.

Alle anderen blieben stumm. Natascha atmete nur laut ein, schluckte die Beleidigung herunter und sprach fortan einfach nicht mehr mit Veit. Ihre Selbsterniedrigung ging so weit, dass sie, als nach dem Essen das Brautpaar den Tanz eröffnete, Veits Arm ergriff und ihn, als sei nichts gewesen, in die Saalmitte zog. Sie wollte tanzen. Und er war nun einmal ihr Tischherr.

Veit tanzte schlecht. Natascha musste ihn stützen. Sie hatte die gute Figur ihrer Schwester, doch in allen ihren Bewegungen und erst recht in ihrem Gesichtsausdruck lag eine solche Steifheit, dass sie trotzdem nichts weniger als sexy wirkte. Veit hätte genauso gut wieder die Zimmerpflanze umarmen können. Über Nataschas Schulter folgte Veits

Blick den Bewegungen ihrer Schwester. Dabei vergaß er sogar sein Grübeln über Fredos neue Identität. Tatjana war in ihrem Brautkleid aufregender denn je. Es war weder weit ausgeschnitten noch kurz, im Gegenteil, es verhüllte Tatjanas Körper vom Hals und den Handgelenken bis zu den Knöcheln.

Für einen Moment musste er an die Frau denken, die ihn vor wenigen Nächten beim Einbruch in ihre Villa überrascht hatte. Auch ihr Kleid hatte mehr verborgen als gezeigt, und gerade das hatte Veit nervös gemacht. Seit jener Nacht musste er immer wieder an sie denken. Er las in ihrer Ausgabe von Dostojewskis *Spieler* und verglich sie zwangsläufig mit Polina Alexandrowna, die den Erzähler demütigte – was dieser bereitwillig geschehen ließ. *Es gibt Genuß, ja, Genuß in der äußersten Erniedrigung, im äußersten Mißachtetsein!*, sagte er. Veit glaubte nicht daran, selbst masochistisch veranlagt zu sein. Aber neulich Nacht hatte er diesen Satz zum ersten Mal verstanden. Er musste sich eingestehen, dass es nicht unangenehm war, sich von dieser merkwürdigen Frau demütigen zu lassen, in Socken und Unterhose vor ihrem Gewehrlauf davonzustolpern.

Das Ende des Liedes und ein damit verbundener Wechsel der Tanzpartner unterbrach Veits Gedanken. Plötzlich fand er sich in den Armen der Braut wieder. Es gefiel ihm, wie dicht sie sich an ihn drängte. Obwohl er so betrunken war, begriff er noch, dass dies eigentlich ein wenig zu nah war. Er sah sich um, und tatsächlich registrierte er einige irritierte Blicke in den Gesichtern der übrigen Tänzer. Er suchte Carlo und fand ihn mit seinem karierten Taschentuch beschäftigt. Veit gefiel es, wie Tatjana das Auffliegen ihrer Affäre provozierte, indem sie ihr Auto bei ihren Besuchen nicht versteckte oder ihn vor Carlos Augen berührte. Es war Tatjanas persönliches Glücksspiel. Doch im Gegensatz zum Roulette, wo er bereit war, alles auf eine Zahl zu setzen, hatte Tatjanas Spiel Grenzen für Veit. Und so versuchte er, ein wenig Luft zwischen ihren und seinen Körper zu bekommen. Es fiel ihm schwer, der Alkohol hatte ihn erregt. Er wusste, dass er ihr nicht widerstehen könnte, wenn er noch weiter trank.

»Was ist los?«, flüsterte sie ihm zu.

»Das ist deine Hochzeit«, sagte er.

»Danke, dass du mich daran erinnerst. An die Hochzeitsnacht mag ich gar nicht denken.«

»Das ist dein Problem. Wer einen reichen Mann heiraten will, muss auch mit schlafen.«

»Aber *nicht nur* mit ihm!« Ihre Hand wanderte zu seinem Hintern.

»Lass mich bitte in Ruhe!«

»Das willst du doch gar nicht!«

Zum Glück war der Tanz zu Ende. Veit floh aus Tatjanas Armen an die Bar. Während der nächsten zwei Stunden beschäftigte er sich damit, ein kompliziertes Muster aus Salzstangen zu legen. Er wusste nicht, welchem Plan er dabei folgte, doch auf geheimnisvolle Weise erschien ihm jede Erweiterung oder Veränderung des auf der Theke entstehenden Bildes wunderbar und logisch zugleich. Er biss die Salzstangen millimetergenau zurecht und platzierte in einigen ausgewählten Zwischenräumen Erdnüsse und Kartoffelchips.

Lieber hätte er endlich mit dem bärtigen Fredo gesprochen. Doch den hatte er seit dem Essen nicht mehr gesehen. Tatjana machte keine weiteren Annäherungsversuche, und auch ihre Schwester ließ Veit endlich in Ruhe. Das wären ideale Bedingungen gewesen, um langsam auszunüchtern – hätte Veit sein Salzstangenkunstwerk nicht ausgerechnet an der Bar entworfen. Während der Barkeeper Interesse an Veits stiller Beschäftigung heuchelte, stellte er ihm ein Bier nach dem anderen vor die Nase. Gegen Mitternacht verspürte Veit schließlich die Gewissheit, sich übergeben zu müssen.

Er schaffte es gerade noch bis zur Toilette. Menschen, denen selbst das nicht mehr gelang, verabscheute er. Als er sich das Gesicht mit Klopapier abwischte, öffnete hinter seinem Rücken jemand die Tür der schmalen Kabine. Er drehte sich um. Tatjana sah ihn herausfordernd an. Wortlos griff sie neben ihm nach dem Toilettendeckel, klappte ihn herunter, stieß Veit darauf, raffte ihr Kleid und setzte sich auf ihn.

Er fragte sich, ob er nicht nach Erbrochenem schmeckte. Doch das schien Tatjana nicht zu interessieren. Erstaunt stellte er fest, dass sie unter dem Brautkleid keinen Slip trug. Noch erstaunlicher fand er die Geschwindigkeit, mit der sie seine Hose öffnete, hineinlangte und sich seinen Penis einverleibte. Dies war das Wort, das ihm nicht aus dem Kopf ging, während sie sich auf ihm vor- und zurückbewegte: Sie hat sich mich einverleibt.

Er wiederholte diesen Satz im Geist, bis er Schritte hörte. Über Tatjanas Schulter starrte er zur geöffneten Tür der Toilettenkabine. Unter seinem breitkrempigen Hut sah ihm Fredo mit festem Blick in die Augen. Tatjana schien ihn nicht zu bemerken. Sie bewegte sich schneller. Einen Augenblick lang sah Fredo ihnen zu. Veit konnte seinem Blick, der nichts über seine Gedanken verriet, nicht ausweichen. Schließlich drehte der alte Mann sich um und ging geräuschlos hinaus.

Sechstes Kapitel
Angela schweigt

Er ekelte sich vor dem Geruch. Es waren nicht die üblichen Desinfektionsmittel, wie man sie aus Krankenhäusern und Altenheimen kannte. Es roch überhaupt nicht nach Desinfektionsmitteln. Lavendel und Flieder überdeckten ihren Geruch. Doch Lavendel und Flieder waren nicht stark genug, um auch den anderen Duft zu bannen, der Veit den Magen umdrehte. Im Gegenteil, neben den Blumenaromen wirkte er besonders widerlich, säuerlich und bitter.

Etliche kamen hierher, die nur noch eine Aufgabe zu erledigen hatten: ihr Leben zu beenden. Das Heim warb damit, dass hier in Würde gestorben werden könne. *Der Tod ist nicht das Ende,* hieß es im Faltblatt der christlichen Trägergemeinschaft des Heims. *Er ist der Abschied aus einem Leben, und er heißt uns willkommen in einem anderen. Feiern Sie bei uns in Würde Abschied und Willkommen.*

Von Feiern hatte Veit während keinem seiner Besuche etwas wahrgenommen. Es war so still, als seien längst alle Bewohner und auch das Personal gestorben. Der Pförtner war monatelang der einzige Mensch, den Veit auf dem Weg zum Zimmer seiner Mutter sah. Er saß breitbeinig hinter seiner Glasscheibe, las Zeitung oder sah fern und reagierte nicht auf Veits Gruß.

Heute aber stieß Veit hinter einer Abzweigung des Korridors beinahe mit einer Gestalt in Weiß zusammen. Die Frau war so klein, dünn und zittrig, dass Veit befürchten musste, sie würde auf der Stelle sterben, wenn sie die Balance verlor und zu Boden fiel. Sie hielt sich an einem Infusionsständer fest. Unendlich langsam schob sie ihn an Veit vorbei. In der schräg durchs Fenster fallenden Wintersonne wirkte ihr kurzes, dünnes Haar wie ein abgelaufener Teppich. Die Kopfhaut schimmerte durch, Veit sah großflächigen Schorf und Schuppen. Sie trug nur ein hinten verschnürtes kurzes Hemd, das den Blick auf ihren Rücken und ihre Windel frei ließ. Als sie an ihm vorbei war, bemerkte Veit den Infusionsschlauch, der am Ständer hin und her pendelte. Aus der Nadel tropfte eine farblose Flüssigkeit. Aus dem Arm der Frau tropfte Blut.

Er sprach sie an, ob sie sich verlaufen habe.

Sie antwortete nicht.

Er überholte sie und stellte sich ihr in den Weg. »Wo ist Ihr Zimmer?«, fragte er.

Sie schien durch Veit hindurchzusehen und ging schweigend an ihm vorbei.

Er griff nach ihrem Arm. Da kam plötzlich Leben in die alte Frau. Sie spannte Muskeln an, deren Existenz Veit nicht für möglich gehalten hatte. Blut tropfte aus der Einstichstelle an ihrem Arm auf Veits Hose. Ihr Gesicht und ihr ganzer Körper verspannten sich. Es war Veit unmöglich, die Frau von der Stelle zu bewegen.

»Kommen Sie, wir suchen eine Pflegerin«, sagte er.

Da wurde sie laut: »Nein!«, schrie sie ihn an. »Nein! Nein! Nein!« Und mit einem Ruck riss sie ihren Arm aus seinem Griff und setzte ihre langsame Wanderung fort.

Konnte er sie allein lassen, um Hilfe zu holen? Er suchte die Wände nach einem Klingelknopf ab. Doch die gab es wohl nur in den Zimmern. Wo das Pflegepersonal sich aufhielt, wusste Veit nicht. Obwohl er regelmäßig kam, war er zuletzt vor einem halben Jahr einer Pflegerin begegnet. Die Frau bog nach rechts in einen anderen Korridor ab. Sicher hatte jemand ihr Schreien gehört und würde im nächsten Moment erscheinen. Veit blieb noch ein paar Sekunden unschlüssig stehen. Niemand kam. Nichts war zu hören. Und die Luft war gesättigt vom säuerlich-bitteren Geruch der Sterbenden.

Veit eilte der Alten hinterher. Aus ihrem Arm tropfte noch immer Blut. Er lief an ihr vorbei und öffnete die nächstbeste Tür. Ein glatzköpfiger Mann saß in einem großen Sessel vorm Fernseher. Seine Beine waren in eine grüne Decke gehüllt. Im Fernsehen lief eine Kochsendung.

»Joachim«, sagte der Mann. »Wie schön!«

Veit beachtete ihn nicht. Er trat neben das Bett des Mannes und drückte den Klingelknopf. Danach verließ er das Zimmer wieder, um auf dem Gang zu warten. Die Frau bog derweil um die nächste Ecke und verschwand aus Veits Gesichtsfeld. Es dauerte fünf Minuten, bis eine streichholzdünne Nonne erschien. Veit beschrieb ihr die Frau und zeigte die Richtung, in der sie verschwunden war.

»Warum haben Sie sie nicht festgehalten?«, herrschte die Nonne ihn an.

»Ich hab's versucht. Sie wollte es nicht.«

Sie verdrehte die Augen und eilte davon.

Veit überlegte, in welcher Richtung nun das Zimmer seiner Mutter lag. Er hatte sich verlaufen. »Joachim!«, hörte er den glatzköpfigen Mann hinter der Tür rufen. Minutenlang irrte er durch Gänge, von denen einer wie der andere aussah: weiße Raufasertapete, weinrotes

Linoleum, Türen aus hellem Kiefernholz, wenige Bilder: Landschaften, Stillleben oder Nahaufnahmen von Pflanzen. Einmal sah er am weit entfernten Ende eines Korridors die auf ihren Infusionsständer gestützte Frau vorbeigehen. Er suchte in der anderen Richtung weiter nach dem Zimmer seiner Mutter.

Sie war nicht zum Sterben hier. Aber manchmal fragte sich Veit, was ihren Zustand noch vom Tod unterschied. Seit vierzehn Jahren hatte sie kein Wort gesprochen. Damals war Veit sechzehn gewesen, sie selbst siebenunddreißig. Zuerst hatten Carlo und er sie zu Hause gepflegt. Doch es überstieg die Kräfte der beiden, als sie nach einem zweiten Schlaganfall überhaupt nichts mehr selbstständig erledigen konnte. Eine Weile hatte Carlo einen täglichen Pflegedienst engagiert. Er hatte gerade erst den Zirkus aufgegeben und die Spedition gegründet, und die Pflege von Veits Mutter fraß seine restlichen Rücklagen. Angela Glassmanns Lebensversicherung finanzierte das erste Pflegeheim, in dem sie untergebracht wurde. Dort lebte sie zwei Jahre. Carlo hatte während dieser Zeit Glück. Seine Spedition begann Gewinn abzuwerfen. Er quartierte Veits Mutter nach »Maria Ruh« um, das einen besseren Ruf als das erste Heim genoss. Bis heute kam er für ihre dortige Unterbringung auf. Veit hätte das niemals bezahlen können.

Er sah ein Stillleben, dass ihm bekannt vorkam: eine Schale mit unappetitlichem Obst vor düsterem Hintergrund. Zehn Meter weiter fand er auf dem Türschild den Namen seiner Mutter. Obwohl er wusste, dass sie nicht reagieren würde, klopfte er bei jedem Besuch an und wartete ein paar Sekunden, bevor er eintrat. Sie saß am Fenster und sah in den Park hinunter. Ihre Beine waren in die gleiche grüne Decke gehüllt, die Veit bei dem glatzköpfigen Mann gesehen hatte. Um die Schultern trug sie das marokkanische Tuch, das Veit ihr von einer Tour nach Gibraltar mitgebracht hatte. Ihr Haar war zwar nicht besonders sorgfältig hochgesteckt, doch wenigstens war es gewaschen. Schon vor Jahren hatte ihn die Pflegedienstleiterin gefragt, ob sie es nicht kurz schneiden sollten, das würde ihre Arbeit immens erleichtern. Veit wusste, dass er damals überreagiert hatte, doch früher war ihr langes Haar nun einmal der ganze Stolz seiner Mutter gewesen. Ohne Umschweife hatte er der Pflegedienstleiterin mit einem Prozess gedroht, falls er das Haar seiner Mutter jemals kürzer als schulterlang vorfinden sollte.

Sie hatten ihm nie wieder Grund zu einer Beschwerde gegeben. Veit wusste nicht, wie die barmherzigen Schwestern es anstellten, schließlich bekam er sie kaum zu Gesicht, doch seine Mutter war bei jedem Besuch tadellos gepflegt. Seitdem sie hier lebte, war ihr Zustand stabil, was bedeutete: Sie aß und trank, was man ihr zum Mund führte, sie ließ sich waschen und wickeln, ließ diese Vorgänge wie auch die tägliche Krankengymnastik und gelegentliche Rollstuhlfahrten im Park kommentarlos über sich ergehen, verzog nie eine Miene, sah niemandem in die Augen und sprach kein Wort.

»Hallo, Mama«, sagte er und legte ihr eine Hand auf die Schulter. In ihren Augen spiegelte sich die blendend weiße Schneedecke, die sich in der vergangenen Nacht über Südwestdeutschland gelegt hatte. Ihr Mund war noch immer schön, eine kühn geschwungene Ober- und eine volle Unterlippe, zu voll eigentlich für ihren zierlichen Körper. Ihre Nasenlöcher bewegten sich leicht beim Ein- und Ausatmen. Am Anfang hatte Veit sich noch eingeredet, dass sie ihm zwar nicht mehr antworten könne, jedoch jedes seiner Worte verstand. Das jahrelange Ausbleiben jeglicher Reaktionen hatte ihm diese Illusion schließlich genommen.

Er nahm eine Vase vom Tisch, warf die verblühten Rosen fort und ersetzte sie durch die violetten Lilien, die er seit einer halben Stunde mit sich herumtrug.

»Du hast mich wohl schon erwartet«, sagte er. »Entschuldige, ich hab heute lange geschlafen. Gestern war doch Carlos Hochzeit.«

Mittlerweile war es ihm egal, ob sie ihn verstand. Nicht sie brauchte ihn zu ihrer Unterhaltung. Er brauchte seine sonntäglichen Besuche bei ihr, um zu reden. Von banalen Dingen wie seinen LKW-Fahrten der vergangenen Woche. Von einem Kaninchen, das Hammurabi, der Hund seiner Vermieter, während eines Spaziergangs gejagt hatte. Auch von Leila, der toten Tochter der Hamidis, die schweigend und schön in seiner Küche saß. »Sie macht mir keine Angst«, hatte er gesagt, »obwohl sie tot ist. Sie schaut mir beim Lesen zu. Ich fühle mich wohl in ihrer Nähe.« Wem sonst hätte er solche Dinge sagen können?

»Schau, ich hab schon Lilien bekommen«, sagte er und stellte die Vase auf den Tisch neben seiner Mutter. Sie sah weiter aus dem Fenster. In den vergangenen Jahren schien sie nicht gealtert zu sein. Ihre Haut besaß kaum Falten, und in ihrem vollen dunkelblonden Haar war keine graue Strähne zu entdecken. Nur ihre Augen erschienen Veit alt, die grüne Iris hatte ihre Leuchtkraft verloren, das Weiß der Augäpfel schimmerte an den Rändern gelblich.

»Fredo war bei der Hochzeit«, sagte er, zog den einzigen Stuhl vom Waschbecken heran und setzte sich. Seine Mutter saß im Rollstuhl. »Carlo wusste all die Jahre, wo er war.«

Ob Veits Mutter den Grund für Fredos Verschwinden vor achtzehn Jahren kannte? Er hatte sie nur einmal danach gefragt. Ihr kurzes Nein hatte wenig überzeugend geklungen. Doch damals, nicht lange nach dem tödlichen Sturz ihres Mannes, war es Veit ohnehin schwergefallen, mit ihr zu sprechen. Heute, da sie nicht mehr antworten konnte, gelang es ihm besser.

»Er hat sich einen langen grauen Bart und einen jüdischen Namen zugelegt«, sagte Veit. »Und er erzählt rätselhafte chassidische Geschichten.«

Obwohl er so betrunken gewesen war, hatte Veit die Worte jenes Rabbi Sussja, von dem Fredo erzählt hatte, nicht vergessen: *In der kommenden Welt muss ich nicht verantworten, dass ich nicht Mose gewesen bin. Ich muss verantworten, dass ich nicht Sussja gewesen bin.* Die Sätze waren Veits deutlichste Erinnerung an den vergangenen Abend, deutlicher als die Erinnerung an Tatjanas Körper und Fredos Gesicht hinter ihrem Rücken.

Was wollte Fredo damit sagen? Und war das wirklich noch Fredo? War die Verwandlung in Mosche Gurfinkel nicht zu perfekt? Mit niemandem aus der alten Zirkustruppe hatte Carlo noch Kontakt, Veit war der einzige Hochzeitsgast gewesen, der Fredo erkennen konnte. Doch auch die meisten früheren Kollegen hätten den ehemaligen Entfesselungskünstler wohl nicht erkannt. Nicht nur Name, Bart und Kleidung waren neu, auch die Art zu sprechen und sich zu bewegen zeugten von einem anderen Menschen: langsamer, gelassener, heiterer als jener Fredo, der Veit gezeigt hatte, wie man Schlösser aufbrach. Damals hatte er zwar die Fähigkeit besessen, sich bei Bedarf in einen Zustand stiller Betrachtung zu versenken, meistens hatte er jedoch eine nervöse Geschäftigkeit an den Tag gelegt. Gestern Abend schien er sich in einem beinahe kontemplativen Zustand zu befinden. Nur seine kleinen, wachen Augen waren unverändert.

»Ich konnte nicht allein mit ihm sprechen«, erzählte Veit. »Wahrscheinlich ist er schon wieder weg. Er lebt in Frankreich, sagt Carlo. Hast du das gewusst?«

Natürlich erwartete er keine Reaktion seiner Mutter. Doch als er die Frage aussprach, war er sich plötzlich sicher, die Antwort zu kennen. Er sah in ihr unbewegtes glattes Gesicht, in ihre Augen, denen nur noch die Reflexion des Schnees Glanz verlieh.

»Du weißt es«, sagte er. »Du hast es immer gewusst, genau wie Carlo.«

Er stand auf. Die plötzliche Gewissheit machte ihn wütend.

»Nur mir hat niemand was erzählt!«, sagte er. Dabei stützte er sich auf den Armlehnen des Rollstuhls ab und schob sein Gesicht dicht vor das seiner Mutter. Er spürte ihren Atem auf seiner Oberlippe.

»Bist du froh, dass du nicht mehr sprechen kannst? Dass du mir nichts mehr erzählen musst?«

Veit konnte sich seinen Zorn nicht erklären. Er wusste nur, dass er es nicht länger in diesem Zimmer aushielt. Sonst blieb er eine Stunde, manchmal länger. Das hing davon ab, wie viel es zu erzählen gab. Auch heute hatte er ihr noch mehr erzählen wollen. Von einer Frau, die ihn lächerlich gemacht hatte, und die ihm seitdem nicht aus dem Kopf ging. Stattdessen stieß er sich so heftig von dem Rollstuhl ab, dass dieser einen Meter weit zurückrollte. Er ging zur Tür. Zum Abschied sagte er kein Wort, auch drehte er sich nicht mehr um.

Noch bevor er in seine eigene Wohnung ging, klingelte er bei den Hamidis, um Hammurabi zu einem Spaziergang durch die Reben abzuholen. Nichts beruhigte ihn mehr. Die Luft war eisig, er atmete weißen Dampf aus, der sich in der nächsten Sekunde im Wind auflöste. Die frische Schneedecke knirschte unter seinen Sohlen. Morgen lag eine Tour in die Schweiz vor ihm. Wenn es in der Frühe noch einmal schneite, musste Veit sich auf Verzögerungen einstellen. Vielleicht würde er unterwegs übernachten müssen. Es tat gut, über die Arbeit nachzudenken. Es lenkte ab.

An seine Doktorarbeit, mit deren Planung er vor vier Jahren begonnen hatte, dachte Veit nur noch selten. Die letzte telefonische Nachfrage seines Professors nach dem Stand von Veits Recherchen lag beinahe ein Jahr zurück. Zwar las sich Veit immer tiefer in die Dostojewski-Forschung hinein, doch glaubte er mittlerweile selbst nicht mehr daran, die Arbeit jemals zu schreiben. Unter anderem hatte Veit das Spannungsverhältnis zwischen Religiosität und Spielsucht des Schriftstellers beleuchten wollen. Die Vorlage zum *Spieler* waren Dostojewskis eigene Erlebnisse in Baden-Baden. Mit einer Ausgabe des Romans in der Innentasche seines Jacketts hatte Veit zum ersten Mal das dortige Casino betreten. Er hatte keine Ahnung vom Roulette gehabt, nicht von den Regeln und nicht von der Faszination. Letztere hatte ihn erfasst, noch bevor er alle Regeln kannte.

Hammurabi erschnüffelte seinen Weg von Rebstock zu Rebstock, und Veit ließ ihm alle Zeit, die er dafür brauchte. Als sie schließlich zum Haus zurückkehrten, war die Sonne schon hinter den Vogesen verschwunden. Die wenigen Wolken leuchteten rot über dem Rhein, doch ihre Färbung verblasste von Minute zu Minute. Veit setzte sich auf die Bank vor dem Haus, Hammurabi legte seine Schnauze auf Veits Oberschenkel, und so warteten die beiden auf die Nacht. Er wäre noch länger draußen sitzen geblieben, hätte es nicht zu regnen begonnen. Dicke Tropfen platschten in die Schneedecke. Das versprach Matsch oder Glatteis auf dem Weg in die Schweiz. Er sollte morgen ausgeruht sein.

»Ab ins Bett, du babylonischer König!«, sagte er zu Hammurabi und klingelte bei den Hamidis.

Beim Öffnen seiner Wohnungstür sah er sofort den Umschlag auf dem Fußboden. Jemand hatte ihn unter der Tür hindurchgeschoben. Was sollte das? Er besaß schließlich einen Briefkasten. Das würde zu Fredos Geheimniskrämerei passen, dachte er und riss den Brief eilig auf. Er war am Computer geschrieben, in einem schmalen Schrifttyp ohne Serifen. *Lust auf ein Spiel?*, las er, darunter eine Karlsruher Adresse.

Siebentes Kapitel
Henrik verliert alles

Hatte sie ihn so falsch eingeschätzt? Sie hätte schwören können, dass er kommen würde. Nein, wirklich geschworen hätte sie natürlich nicht. Eva schwor nie, egal, worauf. Zu viele Unsicherheiten, zu viele Zufälle konnten einem dazwischenkommen. Zu schwören war kaum anders als zu spielen: Man verließ sich auf Dinge, auf die doch niemals hundertprozentig Verlass sein konnte.
Doch erwartet hatte sie sein Kommen. Neulich Nacht hatte er sie gewollt. Eva kannte seinen Blick. Von ihm und von tausend anderen Männern. Sie hätte nur das Gewehr zur Seite legen müssen. Sie lächelte bei der Erinnerung daran, wie er in Unterhose und Socken vor ihr gestanden hatte. Und bei der Vorstellung davon, wie er so in den Garten gestolpert war. In der Nacht hatte es nur ein Grad gehabt. Ja, sie hatte ihn auch gewollt – vorher, im Casino. Sein Verschwinden war schuld daran gewesen, dass sie sich so betrunken hatte. Vielleicht hatte sie ihn auch deshalb ein wenig demütigen wollen – weil er die Schuld an ihrem lächerlichen Zustand trug.
Sie sah zur Uhr über der Tür ihres Büros. Bald acht. Lange würde sie nicht mehr warten. In den vergangenen sechs Stunden hatte sie die Daten ihrer frühesten Kunden ins neue Computerprogramm übertragen. Eine Aufgabe, die sie selbst erledigen wollte. Trotzdem hatte Agnes van Doorn in den Akten gelesen. Eva hasste übereifrige Angestellte. Dr. van Doorn war eine talentierte Forscherin. Eva hätte sie lieber in Ruhe ihre Nährlösungen verbessern lassen sollen.
So wie auch sie selbst sich wieder mehr der Forschung widmen sollte. Sie ließ den Blick über die Fotos an den Wänden des Vorzimmers schweifen. Lauter lachende Kinder. Sie alle wären ohne Evas Hilfe nie geboren worden. Bei der künstlichen Befruchtung durch intracytoplasmatische Spermieninjektion war Evas Erfolgsquote höher als die der konkurrierenden Reproduktionszentren in Deutschland. Durchschnittlich führten rund sechsundzwanzig Prozent aller mit dieser Methode erzeugten und in den Eileiter oder die Gebärmutterhöhle übertragenen Embryonen zu einer Schwangerschaft. Die Quote von PROREPRO lag weit über dreißig Prozent. Damit warb Eva neue Kunden. Dadurch – und durch personelle Rationalisierungen – hatte

das Unternehmen die Krise nach den Kürzungen der Forschungssubventionen überstanden. In den Augen ihrer Konkurrenten war Eva erfolgreich. Nur wussten diese nicht, dass ihr Herz nicht an den künstlichen Befruchtungen hing, mit denen sie ihr Geld verdiente. Wer ahnte schon etwas von ihrer Forschung? Ihr Blick blieb an einer senkrechten Fotoreihe hängen. Alle Fotos der Serie zeigten die Tochter der Kleins, jeweils im Abstand von sechs Monaten. Da hörte sie draußen einen Wagen abbremsen. Sie trat ans Fenster und spähte durch einen Spalt in der Gardine. Im Vorzimmer brannte kein Lampe, nur der Computermonitor erzeugte ein flimmerndes Zwielicht. Es wäre ihr peinlich gewesen, von draußen gesehen zu werden, am Fenster Ausschau haltend wie eine sehnsüchtig Wartende. Aber hatte sie sich verhört? Sie suchte die Straße ab. Regen fiel schräg durch das Licht der Laternen. Auf dem Asphalt hatte sich grauer Matsch gebildet. Sie konnte kein Auto entdecken. Zurück am Schreibtisch schaltete sie den Computer aus. Sie war es nicht gewohnt zu warten. Gerade als sie in den Mantel schlüpfte, klingelte es an der Tür. Sie lächelte. Es wäre das erste Mal gewesen, dass ein Mann sie versetzte.

»Sind Sie hier?«, fragte er.

Sie hatte noch kein Licht gemacht. Zwei Minuten lang hatte sie sich daran vergnügt, den Geräuschen seiner umherirrenden Schritte und seinen gelegentlichen Rufen zu lauschen und zu schweigen. Nun erschien seine Silhouette im Rahmen der Tür zum Vorzimmer. Sie erhob sich aus dem Stuhl und knipste gleichzeitig die Schreibtischlampe an. Für einen Moment war er geblendet.

»Du kommst spät«, sagte sie.

»Ich hätte auch wegbleiben können.«

»Wirklich? Das bezweifle ich.«

Er blinzelte, sah sich im Raum um und taxierte Eva von Kopf bis Fuß. »Heute unbewaffnet?«, fragte er.

»Vielleicht.« Sie hatte den Ledermantel nicht wieder ausgezogen und hielt die Hände tief in den Taschen verborgen.

»Eigentlich wollte ich wirklich nicht kommen«, sagte er.

Eva lachte leise über diese Behauptung.

»Aber ich muss Ihnen das hier noch zurückgeben.« Er zog ein Buch aus der Tasche seiner Daunenjacke und warf es auf den Schreibtisch. »Sie sagten, es sei nur geliehen. Ich will nicht den Eindruck erwecken, mir fremdes Eigentum zu ergaunern.«

»Wie gewissenhaft! Haben Sie es denn gelesen?«

»Mehrfach. Schon früher.«

»Ach, ja, der Herr ist Literat.« Sie griff nach dem Buch und schlug es am Ende auf. »Erinnerst du dich an den Schluss?«

Er setzte zum Sprechen an, doch sie hob abwehrend die Hand.
»Ich weiß, was du sagen willst, natürlich erinnerst du dich. Ich will dir trotzdem daraus vorlesen.« Sie suchte nach einer bestimmten Stelle. »Da ist es: *Ich trete aus dem Kurhaus, taste meine Kleider ab, und in der Westentasche rührt sich noch ein einziger Gulden. Also kann ich noch zu Mittag essen, denke ich; aber ich habe kaum hundert Schritte getan, da überlege ich es mir anders und kehre um. Ich setze diesen Gulden auf manque (diesmal hielt ich es mit manque), und wahrhaftig, es ist schon ein eigentümliches Gefühl, wenn man allein ist in einem fremden Land, fern der Heimat, fern den Freunden, nicht wissend, was man an diesem Tage essen wird – wenn man da den letzten Gulden setzt, den aller-, allerletzten!«*

Eva senkte das Buch und sah ihn an.

»Was ist?«, fragte Veit. »Soll ich weiterzitieren?«

»Ja, wahrscheinlich kannst du es auswendig!«, sagte sie. »Armer Junge! Du bist nicht nur dem Spiel, du bist auch diesem alten Russen verfallen! Am Ende bist du wegen Dostojewski zum Spieler geworden ...« Sie hielt inne, starrte ihn für einen Moment an und lachte dann. »Du lieber Himmel, das sollte ein Scherz sein! Aber ich fürchte, ich habe recht!«

»Was wollen Sie von mir?«

»Ich habe einen Gulden für dich.«

Er runzelte die Stirn. »Ich wäre schon zufrieden, wenn Sie mir meinen Ausweis zurückgeben würden.«

»Alles zu seiner Zeit. Hast du Geld in der Tasche?«

»Wollen Sie zur Abwechslung heute mich ausrauben?«

»Antworte mir! Wie viel Geld hast du dabei?«

Er griff in die Hosentasche und zählte einige Münzen ab. »Das wird sich kaum für Sie lohnen«, sagte er. »Acht Euro fünfundachtzig.«

»So ungefähr hatte ich mir das vorgestellt. Wovon lebst du?«

»Ich bin Fernfahrer.«

»Wie viel von deinem Lohn verspielst du?«

»Was geht Sie das an?«

»Ich sagte doch: Ich habe einen Gulden für dich.«

Er ging einen Schritt auf sie zu. »Können wir jetzt mal Klartext reden?«

Sie lächelte. »So gefällst du mir. Ja, lass uns Klartext reden.« Sie drehte sich um und verschwand durch die Tür in ihrem dunklen Büro. Nach drei Schritten schaute sie über die Schulter zurück und sah ihn ins Gegenlicht der Schreibtischlampe blinzeln. »Komm schon!«, forderte sie ihn auf. »Keine Angst, ist keine Falle!«

Unsicher tappte er in die Dunkelheit.

»Der Lichtschalter ist rechts neben der Tür.«
»Auf dem Schild draußen stand *Reproduktionszentrum*«, sagte er, während er Licht machte. »Sind Sie der Boss hier?«
»Ja, aber keine Angst, ich will keine Spermaprobe von dir.«
»Sondern?«
Auch die Wände in Evas Büro hingen voller Kinderporträts. Nur die Wand hinter ihrem Schreibtisch war dem goldgerahmten Ölgemälde vorbehalten, der Frau am Rande des Rapsfeldes. Eva wandte Veit den Rücken zu und betrachtete es. Veit sah sich unterdessen die Fotografien der Kinder an. Als Eva sich wieder zu ihm umdrehte, stand er vor einer Serie von Porträts, die alle die Tochter der Kleins zeigten.
»Das Ergebnis einer meiner ersten künstlichen Befruchtungen«, erklärte sie.
»Gratuliere!«
»Die Gratulation gebührt den Eltern. Ich war ihnen nur ein wenig behilflich.«
»So bescheiden? Kommen da keine Muttergefühle auf, wenn man so direkt an der Zeugung beteiligt ist?«
»Um Gottes willen, nein! Wenn ich für all die Kinder besondere Gefühle hegen sollte ...«
»Was dann?«
Ja, was dann, fragte Eva sich selbst. Würde es sie überfordern, so viel Liebe aufzubringen? Sie fühlte sich nicht wohl bei dem Gedanken daran. Außerdem hatte sie ihn nicht herbestellt, um über Mutterliebe zu sprechen.
»Du wolltest wissen, was ich von dir möchte«, sagte sie.
»Und?«
»Brichst du oft in Häuser ein?«
»Das geht Sie nichts an«, sagte er.
»Es ist wichtig für das Angebot, dass ich dir machen möchte.«
Er hob das Kinn ein wenig, wie ein Tier, das Witterung aufnimmt. Vielleicht erweckte auch nur seine große Nase diesen Eindruck. Doch seine nächsten Worte bewiesen Eva, dass sie ihn unterschätzt hatte. Sei vorsichtig mit diesem Mann, beschwor sie sich selbst.
»Versicherungsbetrug?«, fragte er. »Soll ich Sie jetzt doch bestehlen?«
Eva applaudierte halbherzig. »Ich gratuliere dir zu deiner Auffassungsgabe.«
Er sah sich im Büro um. »Wahrscheinlich soll ich hier einbrechen, sonst hätten Sie mich nicht herbestellt. Die Schlösser sind kein Problem. Uralt, ist mir schon beim Reinkommen aufgefallen.«
»Du fängst mit der Arbeit an, bevor es einen Auftrag gibt!«

»Berufskrankheit«, sagte er. »Ich kann durch keine Tür gehen, ohne mir das Schloss anzusehen. Aber was die Aufträge betrifft: Die erteile ich mir normalerweise selbst.«
»Hättest du denn was dagegen, ausnahmsweise einen Auftrag von mir anzunehmen?«
»Kommt drauf an.«
»Worauf?«
»Ich habe nicht gern Mitwisser. Und warum sollte ich Ihnen vertrauen?«
»Ich dachte, dich reizt das Risiko.«
»Wenn ich Roulette spiele, besteht das Risiko darin, Geld zu verlieren. Das kann schlimm sein, aber ich weiß immer, worauf ich mich einlasse. Wenn ich mit Ihnen zusammenarbeite, habe ich keine Ahnung, wohin das führt.«
»Du bist noch sauer wegen neulich?«
»Blödsinn! Ich bin natürlich froh, dass Sie nicht die Polizei gerufen haben!«
»Dann fragst du dich, was das für eine Geschichte von dem Gewehr und meinem Mann war?«
Er zögerte. »Ja, vielleicht.«
Hatte sie ihn also doch verunsichert. Gerade hatte seine Gelassenheit begonnen, sie nervös zu machen. Das Eingeständnis seiner Verunsicherung gab Eva nun ihre Balance zurück. Leider musste sie ihn über Henriks Tod beruhigen. Es stand sonst zu befürchten, dass er nicht mitspielte.
»Ich habe Henrik nicht getötet«, sagte sie. »Aber es stimmt, was ich über das Gewehr gesagt habe. Er hat sich damit erschossen.«
»Warum?«
In wenigen Sätzen umriss sie den Lebenslauf ihres Gatten: Als Spross einer wohlhabenden Familie führte er das Familienunternehmen, eine Textilfabrik, zunächst erfolgreich weiter. Durch die Verlagerung der Produktion nach Ostasien machte er ein Vermögen und konnte nach dem Verkauf des Unternehmens von den Zinsen leben. Eva heiratete er, als sie dreißig und er Mitte fünfzig war. Er hatte sie bereits gekannt, als sie noch ein Kind gewesen war. Evas Vater hatte für seinen Vater gearbeitet. Mit Henriks Geld gründete Eva PRO-REPRO. Das Wachsen ihrer Firma zu beobachten, erweckte Henrik Westphals Unternehmergeist zu neuem Leben. Damals, Mitte der Neunzigerjahre, spielten gerade alle verrückt wegen des Neuen Marktes. Henrik sprang auf den Zug auf und investierte den Großteil seines Vermögens in Aktien junger Telekommunikationsunternehmen. Keine vier Jahre später verlor er alles.

»Ich erinnere mich noch an den Morgen, als er mir sagte, wir seien pleite. Abends war er tot. Er hatte nicht nur sein eigenes Geld verjubelt. Drei Generationen seiner Familie hatten für den Aufbau dieses Vermögens geschuftet. Sein finanzieller Ruin bedeutete den Ruin seiner Familie.«

»Ihre Villa in Baden-Baden macht auf mich nicht den Eindruck, als wären Sie mittellos.«

»Sie gehört der Bank. Aber natürlich bin ich nicht mittellos. Ich lebe davon, kinderlose Paare glücklich zu machen.«

»Und wie läuft das Geschäft?«

»Es könnte besser sein. Vor allem, weil ich nebenbei auch forsche.«

»Welche Art Forschung?«

»Therapeutisches Klonen.«

»Ist das nicht in Deutschland verboten?«

»Vieles ist in Deutschland nicht erlaubt. Vor allem nicht das Klonen menschlicher Stammzellen. Doch mit Tierversuchen ist auch bei uns einiges möglich.«

»Was ist das Ziel Ihrer Forschung?«

»Stammzellen können direkt in defektes Gewebe eingepflanzt werden – zum Beispiel bei Rückenmarksverletzungen – und neues, gesundes Gewebe aufbauen. Kollegen sind sogar dabei, funktionsfähige Organe aus Stammzellen herzustellen. In dieser Richtung forsche auch ich.«

»Sie sagten doch gerade, das sei nicht erlaubt.«

»Ich arbeite natürlich nicht mit menschlichen Stammzellen. Noch nicht. Denn ich prophezeie dir, dass die Gesetze sich ändern werden. Wir beide werden die Legalisierung des Klonens menschlicher Stammzellen noch erleben.«

»Was macht Sie da so sicher?«

»Ethik war noch nie etwas Feststehendes. Hat der Mensch seine Ethik nicht stets dem Stand der Wissenschaft angepasst? Noch im Jahr 2001 hat die Deutsche Forschungsgemeinschaft in einem Empfehlungsschreiben das Klonen menschlicher Embryonen zu therapeutischen Zwecken abgelehnt. Heute empfiehlt sie bereits, überzählige Embryonen aus Reagenzglasbefruchtungen zu Forschungszwecken freizugeben. Von einer solchen Freigabe ist es nur ein kleiner Schritt bis zur Legalisierung des therapeutischen Klonens.«

»Und dann wollen Sie dabei sein?«

»Ich bin Ärztin. Mein Ziel ist, die Gesundheit meiner Mitmenschen mit allen Mitteln zu fördern. Das ist meine Ethik. Nur fehlt mir momentan das nötige Geld, um meine Forschung fortzusetzen.«

»Jetzt komme wohl ich ins Spiel?«
»Du oder ein anderer. Du solltest dir nichts einbilden. Ich greife noch nicht nach dem sprichwörtlichen Strohhalm. Aber nachdem ich dich neulich in meinem Haus überrascht hatte, kam mir eine Idee.«
»Dann schießen Sie schon los! Ich muss morgen früh raus, und bei dem Wetter wird die Tour bestimmt kein Spaß.«
Sie drehte sich wieder zur Wand und nickte in Richtung des Gemäldes. »Verstehst du was von Malerei?«
»Ich kann van Gogh von Picasso unterscheiden. Aber damit hört es auch schon auf.«
Das Gemälde an der Wand, sagte sie, liege zwar nicht ganz in der Preisklasse eines Picasso, aber wertvoll sei es trotzdem. Zu schweigen von seinem sentimentalen Wert, denn es sei eines der letzten Kunstwerke aus der Sammlung ihres Mannes. Gouraud, der Künstler, sei lange Zeit wenig beachtet worden. Als Wegbereiter der Impressionisten habe ihn die Kunstszene erst in den letzten Jahren wiederentdeckt. »Seitdem werden immer höhere Preise für seine Gemälde gezahlt.«
»Und ich soll hier einbrechen und es stehlen?«
Sie nickte.
Er trat neben sie hinter den Schreibtisch und sah sich das Bild an. Die Hände hinterm Rücken verschränkt, den Oberkörper vorgebeugt, versuchte er, den Namen des Malers zu entziffern.
Eva beobachtete ihn von der Seite. Sie wusste nicht, wie sie ihn einschätzen sollte. Er war ein Spieler und ein Einbrecher, soviel stand fest. Also sollte er bereit sein, ein Risiko einzugehen. Sie würde ihm für einen einfachen Job ein gutes Honorar anbieten. Konnte er mehr verlangen? Plötzlich war sich Eva nicht mehr sicher, ob er auf ihr Angebot eingehen würde. Dieses Gefühl von Unsicherheit war neu für sie. Es gefiel ihr ganz und gar nicht. Veit hingegen gefiel ihr nach wie vor. Selten trat ihr jemand so selbstbewusst gegenüber. Sie fühlte sich herausgefordert.
»Wie viel ist es wert?«, fragte er.
»Man hat mir sechzigtausend Euro geboten.«
»Dann verkaufen Sie es doch dafür.«
»Das reicht nicht. Ich habe einige Anschaffungen für mein Labor zu machen. Aber das Bild ist für den gleichen Betrag versichert.«
»Verstehe. Sie wollen doppelt kassieren. Wie viel springt für mich heraus?«
»Zehn Prozent.«
»Zwölftausend?«
Er sah ihr lange in die Augen. Wieder wurde Eva nervös. Schließlich musste sie den Blick abwenden. Und dafür hasste sie ihn.

»Steht das Angebot des Käufers noch?«, fragte er.
»Er will es unbedingt.«
»Auch wenn es als gestohlen gemeldet ist?«
»Das interessiert ihn nicht.«
Veit ließ sie allein hinter dem Schreibtisch stehen und begann im Büro auf und ab zu laufen. Dabei betrachtete er die Fotos der Kinder.
»Sind wir uns einig?«, fragte sie.
Er blieb stehen und sah aus dem Fenster. »Ich weiß nicht«, sagte er.
Sie war wie vor den Kopf gestoßen. »Was soll das heißen? Warum zögerst du? Ich biete dir einen Auftrag mit Erfolgsgarantie. Mit festem Honorar.« Während sie das sagte, glaubte sie zu begreifen. »Ist es das?«, fragte sie. »Ist dir das Risiko in diesem Spiel zu gering? Mit den Zwölftausend in der Tasche kannst du im Casino höher setzen als je zuvor!«
»Wie wäre es, wenn Sie den Betrag ein bisschen aufrunden würden? Zwanzigtausend für mich. Dann bleiben Ihnen noch hunderttausend.«
Dieser verdammte LKW-Fahrer wollte tatsächlich mit ihr feilschen! Er stand noch am Fenster und drehte ihr den Rücken zu. Am liebsten hätte sie ihn durch die Scheibe gestoßen. Sie zündete sich eine Zigarette an und inhalierte tief. Nur nicht die Beherrschung verlieren, das war doch lächerlich! Immerhin schien er angebissen zu haben.
»In Ordnung«, sagte sie. »Zwanzigtausend.«
Sie führte ihn noch eine Viertelstunde durch die Korridore und Labors. Veit wollte jeden Winkel kennenlernen. Als er gegangen war, wollte sie ihm vom Fenster des Büros hinterhersehen. Doch er war nirgends zu entdecken.
Dafür fiel ihr auf der anderen Straßenseite ein Auto auf, ein alter Opel. Der Motor war abgeschaltet. Jemand saß hinter dem Steuer und schien seinen Oberkörper dem Gebäude von PROREPRO zugewandt zu haben. Eva trat vom Fenster zurück und löschte das Licht. Noch einmal sah sie hinaus. Der Fahrer war eine graue Masse. Doch Veit war es mit Sicherheit nicht. Sie dachte an den Weg vom Casino nach Hause, an den Wagen, der ihr gefolgt war. Sie hatte Angst.

Achtes Kapitel
Fredo ist tot

Veit hatte Kopfschmerzen. Seitdem er am Mittag aufgestanden war, hatte er kaum Flüssigkeit zu sich genommen. Den Alkohol der letzten Nacht spürte er noch immer. Außerdem war er müde. Auf die Straße konnte er sich nur schwer konzentrieren. Es regnete. Bei Rastatt musste er für eine Sekunde eingeschlafen sein. Ein Geräusch weckte ihn – das Schaben seines linken Kotflügels an der Leitplanke in der Mitte der Autobahn. Er hatte genug Erfahrung, um nicht panisch das Lenkrad herumzureißen. Das hätte sein Ende bedeutet, der Wagen wäre im Schneematsch geschleudert und hätte sich womöglich überschlagen. Veit zog langsam nach rechts, sah in den Rückspiegel und über die Schulter und wechselte auf die rechte Fahrspur. Dort nahm er den Fuß vom Gas und atmete durch. Sein Herz raste.

Es war eine Sache, in einem kritischen Moment nicht die Nerven zu verlieren. Automatisierte Bewegungsabläufe, Reflexe halfen einem dabei. Etwas anderes war es, sich darüber klar zu werden, wie nah man einen Augenblick vorher dem Tod gewesen war, und bei diesem Gedanken nicht durchzudrehen. Adrenalin pumpte durch Veits Körper. Das fühlte sich beinahe gut an. So ähnlich war es, wenn man den letzten Jeton setzte, sich, während die Kugel bereits rollte, plötzlich sicher war, dass man nur verlieren konnte.

Eigentlich waren es nur diese Momente, für die Veit spielte. Einen ganzen Abend lang zu gewinnen war langweilig. Weil das Spiel kein großes Risiko barg, wenn man zu viele Jetons vor sich liegen hatte. Zum echten Spiel gehörte die Möglichkeit des endgültigen Verlusts. Davon hatte Dostojewski geschrieben, davon handelte der Satz, den Dr. Westphal vorgelesen hatte.

Veit bemerkte kaum, wie er den Blinker setzte und bei Baden-Baden die Autobahn verließ. Als es ihm bewusst wurde, redete er sich einen Moment lang ein, er müsse kurz anhalten, um wieder ruhig zu werden. Oder dass es ihn auf die weniger befahrene, sicherere Bundesstraße zog, um die letzten Kilometer zurückzulegen. In Wahrheit steuerte er instinktiv das Casino an. Hemd, Krawatte und Jackett lagen zu diesem Zweck immer im Kofferraum. Und er hatte acht Euro fünfundachtzig in der Tasche. Das reichte für den Eintritt und einen

Jeton für zwei Euro, den Mindesteinsatz. Die Textstelle, die Eva vorgelesen hatte, konnte Veit tatsächlich auswendig: »*Ich habe gewonnen und zwanzig Minuten später das Kurhaus mit hundertsiebzig Gulden in der Tasche verlassen*«, zitierte er laut den Text, während er den Ooskanal überquerte und sich der Stadtgrenze näherte. »*Tatsache! Da sieht man, was der letzte Gulden bedeuten kann! Was, wenn ich damals den Mut verloren, wenn ich nicht den Entschluß gewagt hätte?*«
Wer konnte schon wissen, was Veit heute Abend aus seinen zwei Euro machen würde? Und wenn er nicht gewann, was würde er schon verlieren? Lächerliche zwei Euro, mehr nicht! Seine Müdigkeit war von einer Minute zur anderen verschwunden. Er ertappte sich dabei, dass er pfeifend durch den Regen fuhr, der jetzt noch dichter fiel. An seine morgige Fahrt in die Schweiz dachte er nicht mehr. Es war schließlich erst zehn Uhr. Die Nacht begann gerade. Seitdem er an der Leitplanke entlanggeschabt war, pumpte sein Körper Adrenalin. Zuerst wegen des im letzten Moment vereitelten Unfalls, seit der Ausfahrt jedoch aus Vorfreude auf das Spiel. Er wusste, er würde heute Nacht noch mehr von dem wunderbaren Hormon ausschütten. Er war glücklich.

Man begrüßte ihn höflich. An der Kasse sagte niemand etwas, weil er nur zwei Euro gegen einen einzigen Jeton tauschte. Er liebte die Diskretion der Angestellten. Er liebte auch die pompöse Ausstattung der Spielsäle, die Bilder und die Kronleuchter. Nicht umsonst galt das Baden-Badener Casino als eines der schönsten. Er war in Spielbanken gewesen, die sich kaum von schmierigen Pokerzimmern hinter Kneipen unterschieden. Legte er zu Hause zwar keinen Wert auf Luxus, so fand er hier den Schmuck der Damen und das Blattgold der Bilderrahmen doch umso wichtiger. Beim Betreten des Casinos tauchte er in eine andere Welt ein. Sie mochte eine Scheinwelt sein. Doch wenigstens der Schein sollte perfekt sein.

Heute war nicht viel Betrieb. Wahrscheinlich trug das Wetter die Schuld daran. Wer sich heute Abend durch Regen und Matsch gekämpft hatte, um einen Stehplatz an einem der Tische zu ergattern, der durfte sich stolz einen echten Spieler nennen. Veit ging zu seinem Lieblingstisch und fand dort nur vier weitere Spieler, drei Frauen und einen Mann. Er nickte stumm zum Gruß in die Runde und setzte seinen Jeton auf Schwarz, ohne den Verlauf des Spiels vorher eine Weile zu beobachten, wie es die meisten taten.

Schwarz gewann, zu Veits Jeton gesellte sich ein zweiter. Er ließ sie liegen, und Schwarz gewann abermals. Von den vier Jetons, die ihm nun zur Verfügung standen, ließ er wiederum zwei auf Schwarz liegen. Die anderen beiden setzte er auf das erste Dutzend. Diesmal gewann Rot. Doch weil Veit sich für das richtige Dutzend entschieden hatte, verdreifachte sich dieser Einsatz. Sein Herz klopfte. Er grinste. Setzte alles auf das letzte Dutzend. Und gewann. Eine halbe Stunde lang. Mehr als zweitausend Euro. Einen Monatslohn. Soviel wie noch nie. Setzte alles auf Rot. Spürte den Kick. Und verlor.

Merkwürdig, dachte er im Auto, wann habe ich aufgehört, über so etwas wütend zu sein? Natürlich ärgerte er sich. Niemand sieht gern so viel Geld wie Sand zwischen den Fingern verrinnen. Jedes Mal, wenn er alles verlor, verfluchte er sich für diesen letzten Einsatz. Doch der Ärger war schnell verflogen. Schon auf dem Weg zum Parkplatz dominierte nicht mehr der Ärger seine Gefühle, sondern die Erinnerung an den Augenblick davor, an die Nervosität, mit der er den ganzen Stapel Jetons auf das eine Feld geschoben hatte. Und was den heutigen Abend betraf: Selten war er so billig davon gekommen. Schließlich hatte ihn dieser Kick unterm Strich nur zwei Euro gekostet. Das war es allemal wert gewesen.

Trotzdem war er jetzt natürlich pleite. Carlo konnte ihm morgen früh vor der Tour in die Schweiz nichts leihen. Er war heute mit Tatjana in die Flitterwochen gefahren. Doch das ließ sich regeln. An der nächsten Kreuzung bog Veit nach rechts ins Industriegebiet ab. Die Spedition lag hinter einer Baumschule. Der Gärtnermeister hatte eine Vorliebe für Buchsbäume und Koniferen, die er in Tierformen schnitt. In der regnerischen und zusehends windigeren Januarnacht schwankten die Ziegen, die Pelikane und der riesige Stier hinter dem Zaun, als reckten sie ihre Hälse nach Veit. Der ließ sich davon nicht beunruhigen. Sie hatten ihm schon bei vielen nächtlichen Besuchen über die Schulter geschaut. Er besaß einen eigenen Generalschlüssel für die Türen zum Büro und zu den Garagen. Carlos »Tresor«, eine abgestoßene Geldkassette, die schon vor zwanzig Jahren als Zirkuskasse gedient hatte, knackte er mit einem dünnen Draht, den er am Schlüsselbund trug.

Heute war nicht viel drin, knapp dreihundert Euro. Hochzeitsfeier und Flitterwochen waren teuer. Veit fluchte lautlos. So fiel ein Diebstahl natürlich leicht auf. Noch dazu, seitdem Carlo bemerkt hatte, dass Geld aus der Kassette verschwand. Aber was blieb ihm übrig? Er musste morgen etwas essen. Und in der Schweiz war alles teuer. Er nahm einen Fünfzig-Euro-Schein heraus. Spesen, dachte er. Lange würde das nicht reichen. Sein nächster Lohn wurde erst in zehn Tagen überwiesen. Und das Geld von der Ärztin bekam er nicht, bevor er ihr das Gemälde gab.

Für den Einbruch hatten sie Mittwochabend verabredet. Ihre Assistentin arbeite manchmal länger, hatte sie gesagt, deshalb solle Veit auf keinen Fall vor neun Uhr kommen. Länger als bis halb zehn solle er allerdings auch nicht warten, weil dann ein privater Wachdienst seine Runde drehe. Veit hatte das nicht gefallen. Zwar würde er keine halbe Stunde brauchen. Aber die Faktoren *Assistentin* und *Wachdienst* klangen beide nicht gut. Er müsse sich keine Sorgen machen, hatte sie zu beschwichtigen versucht, Dr. van Doorn sei zwar fleißig, aber trotzdem niemals länger als bis um neun Uhr bei der Arbeit. Und der Wachdienst sei zwar gründlich, aber so pünktlich, dass man die Uhr danach stellen könne. Ob sie nicht draußen Schmiere stehen wolle, hatte er gefragt, damit er zwischen neun und halb zehn wirklich ungestört sei. Doch sie meinte, sie müsse sich zu der Zeit in Gesellschaft zeigen, um ein Alibi zu besitzen. Das verstand Veit.

Was er aber vor allem verstand, war die Tatsache, dass er so bald keine zweite Gelegenheit bekäme, auf einfache und schnelle Weise zwanzigtausend Euro zu verdienen. Er betrachtete den Fünfzig-Euro-Schein in seiner Hand. Vierhundert davon ergaben zwanzigtausend. Er konnte natürlich auch ins Casino gehen, um aus diesen Fünfzig ein bisschen mehr zu machen. Aber nicht mehr heute Abend. Er musste endlich schlafen.

Er öffnete seine Tür und erwartete, Leila, die tote Tochter seiner Vermieter, in der Küche sitzen zu sehen. Sie besuchte ihn gern, wenn er müde, erschöpft oder krank war. Manchmal sprach er sie auch an, doch wie Veits Mutter antwortete auch Leila nicht. Dennoch erschien sie ihm oft lebendiger als die Frau im Pflegeheim. Leila sah ihn wenigstens an.

Sie konnte ihm nicht die gleichen Dinge geben wie Tatjana. Er hatte Leila zu berühren versucht, und sie war verschwunden. Doch was Tatjana zu bieten hatte, konnte er auch bei anderen Frauen bekommen. Wahrscheinlich auch bei der Ärztin – hinter ihrer Arroganz konnte sie nicht ihr Interesse für Veit verbergen. Was solche Frauen ihm niemals geben konnten, bekam Veit von Leila: Er spürte die Nähe ihres materielosen Körpers, spürte eine Wärme, obwohl sie doch kalt sein musste, und er wurde ruhig. Sie war ihm wertvoller als jede andere, jede reale Frau. Er freute sich darauf, sie noch zu sehen, bevor er einschlief.

Umso überraschter war er darüber, anstelle einer jungen bleichen Frau einen alten bärtigen Mann an seinem Küchentisch vorzufinden.
»Fredo!«
»Schließ die Tür!«
Veit gehorchte und stürzte auf den Alten zu. »Fredo!«, wiederholte er und wollte ihn in die Arme schließen.

Der Bärtige hob abwehrend die Arme vors Gesicht. »Wir wurden einander doch bereits vorgestellt«, sagte er. »Mein Name ist Mosche Gurfinkel.«
Veit wurde zornig. »Hör zu, Fredo ...«, setzte er an und wurde auf der Stelle unterbrochen.
»Nenn mich noch einmal so, und ich gehe. Du wirst mich dann nie wiedersehen.« Dabei stand der Alte vom Stuhl auf und zog seinen Mantel an. »Ich meine es ernst!«
Veit glaubte ihm. Nun traute er sich kaum mehr, überhaupt noch etwas zu sagen. Mosche Gurfinkel schien damit kein Problem zu haben. Vielmehr nutzte er Veits Schweigen, um ihm zu erklären, wie er sich ihr Gespräch vorstellte. »Wir hatten einen gemeinsamen Bekannten. Wenn du etwas über diesen Fredo wissen willst, darfst du mich fragen. Ich werde dir erzählen, soviel ich kann. Fredo ist seit Jahren tot. An vieles erinnere ich mich nicht.«
Veit war ratlos. »Setz dich doch wieder!«, forderte er Mosche auf, nur um etwas zu sagen. »Soll ich einen Tee kochen? Fredo mochte gern Kräutertee.«
»Ich weiß. Ich bevorzuge Kaffee.«
»Um diese Uhrzeit?«
»Du solltest auch eine Tasse trinken. Wir müssen noch mal raus.«
»Ach, ja? Und wohin, wenn ich fragen darf?«
»Auf den Friedhof.«
Veit ließ den Wasserkessel überlaufen.
»Ich habe noch nicht das Grab deines Vaters besucht.«
»Willst du das nicht morgen machen, bei Tageslicht?«
»Morgen bringst du mich nach Hause.«
»Irrtum, morgen fahre ich in die Schweiz.«
»Ich weiß. Du wirst einen kleinen Umweg machen.«
Veit spülte zwei Tassen ab und stellte sie auf den Tisch. »Für Fredo hätte ich natürlich jeden Umweg gemacht«, sagte er. »Warum ist er damals eigentlich verschwunden?«
»Er wurde verfolgt.«
»Von der Polizei?«
Der Alte zuckte mit den Schultern.
Veit hatte keine Lust, diese Komödie länger mitzuspielen. Er wollte sich diesen Mosche zur Brust nehmen und die Wahrheit, den Fredo aus ihm herausschütteln!
»Carlo hat mir viel von dir erzählt«, sagte Mosche. »Er spricht dann wie von einem Sohn.«
»Willst du mir wegen gestern ein schlechtes Gewissen machen?«

»Ich wäre der Letzte, dem so etwas einfiele, glaub mir.«
»Ich dachte, du bist Carlos Freund?«
»Das stimmt. Ich war auch mit deinem Vater befreundet.«
»Was hat der damit zu tun?«
Mosche zögerte. »Ich wäre auch gern dein Freund«, sagte er.
»So wie Fredo?«
»Vergiss Fredo!«
»Das kann ich nicht. Er hat mir zu viel beigebracht.«
»Mehr als dein Vater?«

Veit hatte jahrelang nicht daran gedacht. Als Mosche ihm nun diese Frage stellte, erinnerte er sich an die Eifersucht seines Vaters. Es hatte ihm nicht gefallen, dass Veit so viel Zeit mit Fredo verbrachte, um sich in der Kunst der Entfesselung zu üben. Mario Glassmanns Sprung aus dreizehn Metern Höhe in ein nur zwei Meter tiefes Wasserbecken war der Höhepunkt jeder Vorstellung. Wollte sein Sohn nicht lieber ihm nacheifern? Aber auf der Plattform des Sprungturms überfiel Veit nackte Angst. Er bewunderte seinen Vater. Trotzdem wollte er nicht so sein wie er.

»Bevor du springst, musst du stehen«, sagte Veit.

Mosche sah ihn irritiert an.

»Das ist die einzige Lehre meines Vaters, an die ich mich erinnere. Weißt du noch, wie konzentriert er da oben stand? Wie dabei die Spannung in der Luft geradezu spürbar wurde?«

»Er musste das Schwanken des Turms in die Berechnung seines Sprungs einbeziehen.«

So rational hatte Veit das nie betrachtet. Für ihn hatte es immer ausgesehen, als hörten durch Mario Glassmanns absolutes Stillstehen auch alle anderen Bewegungen auf. Der Turm schwankte nicht mehr, die Zuschauer atmeten nicht mehr, die Zeit stand still, bevor er sich in die Tiefe fallen ließ.

»Bevor du springst, musst du stehen«, wiederholte Veit. Das Pfeifen des Wasserkessels holte ihn aus der Vergangenheit zurück. Er blinzelte wie nach dem Aufwachen. »Ich hab nur Instantkaffee«, sagte er und stellte den Herd aus.

»Dann lass uns lieber gleich gehen«, sagte Mosche.

»Fredo war weniger anspruchsvoll.«

»Das war vielleicht seine beste Eigenschaft«, sagte Mosche und ging zur Tür.

Im Auto fragte Veit, ob Mosche seine Mutter im Heim besucht habe.

»Du hast ihr Lilien gebracht. Die hat sie immer gemocht.«

»Dass du dich daran erinnerst!«

»Sie war noch waghalsiger als dein Vater«, sagte Mosche. »Er fiel in ein Wasserbecken. Sie benutzte beim Seiltanz nie ein Netz. Wahrscheinlich hast du die Neigung zum Spiel von ihr geerbt.«
Veit stutzte. Woher wusste Mosche von seiner Leidenschaft? »Was meinst du damit?«, fragte er.
Mosche ging nicht darauf ein. »Kennst du übrigens die Geschichte von Rabbi Chajim und dem Seiltänzer?«, fragte er. »Einmal war der Rabbi so tief in den Anblick eines Seiltänzers versunken, dass seine Schüler ihn fragten, was er für dieses dumme Schauspiel übrig habe. *Ich könnte nicht sagen, wofür dieser Mann sein Leben aufs Spiel setzt,* antwortete Rabbi Chajim. *Gewiss aber kann er, während er auf dem Seil geht, nicht an das Geld denken, das er damit verdient. Sowie er dies dächte, würde er abstürzen.*«
Sie erreichten den Friedhof. Es regnete nicht mehr, aber der Boden war aufgeweicht. An manchen Stellen sanken sie bis zu den Knöcheln ein. Der Friedhof lag an einem Hang. Wegen der mangelnden Bodenfestigkeit wurde bei starkem Regen kubikmeterweise Erde weggespült. Mehr als einmal waren auf diese Weise schon Gebeine ans Tageslicht gekommen, die längst in Frieden ruhen sollten. Eine Bürgerinitiative, die sich aus Nachbarn zusammensetzte, kämpfte für die »Stilllegung des Friedhofs«. Veit musste jedes Mal lachen, wenn er diese misslungene Formulierung hörte. Wie hätte es hier noch stiller sein können?
Minutenlang hörte er nur die Geräusche ihrer Schritte, das schmatzende Einsinken ihrer Schuhe in der feuchten Erde. Mosche folgte ihm. Als sie das Grab seines Vaters erreichten, riss die Wolkendecke auf. Im Licht des Mondes lasen sie die schlichte Inschrift: *Glassmann.*
»Kein Vorname? Keine Jahreszahl?«, fragte Mosche.
»Ich weiß auch nicht, warum«, sagte Veit.
Mosche bückte sich und suchte den Boden mit der Hand ab. Schließlich richtete er sich wieder auf und legte einen Kiesel auf den Grabstein. Veit wusste von diesem jüdischen Brauch. Und als Mosche anfing, ein hebräisches Gebet zu murmeln, platzte ihm der Kragen.
»Jetzt reicht's!«, schrie er. »Ist schon in Ordnung, wenn du nicht erkannt werden willst. Aber die Show, die du abziehst, ist lächerlich. Davon, dass du das jüdische Volk beleidigst, will ich gar nicht sprechen!«
»Wodurch sollte ich es beleidigen?«
»Du missbrauchst seine Traditionen!«
»Das verstehst du nicht.«
»Weil es nicht zu verstehen ist! Erst recht nicht jetzt und hier. Es

73

ist Nacht, wir sind auf einem Friedhof, niemand sieht uns! Lass es endlich gut sein, Fredo!«

Der Alte drehte sich um und ging davon. Kurz bevor er in der Dunkelheit verschwand, eilte Veit ihm nach. Auf dem matschigen Boden rutschte er aus und fiel hin. Mosche blieb stehen und sah zu ihm herüber. Er zögerte eine Sekunde, dann kam er zurück, half Veit auf die Beine und packte ihn bei den Schultern.

»Jetzt hörst du mir mal zu, mein Junge«, herrschte er ihn an. »Fredo ist tot. Unter dieser Bedingung kann ich dir von mir, Mosche Gurfinkel, erzählen. Akzeptiert?«

»Wer soll das sein, dieser Mosche Gurfinkel?«

Der Alte schob sein Gesicht dicht vor Veits. »Er ist die perfekte Illusion«, flüsterte er.

»Wieso perfekt? Ich erkenne dich doch!«

»Wirklich?«

Veit roch den Atem des alten Mannes. Er löste sich aus seinem Griff. Das Mondlicht lag kalt auf Mosches Gesicht. »Nein, du hast recht«, sagte Veit. »Ich erkenne dich nicht.«

»Wenn du dich erst auf die perfekte Illusion eingelassen hast, ist es nicht schwer, jemand anders zu sein«, sagte Mosche. »Die Leute glauben dir, sobald du dir selbst glaubst. Vorhin habe ich gesagt, ich hätte vieles von Fredo vergessen. Das war nicht gelogen. Manchmal denke ich wochenlang nicht an ihn.« Er sah sich um, ging ein paar Schritte den Weg entlang, kniff die Augen zusammen und bemühte sich, die Inschriften der Grabsteine zu entziffern. Vor einem Holzkreuz blieb er stehen und winkte Veit zu sich. »Lies vor!«, forderte er.

Das Grab war noch unbepflanzt, das Holzkreuz wahrscheinlich ein Provisorium. Veit wusste, dass ein Grabstein erst gesetzt wurde, wenn die Erde sich gesetzt hatte. »*Leif Marder*«, las er. »*1. April 1974 bis 16. Januar 2005.*« Der Mensch in dem Grab war erst seit zwei Wochen tot.

»Leif«, wiederholte Mosche. »Ein skandinavischer Name. Wenn ich mich nicht irre, bedeutet er *Sohn* oder *Erbe*. Das könntest du sein.«

»Ein Erbe?«

»Nein, dieser Leif. Er war nur ein Jahr älter als du. Geh zum Ordnungsamt, gib dich als Leif Marder aus, behaupte, man habe dir sämtliche Papiere gestohlen, und beantrage neue.«

»Warum sollte ich das tun?«

»Damit du siehst, wie einfach es ist, die Identität zu wechseln. Die Suche nach frisch Verstorbenen ist eine der beliebtesten Methoden. Du wirst die Papiere erhalten. Die Schlampigkeit der Behörden macht es möglich. Bis eine Todesmeldung von einem Schreibtisch

zum nächsten gelangt, vergehen Monate. Oft kommt eine solche Information überhaupt nicht bei allen an, die davon wissen sollten.«
»Veit erinnerte sich, dass seine Mutter noch Jahre nach dem Tod ihres Mannes von verschiedenen Behörden und der Krankenkasse Post erhalten hatte, die an seinen Vater adressiert war.»Bist du auch nach dieser Methode vorgegangen?«, fragte er.
»Nein, meinen Namen habe ich mir selbst ausgesucht. Ich habe Mosche erfunden.«
»Ist es auf diese Art nicht schwierig, an die nötigen Papiere zu kommen?«
»Schwieriger, aber nicht unmöglich. Man muss ein paar Leute kennen. Und du erinnerst dich doch sicher an mein Talent als Kopist?«
»Du meinst die gefälschten Bilder?«
»Ich spreche lieber von *Kopien*. Noch treffender wäre es, sie *Karikaturen* zu nennen.« Es begann wieder zu regnen, schwere Tropfen, die von Mosches Hutkrempe spritzten. »Aber genau das ist der Punkt. Einmal wollte ich ein Original schaffen. Mosche Gurfinkel sollte nicht die Kopie oder Karikatur eines anderen werden.«
»Und trotzdem nennst du selbst diese Identität eine Illusion«, warf Veit ein. »Ein Original vielleicht, aber doch nur großes Theater. Wann lässt du den Vorhang fallen?«
»Dieses Theater, wie du es nennst, ist mein Leben. Seit über siebzehn Jahren. Der Vorhang wird nicht fallen.«
»Warum nicht? Was könnte schon passieren?«
Mosche trat einen Schritt zurück. Hinter den immer dichter fallenden Regentropfen verlor sein Gesicht die Konturen. Er betrachtete das Holzkreuz auf Leif Marders frischem Grab. »Wenn ich mein Leben aufgäbe?«, fragte er. »Ganz einfach: Ich würde sterben.«

Neuntes Kapitel
Krysztof gewinnt

Krysztof Mendritzki kehrte in dieser Nacht erst spät in sein Hotelzimmer in Baden-Baden zurück. Nachdem er seine Recherchen für diesen Tag beendet hatte, ging er noch ins Casino. Es war sein erster Besuch einer Spielbank, bisher hatten ihn Glücksspiele nie gereizt. Nun verleitete ihn das großzügige Honorar, das Martensens Witwe ihm zahlte. Krysztof war stolz auf sich. Er hatte die Antiquitäten betrachtet, mit denen ihr Haus im hannoverschen Zooviertel vollgestopft war, hatte die Verzweiflung in Frau Martensens Gesicht gelesen und das Doppelte seines üblichen Preises verlangt. Sie hatte nicht mit der Wimper gezuckt, nur nach seiner Kontoverbindung gefragt. Wenn er ihr allerdings nicht bald Ergebnisse präsentierte, würde sie vielleicht fragen, ob er sich nur auf ihre Kosten amüsiere.

Im Casino amüsierte er sich in der Tat prächtig. Schon bevor er selbst zu spielen begann, hatte er seinen Spaß. Um sich mit den Regeln des Roulette, das er nur aus Filmen kannte, vertraut zu machen, trat er zunächst als stiller Beobachter an einen der Tische. Einen Whisky in der einen, Jetons für fünfzig Euro in der anderen Hand beobachtete er, wie ein schlaksiger, übernächtigt wirkender Kerl in kürzester Zeit über zweitausend Euro gewann, alles auf Rot setzte und verlor. Wortlos stand der Spieler auf und verließ den Saal.

Krysztof wollte ihm folgen, um zu sehen, ob er sich an der Kasse neue Jetons holen oder das Casino verlassen würde. Doch in seiner Eile stieß er mit einer vollbusigen Sechzigjährigen zusammen und goss ihr dabei seinen Whisky übers Kleid. Die empörten Bemerkungen der Dame, die Reinigungsversuche zweier herbeigeeilter Kellner und Krysztofs Entschuldigungen, denen er durch zahlreiche Verbeugungen mehr Gewicht zu verleihen versuchte, nahmen eine Weile in Anspruch. Als Krysztof die Kasse erreichte, war der andere Mann verschwunden.

Es hätte ihm genügt, auch weiterhin andere Leute beim Spielen zu beobachten, ohne selbst zu setzen. Doch er musste feststellen, dass keiner mit derselben Leidenschaft und Bedingungslosigkeit spielte wie jener, der gerade alles auf Rot gesetzt und verloren hatte. Krysztof blieb nichts anderes übrig, als es selbst zu versuchen. Ein wenig Magendrücken bereitete es ihm schon, als er seinen ersten Jeton behutsam auf den grünen Filz legte. Wie oft hatte er für einen Hungerlohn gearbeitet, um überhaupt einen Auftrag zu bekommen! Wie oft hatte es nicht für die Miete seiner schäbigen Zweizimmerwohnung gereicht! Und hier warfen die Leute ihr Geld der Spielbank in den Rachen, als wäre es nichts. Spielte er gerade deshalb? Weil er nicht wusste, ob er jemals wieder so viel Geld in der Tasche haben würde? Weil es jetzt nichts ausmachte, wenn er verlor? Der Spieler von eben hatte auch nicht ausgesehen, als könne er es sich leisten. Sein Jackett hatte Falten gehabt, die schmale Krawatte war längst aus der Mode gewesen. Für seine Risikobereitschaft hatte Krysztof ihn bewundert. Er wollte dort anknüpfen, wo der andere aufgehört hatte. Also setzte er zehn Euro auf Rot.

Nach sieben Spielen hatte er über sechshundert Euro gewonnen. Lachend sah er nach rechts und links, um sich von den anderen Spielern das Unfassbare bestätigen zu lassen. Doch man gab sich reserviert, lächelte höchstens ein wenig. Krysztof begriff: Beherrschung gehörte hier zum guten Ton. Egal, wie viel man verlor oder gewann – man nahm es hin und tat, als sei es nicht von Bedeutung, ein Spiel eben, mehr nicht. Und obwohl er bereits seit Stunden trank – während der Arbeit zwei Flachmänner und hier schon den dritten Whisky –, ahnte er noch, dass er sein Glück nicht überstrapazieren sollte. Er erinnerte sich an das letzte Spiel des anderen Mannes und daran, wie schnell er vom Spieltisch aufgestanden und in der Nacht verschwunden war. Und während sich von einer Sekunde zur anderen sein lachendes Gesicht in ein gehetztes verwandelte, das Gesicht eines Mannes, dem jemand das letzte Hemd vom Leib reißen will, fegte Krysztof seine Jetons vom Filz und eilte zur Kasse. Keine drei Minuten nachdem er seinen letzten Einsatz gemacht hatte, stürzte er aus dem Casino.

Nahe der Klosterkirche, auf dem Weg zu seinem Hotel, fand er ein Haus, in dem er sich von einer Asiatin einen blasen ließ. Währenddessen massierte eine Afrikanerin Krysztofs Schultern und wiederholte ständig, wie heiß sie der Anblick seines Schwanzes im Mund ihrer Kollegin mache. Als er die beiden und ihre Getränke bezahlt hatte, war ein beträchtlicher Teil seines Spielgewinns verbraucht. Für ein paar Minuten ärgerte ihn das. Hätte er auf die Afrikanerin verzichten sollen?

Als er jedoch die Hotelhalle betrat und sich vom Nachtportier seinen Zimmerschlüssel geben ließ, war er wieder zufrieden mit sich und der Welt. Das Hotel gehörte nicht zu den besten in Baden-Baden. Doch verglichen mit den Motels, in denen er während anderer Aufträge übernachtete, war es ein Palast. Er ließ Wasser in die Badewanne laufen, roch an den nach Weichspüler duftenden Handtüchern, die täglich gewechselt wurden, und rief noch einmal beim Portier an, um eine Flasche Chivas Regal zu bestellen. Die Minibar war noch nicht wieder aufgefüllt worden.

Auf dem kleinen Sekretär lag das bisher recherchierte Material. Das Zimmermädchen hatte die Kopien verschiedener Dokumente und die Fotografien ordentlich gestapelt. Krysztof beschwerte sich beim Kellner, der ihm den Whisky brachte. Er wurde ein bisschen laut, als er sagte, er verbitte sich in Zukunft, dass jemand vom Hotelpersonal seine Papiere anrühre. Der Kellner versicherte, es werde nicht wieder vorkommen. Als er die Tür schloss, lächelte Krysztof zufrieden.

Er zog sich aus, trank einen Schluck, zündete sich eine Zigarette an und wollte eben in die Wanne steigen, als sein Blick noch einmal die beiden Stapel auf dem Sekretär traf. Er dachte an die Witwe in ihrer hannoverschen Villa, lauschte auf das Plätschern des einlaufenden Wassers, roch das fruchtige Aroma des Badezusatzes, sah den Whisky in seiner Hand, schmeckte ihn auf der Zunge ... und fragte sich, wie lange die Martensen ihm all das noch zahlen würde.

Er hatte ihr keine großen Hoffnungen gemacht, Beweise für die Ermordung ihres Mannes zu finden, geschweige denn seinen Mörder. Trotzdem hatte er ihren Auftrag angenommen. Doch außer der Information, wer sich hinter dem Namen *Eva* in Friedrich Martensens Terminkalender verbarg, hatte er bisher nichts vorzuweisen gehabt. Ob Eva Westphal etwas mit dem Tod ihres Mannes zu tun haben könne, hatte Frau Martensen ihn am Telefon gefragt.

»Darüber kann ich noch nichts sagen.«

»Diese ... Frau«, hatte die Witwe ihn erinnert, »hat sich schließlich mit Friedrich getroffen!«

»Allein davon stirbt man nicht, Frau Martensen!«

»Wer weiß das schon? Warum hat er nie von ihr gesprochen?«

»Wie mir Frau Dr. Westphal erzählte, waren sie und Ihr verstorbener Mann während des Studiums ein Paar. Vielleicht wollte Ihr Mann Sie nur nicht aufregen. Manche Leute, Frau Martensen, sind ja furchtbar eifersüchtig.«

»Manche Leute, Herr Mendritzki, bekommen furchtbar viel Geld, ohne es zu verdienen.«

Ohne eine Antwort abzuwarten hatte Constanze Martensen den Hörer aufgeknallt. Das war Krysztofs bisher letztes Telefonat mit seiner Auftraggeberin gewesen. Seitdem waren zwei Tage vergangen. Morgen erwartete sie einen Zwischenbericht. Und irgendwelche Neuigkeiten sollte er ihr auftischen. Er ging ins Bad, drehte den Wasserhahn zu und zog sich den Bademantel über. Mit einem Schluck leerte er das Whiskyglas und setzte sich an den Sekretär.

Was wusste er über diese Frau? Wie Martensen war sie Ärztin. Ihr Geld verdiente sie mit künstlichen Befruchtungen. Nebenbei forschte sie laut eigener Aussage. Worin bestand diese Forschung? Er hatte zu fragen vergessen. Wahrscheinlich beschäftigte sie sich wie Martensen mit Genetik. Sonst wäre sie nicht für denselben Preis nominiert gewesen wie er. Diese Nominierung – taugte sie als Motiv für einen Mord? Wenn Dr. Westphal den Preis bekommen hätte vielleicht. Aber sie war leer ausgegangen.

Er goss sich noch einen Whisky ein, zündete sich eine neue Zigarette an und blätterte wahllos durch die Kopien und Fotografien auf dem Sekretär. Eine Zeitungsmeldung fiel ihm ins Auge. Er hatte sie bereits gelesen und ihr für seine Untersuchung keine Bedeutung beigemessen. Nun las er sie erneut, vielleicht hatte er ja etwas übersehen. Die wenigen Zeilen berichteten vom Selbstmord Henrik Westphals, dem Mann der Ärztin. Vor einigen Jahren hatte er sich mit einem Jagdgewehr in den Mund geschossen. Vorausgegangen war seine totale Pleite. Wie viele andere in jenen Jahren hatte er an der Börse auf die falschen Aktien gesetzt. Brachte man sich deswegen um? Die Zeitungsmeldung ließ anklingen, dass Westphal der Börsencrash härter getroffen habe als andere. Durch seine misslungenen Spekulationen war ein über drei Generationen aufgebautes Familienvermögen verloren. Ein Angehöriger des Geldadels verlor auf diese Weise nicht nur seinen Besitz, er verlor sein Gesicht. Also hatte niemand an seinem Selbstmord gezweifelt.

Auch Krysztof erschien diese Erklärung plausibel. Trotzdem war es auffällig, dass nun ein ehemaliger Liebhaber von Westphals Witwe ebenfalls unter fragwürdigen Umständen ums Leben gekommen war. Das konnte Zufall sein. Sicher, die ganze Welt konnte ein großer Zufall sein. Heute Abend hatte der Zufall Krysztof über sechshundert Euro beschert. Aber wer an die Allmacht des Zufalls glaubte, war kein guter Privatdetektiv. *Leitfaden für private Ermittler*, erinnerte sich Krysztof, *Regel Nummer zehn: Ein guter Detektiv glaubt an Ursache und Wirkung.* Krysztof hielt sich für einen sehr guten Detektiv. Und war es nicht möglich, dass Frau Dr. Eva Westphal ein wenig nachgeholfen hatte, um die Last der Schande von den Schultern ihres Mannes zu nehmen? Er war über zwanzig Jahre älter als sie gewesen. Was wollte eine Frau wie sie überhaupt von einem so alten Mann, wenn es nicht sein Geld war? So wie sie aussah, konnte sie jeden haben. Als er sein Geld verpulvert hatte, war er doch sicher nur noch eine Belastung gewesen.

Aber klang das nicht zu einfach? Und war im Gegensatz dazu die Inszenierung eines Selbstmordes mit einem Jagdgewehr nicht eine verdammt schwierige Angelegenheit? Sie hätte ihn fesseln oder betäuben müssen. Beides hinterließ normalerweise Spuren.

Krysztof drückte die Zigarette aus und zog eine Kopie des Obduktionsberichts von Friedrich Martensens Leiche hervor. Schließlich war dieser Tod sein Fall, nicht der von Henrik Westphal. Die beiden hatten sich nach Jahren zum ersten Mal gesehen. Sie war gegangen. Minuten später war er tot zusammengebrochen. Gab es Gifte, die einen Herzinfarkt so gut vortäuschten, dass zwei Obduktionen nicht die Wahrheit ans Licht brachten? Krysztof wusste es nicht. Doch er wusste: Wenn jemand ein solches Gift kannte, dann war es ein Arzt.

Worüber hatten die beiden gesprochen? *Über die Arbeit*, hatte das arrogante Luder gesagt und ihre Beine übereinandergeschlagen, dass der Rock noch höher gerutscht war. Bei dem Gedanken daran bekam Krysztof eine Erektion. Außerdem hätten sie *Erinnerungen aufgewärmt*. Erinnerungen woran? Wenn es für sie ein Motiv gegeben hatte, Martensen umzubringen, dann lag es wahrscheinlich in diesen Erinnerungen verborgen. Die Nominierung für den Forschungspreis erschien Krysztof zu unwahrscheinlich. Wann hatten die beiden sich zuletzt gesehen? Während des Studiums? Er sollte weitere Nachforschungen über diese Zeit anstellen.

Zum Glück war das heute Nacht unmöglich. Krysztofs Kopf war schwer vom Whisky. Mit Mühe erhob er sich vom Stuhl und schwankte ins Badezimmer. Das Wasser in der Wanne war noch warm. Er stieg hinein und streckte sich. Sein steifer Penis ragte aus dem Wasser. Er begann zu onanieren. Dabei dachte er an Eva Westphal.

Eva stand hinter der Gardine ihres Bürofensters, bis der Wagen auf der anderen Straßenseite davonfuhr. Noch immer hatte sie Angst. Es war dasselbe Auto, das ihr neulich Nacht in Baden-Baden gefolgt war. Ein solcher verrosteter Opel passte zu Evas Vorstellung von den Absendern des Briefes, den sie vergangenes Jahr erhalten hatte.

Der Brief war eine Reaktion auf die Veröffentlichung eines Interviews, das Eva gegeben hatte. Zwei Reporter eines Nachrichtenmagazins hatten sie als Expertin zum Thema »Reproduktionsmedizin und Genforschung« befragt. Anlass war eine Lockerung der Gesetze im Bundesland Rheinland-Pfalz. Neuerdings war es Ärzten dort unter strengen Auflagen erlaubt, bei künstlichen Befruchtungen unter mehreren befruchteten Embryonen einen nach seinen Genen auszuwählen. Eva lebte und arbeitete in Baden-Württemberg, ihr war ein solches Vorgehen weiterhin verboten. In dem Interview forderte sie, die anderen Bundesländer sollten dem rheinland-pfälzischen Vorbild folgen.

»Es ist uns heute möglich«, wurde sie in dem Nachrichtenmagazin zitiert, »in den Chromosomen Hinweise auf Krankheiten wie das Down-Syndrom, den sogenannten Mongolismus, zu finden. Bald werden wir wahrscheinlich auch die Anlagen zu Diabetes und vielen anderen Krankheiten erkennen können. Sollen wir einer Mutter einen solchen Embryo trotzdem einpflanzen?«
Einen Monat nach Veröffentlichung des Interviews hatte sie den Brief erhalten. Die Absender, die sich *Initiative für die Vielgestalt des menschlichen Lebens – IVML* nannten, beschimpften Eva als Wegbereiterin einer neuen Rassenhygiene. *Unter Hitler hätten Sie Karriere gemacht,* schrieben sie. *Eine weitere Verbreitung Ihrer sozialdarwinistischen Humangenetik werden wir verhindern. Es sei denn, Sie distanzieren sich öffentlich von Ihren menschenverachtenden Aussagen.*
Selbstverständlich hatte Eva nichts von dem, was sie in dem Interview gesagt hatte, widerrufen. Ihre gesamte Arbeit basierte auf der kontrollierten Schöpfung menschlichen Lebens. Dieser Idee widmete sie sich seit fast zwanzig Jahren. Die Auswahl von Embryonen war nur eine von vielen Methoden, mit denen sie und ihre Kollegen sich beschäftigten. Sie erinnerte sich noch gut an das Jahr 1986. Als Studentin hatte sie damals an einem internationalen Austausch teilgenommen und in den USA Steen Willadsen kennenlernen dürfen. Zwei Jahre vorher hatte der Tierarzt der Öffentlichkeit ein Mischwesen aus Schaf und Ziege präsentiert. Willadsen hatte im Labor das Erbgut beider Tiere miteinander verschmolzen. 1986, während Evas Aufenthalt in den USA, stellte Willadsen die erste echte Methode für das Klonen von Säugetieren vor: Die Zellkerne von Schaf-Embryonen verpflanzte er in zuvor entkernte Eizellen und kreierte so genetisch identische Schafe. Mehr Aufmerksamkeit erregte zehn Jahre später das Schaf Dolly, die Schöpfung des schottischen Forschers Ian Wilmut, weil es die erste Kopie eines erwachsenen Säugetiers war. Bis dahin hatte man geglaubt, es ließen sich nur Klone aus den Zellkernen von Embryonen im frühesten Entwicklungsstadium erschaffen.
Als Dolly das Licht der Welt erblickte, hatte Eva längst nicht mehr an der Möglichkeit des Klonens erwachsener Säugetiere gezweifelt. Mittlerweile waren beinahe zehn weitere Jahre vergangen. Sie hoffte, dass die IVML nicht allzu viel über die rasante Entwicklung der Reproduktionsmedizin während dieser Zeit wusste. Hätte sie im Interview alles erwähnt, was längst durch Experimente bewiesen war – und Evas volle Zustimmung fand –, wäre sie vielleicht schon Opfer eines Mordanschlags geworden.
Denn die Fanatiker von der IVML waren gefährlich. Zuerst hatte Eva ihre Drohung nicht ernst genommen. Anfang Dezember war

dann ein Ziegelstein durch eines der Fenster ihres Labors geflogen. Am nächsten Tag hatte sie einen zweiten Brief erhalten. Darin forderte man Eva erneut auf, *öffentlich die Methoden der modernen Eugenik zu verurteilen.* Der erste Brief war an die Adresse ihres Labors in Karlsruhe gerichtet gewesen. Der zweite erreichte sie unter ihrer Baden-Badener Privatadresse. Sie wurde unruhig. Die Polizei wollte sie sich nicht freiwillig ins Haus holen. Agnes van Doorn, ihre Assistentin, verstand das nicht.»Das waren sicher nur jugendliche Randalierer«, hatte Eva beschwichtigt,»die machen das nicht zweimal.«

Einen Monat später hatte der Briefkasten von Evas Villa gebrannt. Es war wenige Tage nach dem Jahreswechsel, deshalb hätte sie es für einen verspäteten Silvesterscherz halten können. Als Kind hatte sie selbst Knaller in die Briefkästen von Nachbarn geworfen. Doch nachdem sie den Brand mit einer Gießkanne gelöscht hatte, fand sie keine Reste eines Knallkörpers, sondern eine kleine Schnapsflasche. Der Flachmann hatte gerade durch den Briefschlitz gepasst. Es roch nach Benzin. Im Flaschenhals steckte ein verkohlter Lumpen: ein Molotow-Cocktail. Den Beweis, dass es sich um einen weiteren Gruß der IVML handelte, lieferte ein Anruf, den sie am späten Abend erhielt. Vor dem Hintergrund eines ohrenbetäubenden Plärrens sagte eine verstellte Männerstimme:»Das sind die Schreie der ungeborenen Kinder. Das sind die Schreie Ihrer Opfer, Frau Dr. Westphal. Das nächste Feuer wird größer sein.«

Bisher war das Feuer ausgeblieben. Aber seit jenem Anruf vor drei Wochen fühlte Eva sich beobachtet. Sie spürte Blicke ihr folgen, wenn sie die Straße entlangging. Sie fühlten sich anders an als die Blicke der Männer, die sich nach ihr umdrehten. Sie waren so kalt, dass Evas Nackenhaare sich aufstellten und sie ihren Schritt beschleunigte. Über zwei Wochen war ihr niemand aufgefallen. Bis zu der Nacht, als auf dem Heimweg vom Casino jenes Auto ihr gefolgt war.

Sie war gerannt, war auf ihren hohen Absätzen umgeknickt und hatte die Abzweigung zu ihrem Haus gerade in dem Augenblick erreicht, als der Wagen an ihr vorbeifuhr. Nichts war ihr in jener Nacht geschehen. Aber das Auto war dasselbe gewesen, das heute Abend ihrem Bürofenster gegenüber am Straßenrand gewartet hatte. Warum war es jetzt davongefahren? Hatte der Fahrer bemerkt, dass sie ihn beobachtete? Wartete er um die Ecke auf sie? Notfalls konnte sie sich bis zum Morgen hier einschließen. Aber war das eine Lösung? Irgendwann musste man sich zeigen. Und Eva hatte sich noch nie vor jemandem versteckt.

Sie musste sich beruhigen. Am besten beruhigte Eva sich, wenn sie arbeitete. Sie verließ ihr Büro, ging durch das Vorzimmer, den

Korridor entlang, machte kein Licht und gelangte schließlich in das Labor, in dem sie am liebsten arbeitete. Der Raum hatte kein Fenster, sie konnte Licht machen, ohne von draußen gesehen zu werden. Im Flackern der Halogenlampe betrachtete sie die Mikroskope und Petrischalen, die Computer und Reagenzgläser. In einigen der flachen Petrischalen befand sich eine ölige Flüssigkeit. Auf ihrer Oberfläche brach sich das Licht. Eva atmete tief ein. Ihre Züge entspannten sich ein wenig, als hätte sie ihre Lungen mit frischer Bergluft gefüllt. Sie setzte sich an einen der grauen Tische und presste ihr Auge an das Okular eines Mikroskops. Mit der Hand bewegte sie einen Hebel, der eine feine Nadel steuerte. Die Nadel war dünner als ein menschliches Haar. Innen war sie hohl. Durch das Mikroskop betrachtete Eva, wie sich die Nadelspitze langsam einem Zellhaufen näherte. Kaum hatte sie ihn erreicht, saugte Eva eine der Zellen ins Innere der Nadel.

Zehntes Kapitel
Mario springt

Ich würde sterben. Mosches Worte klangen Veit noch in den Ohren, als der Wecker ihn um fünf Uhr aus dem Schlaf riss. Arschloch!, war sein nächster Gedanke. Mosche musste wissen, was dieser Satz bei Veit auslöste. Er dachte an eine Zirkusvorstellung vor zwanzig Jahren. Sein Vater und Fredo hatten die Nummer gemeinsam erarbeitet. Eigentlich war es Fredos Zugabe, aber auch Mario Glassmann gab sie Gelegenheit, seinen Sprung zu wiederholen und erneut Applaus und Bewunderung zu ernten. Fredo ließ sich von einem Zuschauer mit einer schweren Kette fesseln. Die Kette wurde mit einem Vorhängeschloss gesichert, dessen Schlüssel der Zuschauer Veits Vater gab – allerdings erst, nachdem er Fredo über den Rand des Wasserbeckens gestoßen hatte. Nun musste Mario mit dem Schlüssel den Sprungturm hochklettern, sich oben einen Moment konzentrieren und schließlich zum zweiten Mal während einer Vorstellung aus dreizehn Metern Höhe in das winzige Becken springen, um seinen Freund zu befreien. Gleichzeitig musste der gefesselte Fredo unter Wasser zum Beckenrand kriechen und sich dagegenpressen, was durch das Gewicht der Kette erheblich erschwert wurde, um einen Zusammenprall zu vermeiden. Nüchtern betrachtet war die ganze Nummer lediglich ein Beweis dafür, wie lange Fredo die Luft anhalten konnte. Doch für die Zuschauer war sie mehr, war sie ein Beweis der Männerfreundschaft im Angesicht des Todes. Wenn alles nach Plan lief, verbrachte Fredo kaum mehr als eine Minute unter Wasser, für einen geübten Taucher kein Problem.

Allerdings lief nicht immer alles nach Plan. Einmal verlor Mario den Schlüssel. Er hatte die Plattform des Sprungturms beinahe erreicht, als ihm der Schlüssel entglitt und im Sandboden landete. Veit wollte in die Manege stürzen, doch seine Mutter hielt ihn am Arm zurück.

»Die Leute glauben, das gehört dazu!«, flüsterte sie. »Mach es nicht kaputt!«

Sein Vater war schon wieder am Fuß der Leiter. Doch er musste im Sand nach dem Schlüssel suchen. Sekunden vergingen wie Stunden. Das Publikum wurde unruhig. Als Mario wieder die Leiter emporkletterte, feuerte es ihn an. Zum ersten Mal erschien Veit das Gesicht seines Vaters unsicher. Oben nahm er sich nicht die Zeit, sich zu sammeln, die Schwankungen des Sprungturms auszugleichen, um das Becken nicht zu verfehlen. Von wegen: *Bevor du springst, musst du stehen.* Er sprang einfach. Veit schloss die Augen.

Als er sie wieder öffnete, applaudierten alle wild. Sein Vater und Fredo standen tropfnass Arm in Arm in der Mitte der Manege und ließen sich feiern. Vor allem feierte man den Großen Mario, der seinen Freund gerettet hatte. Veit war nach der Vorstellung auf beide schlecht zu sprechen.

»Du hättest sterben können!«, schimpfte er und trommelte auf Fredos Brustkorb ein.

»Glaubst du wirklich, ich brauche den Schlüssel, um mich zu befreien?«

»Du befreist dich schon vorher?«

»Natürlich. Und wenn mir mal die Luft ausgehen sollte, werde ich auftauchen.«

Für eine Sekunde war Veit erleichtert. Dann kam ihm ein neuer Gedanke. »Aber mein Vater ... das war kein sicherer Sprung ... er stand nicht ruhig ... er hätte nicht springen müssen!«

»Dein Vater würde immer springen. The show must go on. Er bekommt den Applaus für meine Zugabe, was will er mehr?«

»Aber das ist dumm!«

Fredo sah ihm fest in die Augen, als er sagte: »Menschen machen Dummheiten!«

Veit schüttelte den Kopf. »Nicht mein Vater.«

Fredo nickte nur langsam.

Zwanzig Jahre, zwei Monate, sechs Tage und dreizehn Stunden später fuhren sie in Veits Auto zur Spedition. Aus dem Bürofenster fiel Licht in den Hof. Die Silhouette eines Mannes zeichnete sich darin ab. Er schien zu warten.

»Wer ist das?«, fragte Mosche.

»Kann ich nicht erkennen.«

»Was will der hier?«

»Steig aus und frag ihn.«

Mosche rührte sich nicht von der Stelle.

Veit stellte den Motor ab, stieg aus dem Wagen und ging auf die Gestalt zu. »Hallo, Murat«, sagte er.

»Wollte eigentlich schon weg sein«, sagte Murat.

»Albanien, oder?«

»Montenegro.«

»Hast du genug Schmiergeld dabei?«

»Kein Zöllner wird sich beschweren. Aber wegen Geld bin ich hier.«
»Brauchst du noch Spesen?«
»Als ich eben komme, steht die Tür offen. Ich geh ins Büro, und auf dem Schreibtisch steht die Kasse. Auch offen.«
Scheiße, dachte Veit. Wie hatte er so unvorsichtig sein können? Er musste vollkommen in Gedanken gewesen sein. »Du meinst, es ist eingebrochen worden?«
»Ich weiß nicht, Mann! Es ist Geld in der Kasse. Man bricht doch nicht irgendwo ein, knackt die Kasse und verpisst sich ohne das Geld!«
»Vielleicht hast du den Typen überrascht.«
»Keine Ahnung, ich hab niemanden gesehen. Ich wollte nur wissen, was du davon hältst. Carlo kommt doch heute nicht, oder?«
»Flitterwochen. Aber Murat …«
»Was?«
»An deiner Stelle würde ich Carlo nichts erzählen.«
»Wieso denn nicht? Scheiße, jemand ist in sein Büro eingebrochen!«
Veit rang mit sich. Carlo hatte Murat bereits wegen der Diebstähle in Verdacht. Für Veit konnte es nur hilfreich sein, wenn Carlo ein weiteres Indiz bekäme. Wer sagte denn, dass Veit Murat nicht beim Einbruch überrascht hatte?
»Es ist nicht das erste Mal«, sagte er. »Und Carlo hat dich im Auge.«
»Wie bitte?« Murat klappte der Unterkiefer herunter. »Ich hab in meinem ganzen Leben noch nichts geklaut! Veit, die Tür stand schon offen, als ich hier ankam, glaub mir!«
»Ich glaub dir ja, Murat.«
»Und jetzt?«
»Ich kümmere mich darum.«
»Rufst du die Polizei?«
»Du sagst doch, das Geld ist noch in der Kasse.«
»Ich weiß ja nicht, wie viel vorher drin war.«
»Schon mal von einem Einbrecher gehört, der nicht die ganze Kohle mitnimmt?«
Murat schien zu überlegen. »Nein, du hast recht«, sagte er.
»Ich gucke mir das erst mal an.«
»Und ich?«
»Mach, dass du nach Albanien kommst!«
»Montenegro.«
»Klugscheißer!« Veit wandte sich zur Tür, wurde aber von Murat am Arm zurückgehalten.

»Danke, Veit!«
Er riss sich los und ging ins Haus. Warf einen Blick auf die Kassette auf Carlos Schreibtisch. Klappte den Deckel zu. Verriegelte das Schloss. Wartete, bis er Murats Laster vom Hof rollen hörte. Als er das Büro gerade verlassen wollte, stand Mosche in der Tür.
»Was nicht in Ordnung?«, fragte er.
»Alles bestens.«
»Worüber hast du mit deinem Kollegen gesprochen?«
Veit antwortete nicht.
»Das war doch ein Kollege?«
Veit drängte sich an Mosche vorbei durch die Tür.
»Habt ihr über mich gesprochen?«
Veit fuhr herum. »Du verdammtes eingebildetes Arschloch!«, schrie er Mosche an. »Du glaubst wohl, alles dreht sich nur um dich und dein großes Geheimnis, was? Kein Mensch interessiert sich dafür!« Er lief zu seinem LKW, kletterte auf den Fahrersitz und ließ den Motor aufheulen.
Mosche rannte ihm hinterher, rutschte im Schneematsch aus und stürzte beinahe vor den Kühlergrill. Veit ließ den Sattelschlepper zur Ausfahrt rollen. Mosche fand das Gleichgewicht wieder, rannte ein paar Schritte und sprang aufs Trittbrett. Veit öffnete ihm die Tür.
»Ganz schön sportlich!«
»Nenn mich nie wieder Arschloch!«
»Kann ich nicht versprechen.«
Die nächste Stunde wechselten sie kein Wort. Veit redete sich ein, er müsse sich auf den Verkehr konzentrieren. Es war kalt, und als es wieder zu regnen begann, verwandelte sich die Autobahn binnen Minuten in eine Eisfläche. Vor ihnen schlingerte ein tschechischer Reisebus zuerst nach links, dann auf den Seitenstreifen. Veit musste sich zwingen, nicht zu fest auf die Bremse zu treten. Kurz vor dem Rasenstreifen bekam der Fahrer den Bus wieder unter Kontrolle. Mit sechzig wackelte er Richtung Süden. Doch Veit wagte nicht, ihn zu überholen. Als der Regen noch dichter fiel, verlangsamte der Bus auf fünfzig Stundenkilometer. Auch Veit nahm den Fuß vom Gas.
Er hatte keine Eile. Im Unterschied zu den meisten Fernfahrern beeilte er sich nie, um sein Ziel zu erreichen. Er hielt sich strikt an die Geschwindigkeitsbegrenzungen und ließ keine gesetzlich vorgeschriebene Pause aus. Schon einige Touren hatte er deshalb nicht termingerecht erledigt. Unter den Kollegen in Carlos Spedition war er der unpünktlichste. Zwei große Aufträge waren schon geplatzt, weil Veit zu spät am Containerhafen angekommen war, einmal in Lis-

sabon, das andere Mal in Rotterdam. Nach Ausreden suchte er gar nicht erst. Er fuhr nach Vorschrift. Mehr konnte Carlo nicht verlangen. Und wegen Mosche würde er sich gewiss nicht beeilen.

Der starrte die ganze Zeit aus dem rechten Seitenfenster. Obwohl es dort nichts zu sehen gab. Die Sonne war noch nicht aufgegangen. Regen peitschte gegen die Scheibe, floss in dicken Rinnsalen schräg daran herunter. Irgendwann beugte er sich ein wenig näher zum Fenster. Der Laster fuhr über eine Bodenwelle, und Mosche schlug mit der Stirn gegen die Scheibe. Er stieß einen Fluch aus, den Veit nicht verstand. Er konnte nur vermuten, um welche Sprache es sich handelte. Aber wäre das nicht eine Übertreibung zu viel?

»Sprichst du etwa Jiddisch?«, fragte er, zu neugierig, um weiterhin den Gleichgültigen zu spielen.

»Pass auf!«, sagte Mosche und starrte weiter durchs Seitenfenster. »Gleich kommt die Ausfahrt.«

Als sie die Autobahn verließen, verschlechterten sich die Straßenverhältnisse. Doch als sie den Rhein und damit die Grenze nach Frankreich überquerten, hörte der Regen auf. Veit lenkte den Laster in den Straßburger Wintermorgen, der sich in nichts von irgendeinem Wintermorgen in irgendeiner anderen ihm bekannten Stadt unterschied. Und er hatte viele Städte gesehen. An einem verregneten Januartag morgens um halb acht hatte ihm noch keine gefallen. Lediglich eine Brücke – die Verbindung zwischen dem Hafen- und Industriegebiet und dem Viertel Esplanade – fiel ihm angenehm auf: Blaue Scheinwerfer tauchten die Brücke in ein kaltes Licht, das weit hinauf in den Himmel strahlte. Es war keine schöne Brücke, es war kein guter Ort. Veit wusste, dass hier erst vor zwei Stunden die letzte Nutte Feierabend gemacht hatte. Aber das blaue Licht gefiel ihm so gut, dass er vor Begeisterung beinahe seinen Beifahrer mit dem Ellenbogen in die Seite gestoßen hätte, um es ihm zu zeigen.

Mosche sagte einmal »Links!«, einmal »Rechts!« und einmal »Halt!«. Am Rande eines kleinen Parks brachte Veit den Laster zum Stehen. Kahle Platanen, deren jährlich geschnittene Kronen wie vom Sturm gewendete und ihres Stoffes beraubte Regenschirme aussahen, säumten die Straße.

»Die Synagoge«, erklärte Mosche und wies mit einer Kopfbewegung auf ein großes weißes Gebäude. »Im Park dahinter gibt es einen Pavillon. Da sitze ich oft auf einer Bank und lese. Auf der anderen Seite des Parks ist ein Fußballplatz. Manchmal sehe ich den Jungs beim Spielen zu.«

»Und wo wohnst du?«

»In der Nähe«, sagte Mosche, öffnete die Tür und kletterte hinaus.

»Auf Wiedersehen, Veit.« Eine Antwort wartete er nicht ab. Er drehte sich um und ging in den Park.

Veit wartete einen Moment, unschlüssig, was er tun sollte. Schließlich stellte er den Motor ab und sprang aus dem Führerhaus. Als die anderen Autofahrer Veit in den Park rennen sahen, begannen sie wild zu hupen. Der Laster blockierte die Fahrbahn. Doch sie mussten sich nicht lange gedulden. Es war aussichtslos. Die Morgendämmerung hatte Mosche verschluckt.

Fast wäre er nicht rechtzeitig wieder zu Hause gewesen. Das Wetter verschlechterte sich. Von Frankreich zog eine Sturmfront über den Rhein. Bäume wurden entwurzelt, Häuser abgedeckt, Menschen erschlagen. Die Autobahn nach Basel war wegen zahlreicher Unfälle kaum befahrbar. Die Sonne war schon wieder untergegangen, als Veit endlich die Schweizer Grenze passierte. Der Auftraggeber, ein Chemieunternehmen, wartete auf die Ladung, doch Veit hatte die Nase voll. Er parkte den Laster auf einem Rastplatz und fuhr erst am nächsten Morgen weiter. Da war das Wetter nicht besser. Nachdem er die Ladung abgesetzt und hundert Kilometer von der Chemiefabrik entfernt einige Tonnen Schokolade aufgeladen hatte, erreichte er die Grenze wiederum erst am Abend. Er übernachtete auf demselben Rastplatz und brauchte am Mittwoch, nachdem er die Schokolade abgeliefert hatte, bis zum Nachmittag, um in die Spedition zurückzukehren.

Er hatte gerade genug Zeit, um zu duschen und etwas Warmes zu essen. Während er am Herd stand und sich eine Dose Tomatensuppe aufwärmte, spürte er Leilas Blick im Rücken. Er drehte sich um und lächelte ihr zu. Die Tote lächelte nicht zurück. Veit musste plötzlich an die Frau in dem Rapsfeld denken, die Frau auf dem Bild, das er in wenigen Stunden stehlen sollte. Ihre Ruhe hatte ihn an Leila erinnert. Die Frau wandte dem Betrachter den Rücken zu. Ob sie lächelte? *Heute Nacht*, wollte er zu Leila sagen, *wenn alles glatt geht, bringe ich dir etwas mit.* Veit erwartete keine Reaktion. Er sprach einfach gern zu Leila. Doch nun runzelte Leila die Stirn. Das hatte sie noch nie getan. Normalerweise betrachtete sie ihn vollkommen ausdruckslos. Nicht ohne Interesse, aber deuten ließ sich ihr Blick nie. Heute wirkte sie unsicher. Sie, die sich um nichts mehr sorgen musste, schien an etwas zu zweifeln.

»Was ist los?«, fragte Veit laut.

Zum ersten Mal reagierte Leila auf eine seiner Fragen. Nicht mit Worten. Mit einer Bewegung. Langsam, beinahe unmerklich, schüttelte sie den Kopf. Einmal nur, doch Veit hatte es nicht übersehen.

Die Bewegungslosigkeit war so sehr Teil von Leila, dass ein leichtes Kopfschütteln einem Erdbeben gleichkam. Und eingebildet hatte sich Veit die Bewegung nicht. Konnte man bei der Erscheinung einer toten Frau überhaupt zwischen Realität und Einbildung unterscheiden? Veit hatte sich diese Frage nie gestellt. Für ihn war Leila so real oder irreal wie sein ganzes bisheriges Leben. Stellte man erst in Frage, was man sah, verlor man jegliche Sicherheit – nicht nur über die Dinge, sondern auch über sich selbst. Das war gefährlicher als jedes Glücksspiel.

Und so fragte Veit sich nicht, ob Leila den Kopf schüttelte. Er fragte sich, warum sie es tat.

»Was willst du mir sagen?«

Sie blieb stumm. Sie bewegte sich nicht mehr. Sie sah ihn nur an.

»Was?«, wiederholte er.

Hinter ihm kochte die Suppe über. Er wandte sich kurz zum Herd, um das Gas abzustellen. Als er sich wieder umdrehte, war Leila verschwunden.

Er fuhr nach Karlsruhe, ohne vorher noch die Suppe zu essen. Der Verkehr lief nun etwas flüssiger, trotzdem benötigte er heute statt einer Stunde zwei. Sollte er gezwungen werden, sich aus dem Staub zu machen, könnte das Glatteis gefährlich werden. Doch was sollte schiefgehen? Die Türschlösser waren kein Problem. Er würde in das Büro marschieren, das Bild abhängen und auch schon wieder weg sein. Der Wachdienst drehte seine Runde um halb zehn. Vor neun sollte Veit nicht beginnen, falls Dr. Westphals Kollegin länger arbeitete. Eine halbe Stunde Zeit für einen Job von fünf Minuten.

Es war gerade acht, als Veit das Labor erreichte. PROREPRO war in einem ehemaligen Lagerhaus untergebracht. Es mochte achtzig Jahre oder älter sein. Die Mauern waren aus rotem Backstein, aus den Fugen bröckelte Mörtel. Die grün getönten Fensterscheiben und das schicke Firmenschild aus poliertem, dunkelgrauem Stahl wirkten wie eine Verkleidung für das Gebäude. Veit fuhr einmal herum und entdeckte auf der Hinterseite eine Tür, von der Eva ihm erzählt hatte. Auch hier gab es Nachbarhäuser, vor Beobachtern war man nirgendwo sicher. Doch standen in dieser Seitengasse keine Straßenlaternen, was die Tür für einen Einbruch ein wenig einladender erscheinen ließ. Veit fuhr am Hintereingang vorbei und bog an der nächsten Ecke rechts ab. Er wollte jetzt noch nicht in der Nähe des Gebäudes gesehen werden. Zwar war es dunkel, doch gerade in einer nasskalten Januarnacht war es verdächtig, sich in einsamen Straßen herumzudrücken.

Er fuhr zwanzig Minuten durch die Stadt, aß in einem Imbiss eine Currywurst und unterhielt sich mit dem Wirt über Skispringen. Veit interessierte sich nicht dafür. Er hatte keine Ahnung, welche Gesichter zu den finnischen und japanischen Namen gehörten, mit denen der Wurstverkäufer um sich warf. Doch er besaß ein Gespür dafür, im richtigen Moment zustimmend zu nicken oder nichtssagende Floskeln einzustreuen wie »Das soll ihm mal einer nachmachen!« oder »Das war früher anders!«. Schon als Kind hatte Veit herausgefunden, wie sich mit Hilfe solcher Redewendungen problemlos halbstündige Gespräche bestreiten ließen. Man musste nur jemanden finden, der sich selbst gern reden hörte.

Eine halbe Stunde hielt Veit es heute nicht aus. Nach knapp zwanzig Minuten konnte er sich mit Mühe von dem Kerl hinterm Tresen verabschieden. Es hatte keinen Sinn, länger als bis um neun Uhr zu warten. Er war müde. Er wollte die Sache erledigen. Punkt neun ließ er den Wagen im zweiten Gang am Hintereingang von PROREPRO vorbeirollen. Er entdeckte einen Parkplatz keine zwanzig Meter von der Tür entfernt. Doch anstatt dort anzuhalten, fuhr er zur Vorderseite des Gebäudes. Er wusste nicht, was ihn dazu bewegte. Er hatte nur plötzlich ein besseres Gefühl bei dem Gedanken, das Gebäude durch den Haupteingang zu betreten. Obwohl dort so viele Lichter brannten wie auf einem Jahrmarkt. Auf der anderen Straßenseite, fünfzig Meter in Richtung Stadtzentrum, hatte ein Kiosk noch geöffnet. Veit warf einen Blick hinüber und konnte weder einen Verkäufer noch Kunden entdecken. Und wenn jemand dort gestanden hätte? In diesem Augenblick scherte sich Veit nicht darum. Irgendjemand hatte einmal gesagt, es falle weniger auf, etwas vor aller Augen zu tun, als sich um die bestmögliche Tarnung zu bemühen. Die beste Tarnung war gar keine Tarnung, weil niemand mit solcher Unverfrorenheit rechnete. War das logisch? Veit hatte keine Ahnung. Er wusste nur, dass er jetzt reingehen würde.

Mit dem passenden Schlüssel hätte er die Tür kaum schneller öffnen können. Er ließ den gebogenen Draht in die geöffnete Sporttasche fallen, die er über der Schulter trug, und betrat den Korridor. Wie Veit sich erinnerte, führte er geradeaus zu den Labors, während Dr. Westphals Büro und zwei Untersuchungsräume rechts lagen. Direkt vor ihm, im Winkel dieses zweischenkligen Korridors, befand sich die Anmeldung. Er lauschte einen Augenblick, hörte nichts und schaltete eine Taschenlampe an. Ihr Lichtstrahl fiel auf einen Tresen: helles Holz und grünes Glas, elegant und antiseptisch. Die Luft roch säuerlich, ein wenig nach Essig, und von irgendwo drang ein Summen durch den Korridor an Veits Ohr. Der Ton war tief und regelmäßig, vielleicht ein Kühlschrank. Laut Dr. Westphal sollte ihre eifrige Assistentin um diese Uhrzeit zwar nicht mehr arbeiten, doch Veit wollte besser nachsehen.

Langsam ging er den Korridor geradeaus zu den Labors hinunter. An den Wänden hingen gerahmte Bilder: Fotografien von Säuglingen, Kleinkindern und ihren Eltern sowie schwer zu bestimmende Formen, die Veit für vergrößerte und eingefärbte Aufnahmen von Elektronenmikroskopen hielt. Manche glichen Tropfsteinhöhlen, manche Fabelwesen, und in einem glaubte Veit das Muster von Carlos Wohnzimmertapete wiederzuerkennen.

Er wollte den Lichtstrahl von den Bildern auf die Tür des ersten Laborraums lenken, doch sein Blick blieb an einer Aufnahme hängen. Sicher handelte es sich auch hier um die tausendfache Vergrößerung eines intrazellularen Vorgangs: schwarze und braune längliche Körper, die vom oberen Rand des Bildes nach unten zu fallen schienen. Sie ähnelten auf verblüffende Weise dem Detail eines Gemäldes, das Veit in Wien gesehen hatte, einem Tryptichon von Hieronymus Bosch. Veit erinnerte sich nicht an den Titel, doch er wusste noch, dass es sich um die Darstellung des Jüngsten Gerichts handelte. Im linken Flügel des Tryptichons thronte Gott in einem bewölkten Himmel. Aus der Wolke zu Gottes Füßen, sich gleichsam aus ihrer nicht greifbaren Substanz lösend, fielen dunkle, langflügelige Engel wie Heuschrecken auf die grüne Erde hinunter. Diese insektengleichen Engel waren es, die Veit auf der mikroskopischen Darstellung wiedererkannte. Er trat noch dichter heran, sah noch genauer hin, doch die Wesen verschwanden nicht. An zwei Stellen erkannte er sogar die hellen, leeren Augen der Engel. Veit schaltete die Taschenlampe aus. Nicht wegen dieses Bildes war er hier.

Langsam drückte er die Türklinke des ersten Labors hinunter. Der Raum war dunkel und leer. Dasselbe bei den folgenden beiden Türen. Nun bog der Korridor nach rechts ab. Keine der Türen war verschlossen, doch alle Räume waren dunkel und verlassen. In einigen glommen stecknadelkopfgroße Lampen von Messinstrumenten. Eine Tür führte durch einen schmalen Gang zu dem Hintereingang, den Veit entgegen seinem ursprünglichen Plan nicht benutzt hatte. Erneut bog Veit nach rechts ab. Der Korridor führte um die inneren, fensterlosen Laborräume herum wieder zum Empfang. Die dritte Seite dieses Rechtecks endete vor der Tür zu den Büroräumen. Veit ging direkt darauf zu, ohne in die letzten Laborräume zu sehen. Bei all den Türen verlor er die Geduld. Schon wollte er die Klinke zum Vorzimmer von Dr. Westphals Büro hinunterdrücken, als sein Blick noch einmal auf eine der anderen Türen fiel. Schwaches Licht schien darunter hervor.

Veit ließ die Türklinke los, löschte die Taschenlampe und ging ein paar Schritte zurück. Er lauschte an der Tür des Raumes. Das Summen, das er bei seinem Eintreten bemerkt hatte, war hier lauter. Veit spürte seinen Herzschlag. Außer dem Summen war nichts zu hören. Er griff nach der Klinke, zögerte eine Sekunde, drückte sie hinunter. Langsam.

Der Raum lag in einem trüben bläulichen Licht. Leuchtstoffröhren strahlten auf flache Glasschalen herab. In den Schalen befand sich eine rosa Flüssigkeit. Es war warm, die Luftfeuchtigkeit hoch. Das Summen war jetzt nah, aber noch immer konnte Veit seine Quelle nicht entdecken. Wärme und Feuchtigkeit raubten ihm den Atem. Er trat auf den Korridor hinaus, schloss die Tür hinter sich, doch sein Herz schlug weiter gegen seine Rippen. Er sollte jetzt endlich den Job erledigen. Das monotone Summen, der Essiggeruch, die Insekten-Engel ... Veit gefiel es hier immer weniger. Er nahm die Sporttasche von der Schulter, ging zur Tür des Vorzimmers und trat ein.

Durch die Vorhänge drang ein wenig vom Licht der Straßenlaternen, gerade genug, um nirgends anzustoßen, und doch zu wenig, um mehr als Schemen zu erkennen: der Schreibtisch, Regale voller Aktenordner, die Tür zu Dr. Westphals Büro. Immerhin konnte Veit auf die Taschenlampe verzichten, deren Licht von der Straße sicher zu sehen wäre. Er durchquerte den Raum auf kürzestem Weg und betrat das Büro dahinter. An der rechten Wand erkannte er die senkrechte Reihe von Fotografien wieder, die ihm schon beim letzten Mal aufgefallen war: Jedes Foto zeigte dasselbe blondgelockte Mädchen, von Aufnahme zu Aufnahme wurde es älter. Der Tür gegenüber hing das Gemälde. Ein helles Schimmern auf der linken Seite verriet ihr weißes Kleid. Veit zog die Handschuhe straff und nahm das Bild von der Wand. Die Rückseite war mit einem dünnen Draht verbunden, der in der Wand verschwand. Veit hielt das Bild mit einer Hand, zog mit der anderen einen Seitenschneider aus der Sporttasche und durchtrennte den Draht. Kein Alarm.

Er legte das Bild auf den Schreibtisch und löste es aus dem vergoldeten Rahmen. Gerahmt hätte es nicht in die Tasche gepasst. So ließ sich der Reißverschluss gerade eben schließen. Er hängte sich die Tasche über die Schulter und ging ins Vorzimmer zurück. Kaum zwei Minuten hatte er in Dr. Westphals Büro verbracht. Jetzt nur noch den Alarm auslösen und weg. Der Schaltkasten befand sich bei der Anmeldung. Plötzlich konnte Veit es nicht mehr abwarten hinauszukommen. Er hastete durch das dunkle Vorzimmer, stolperte und fiel auf die Sporttasche.

Eine Ecke des Gemäldes stach ihm seitlich in die Rippen. Er stöhnte vor Schmerz. Hatte das Bild ihm eine Rippe gebrochen? Oder hatte Veit das Bild zerbrochen? Nach Luft ringend kniete er sich hin, öffnete den Reißverschluss und schaltete die Taschenlampe ein. Der Dame im Rapsfeld ging es gut. Unbeeindruckt von Veits Schmerzen blickte sie zum Horizont, zeigte sich dabei von hinten nur im Halbprofil. Unbeteiligter konnte niemand den Blick abwenden. Veit zog den Reißverschluss zu, schaltete die Taschenlampe aus, atmete tief ein und stützte sich mit den Händen ab, um wieder auf die Beine zu kommen.

Seine rechte Hand versank in etwas Weichem. Er zog sie zurück, rutschte nach links und schaltete wieder die Taschenlampe ein. Wo er seine rechte Hand aufgestützt hatte, erkannte er Stoff, eine dunkle Seidenbluse. Er ließ den Lichtkegel nach rechts wandern und sah einen quer gestreiften Rock, aus dem zwei Beine ragten. Über die Füße war er gestolpert. Veit sprang auf. Er lenkte den Lichtkegel auf die Sporttasche und riss sie hoch. Eine Frau starrte ihn an. Sie war schön. Auf ihrer linken Wange, an der Schläfe und über dem Auge klebte getrocknetes Blut.

Veit rannte.

Elftes Kapitel
Simon schließt ab

Simon Mahler lehnte sein Fahrrad neben dem Haupteingang von PROREPRO an die Mauer des alten Lagerhauses. Sorgfältig zog er eine Kette durch Rahmen und Vorderrad und ließ das Vorhängeschloss zuschnappen. Seitdem ihm während des Dienstes ein Fahrrad gestohlen worden war, vergaß er das nie. Es gab nichts Peinlicheres für einen Nachtwächter, als selbst bestohlen zu werden, während man den Besitz anderer Leute vor Dieben beschützte. Fast hätte er den Job deshalb verloren. Doch bei seinen Kontrollrunden war Simon noch nie ein Fehler unterlaufen, und er hatte darauf bestanden, dass nur das zählte. Er war pünktlich, prüfte jede Tür und jedes Fenster und ließ sich nicht ablenken.

Bis auf ein einziges Mal. Und das war hier, in der Praxis für künstliche Befruchtungen, gewesen. Simon war Dr. Westphal oft begegnet, wenn er um zehn Uhr seine Runde drehte. Dann grüßte er kurz, fragte höflich, ob alles in Ordnung sei, und bemühte sich ansonsten, die Ärztin nicht zu stören. Meistens blickte sie durch Mikroskope, mischte Lösungen in Reagenzgläsern oder starrte auf Computermonitore, ohne sich nur einmal nach ihm umzusehen.

Vier- oder fünfmal hatte er auch ihre Assistentin, Dr. van Doorn, in einem der Laborräume angetroffen. Agnes van Doorn unterhielt sich mit Simon über seine Arbeit, die sie doch bestimmt nicht interessierte, und als er das Wenige, was es darüber zu erzählen gab, gesagt hatte, berichtete sie ihm von ihrer Forschung. Sie beschäftigte sich mit Nährlösungen für Zellkulturen. Simon hatte Biologie studiert, kurz vor dem Diplom jedoch seinen Studentenjob als Nachtwächter zur Hauptbeschäftigung gemacht. Er bewunderte Dr. van Doorn für ihr Durchhaltevermögen und beneidete sie für die Begeisterung, mit der sie Überstunden machte. Sie hatte ihre Aufgabe gefunden.

Nachdem er ihr zum dritten Mal begegnet war, spürte er, dass er sich in sie verliebte. Stundenlang drehte er seine Runden durch verlassene Büroräume verschiedener Firmen und dachte dabei an die Lachfalten um Dr. van Doorns Mundwinkel. Er rauchte in jener Nacht mehr Gras als gewöhnlich und fühlte sich doch wacher als sonst, weil er Dr. van Doorns helle Stimme hörte, die von Bakterien und Enzymen erzählte. Es war jene Nacht, in der ihm um fünf Uhr morgens vor dem letzten zu kontrollierenden Objekt sein Fahrrad gestohlen wurde. Der Gedanke daran, Dr. van Doorn nicht wiederzusehen, wenn er seinen Job verlor, hatte wesentlich zu Simon Mahlers selbstbewusstem Auftreten gegenüber seinem Chef beigetragen.

Simon überprüfte noch einmal das Vorhängeschloss und ging dann am Haupteingang von PROREPRO vorbei. Er drehte immer erst eine Runde um das Gebäude, bevor er es betrat. Es war eine nasskalte Nacht. Er zog den Schal bis über den Mund. Die Hände in den Taschen der blauen Bomberjacke mit dem Abzeichen der Wach- und Schließgesellschaft betrachtete er ein Fenster nach dem anderen. Alles war dunkel. Wenn in einem der letzten Fenster vor der Hausecke noch Licht brannte, wusste er, dass eine der beiden Ärztinnen noch arbeitete. Es waren die Fenster von Dr. Westphals Büro und dem Vorzimmer. Agnes van Doorn arbeitete in letzter Zeit oft in diesem Vorzimmer. Es schien ihr keinen Spaß zu machen, am liebsten war sie nun einmal im Labor bei ihren Nährlösungen. Simon hätte sie gern gefragt, was für Papierkram sie im Vorzimmer erledigen musste. Doch sein Verhältnis zu ihr hatte sich abgekühlt. Seit dem Abend, an dem ihm Dr. Westphal von dem Steinwurf erzählt hatte, sprach ihre Assistentin kaum noch mit Simon.

An jenem Abend hatte er das zerschmetterte Bürofenster natürlich schon von draußen bemerkt. Ohne seine Runde zu beenden, war er eingetreten. Dr. Westphal erwartete ihn in ihrem Büro. Sie stand am Fenster, das sie mit Pappe geflickt hatte. Es war das erste Mal, dass sie Simon ins Gesicht sah. Sie bemühte sich um Beherrschung, doch in ihrem Blick bemerkte er Unsicherheit. Bisher war sie ihm hart und kalt erschienen, jetzt wirkte sie zerbrechlich. Auf seine Frage, wer das gewesen sei, antwortete sie, sie werde bedroht. Ob sie nicht die Polizei verständigen wolle? Nein, sagte sie, die könnten doch nichts machen. Simon wusste nicht, ob er darauf bestehen sollte, die Polizei zu rufen. Normalerweise ging er den Beamten gern aus dem Weg, was nicht zuletzt daran lag, dass er selten nicht bekifft war. Doch einfach seine Runde zu drehen und die verängstigte Ärztin vor dem zersplitterten Fenster stehen zu lassen, erschien ihm auch nicht als die richtige Lösung. Also trat er näher. Ob er ihr sonst irgendwie helfen könne, fragte er. Sie zuckte mit den Schultern. Er könne wohl nicht noch ein wenig bleiben? Sie wolle jetzt nicht allein sein. Er sah auf die Uhr und nickte. In der nächsten Sekunde lag sie in seinen Armen. Noch einen Moment später wälzten sie sich auf dem Boden.

Simon konnte später nicht sagen, wie es geschehen war. Ja, Dr. Westphal war mehr als attraktiv. Jedoch machte ihre Arroganz sie alles andere als sympathisch. Zu schweigen davon, dass Simon mittlerweile hoffnungslos in ihre Assistentin verliebt war. Der Sex mit Eva Westphal war schnell und beinahe brutal. Mit aller Kraft presste sie seine Schultern auf den Boden, während sie wild auf ihm vor und zurück rutschte. Sie fühlte sich gut an, und trotzdem verlor er, noch während sie es machten, die Lust auf ein weiteres Mal. Der Grund waren ihre Augen. Zwar biss sie sich auf die Unterlippe und stöhnte vor Lust, doch ihre Augen blieben kalt. Vielleicht hätte Simon diese Begegnung bald vergessen, hätte nicht plötzlich Agnes van Doorn in der Tür gestanden. Eine Sekunde lang sah sie Simon ins Gesicht. Dann drehte sie sich wortlos um und ging.

Dr. Westphal hatte der Tür den Rücken zugewandt. »War das Agnes?«, fragte sie, ohne ihre hastige Bewegung zu unterbrechen. Als Simon nickte, lächelte sie. Da wollte er sie wegstoßen. Doch sie war kräftig und presste seine Schultern noch stärker zu Boden. Ihr Liebesakt verwandelte sich in ein Ringen, das Dr. Westphal erst beendete, als sie den Höhepunkt erreichte.

Simon bog um die Hausecke. In der Seitengasse war es stockfinster. Keine einzige Straßenlaterne gab es hier, und auch aus dem Gebäude von PROREPRO drang kein Licht. Die Laborräume im Zentrum des Gebäudes besaßen keine Fenster. Es konnte also sein, dass noch jemand arbeitete, obwohl von draußen kein Licht zu sehen war. Simon hoffte es nicht. Weder Eva Westphal noch Agnes van Doorn mochte er noch sehen. Er beendete seinen Kontrollgang um das Gebäude fünf Minuten nach halb zehn. Als er seinen Schlüssel ins Schloss des Haupteingangs schob, bemerkte er, dass nicht abgesperrt war. Also erwartete ihn doch noch eine weitere peinliche Begegnung mit einer der beiden Ärztinnen. Simon atmete tief ein und betrat den Korridor.

Warum brannte hier kein Licht, wenn noch jemand im Labor arbeitete? Er tastete nach rechts und betätigte den Schalter neben der Tür. Flackernd gingen die Leuchtstoffröhren an. Simon war geblendet von dem grellen künstlichen Licht. Seine Augen reibend ging er geradeaus. Er überprüfte jeden Raum. Alle waren leer und die Fenster verschlossen. Er bog um die Ecke des Korridors und überprüfte auch hier jeden Laborraum – mit dem gleichen Ergebnis. PROREPRO erschien verlassen. Blieb die Frage nach dem unverriegelten Haupteingang. Simon überprüfte die Hintertür, die in die dunkle Seitengasse führte. Sie war verschlossen. Würde nicht jeder halbwegs vernünftige Einbrecher die Hintertür benutzen? Hatten die Ärztinnen einfach vergessen abzuschließen? Oder war noch eine von beiden hier? Vier Räume blieben noch zu prüfen, zwei Labors, das Büro und das Vorzimmer.

Und falls er Agnes allein begegnete? Was sollte er ihr sagen? Dass ihre Chefin ihn nicht interessierte? Warum sollte sie das glauben, nachdem sie die beiden auf dem Fußboden gesehen hatte? Warum sollte das Dr. Agnes van Doorn überhaupt interessieren?

Im ersten Labor war niemand. Das zweite war wie immer von einem nervtötenden Summen erfüllt, dessen Quelle Simon noch nie ausfindig gemacht hatte. Danach konnte er Agnes van Doorn fragen, falls sie im Vorzimmer war und Akten sortierte. Ja, woher dieses Summen kam, konnte er sie fragen – unverfänglicher Small Talk, was blieb ihm sonst übrig?

Schließlich stand er vor der Tür zum Vorzimmer des Büros. Er griff nach der Klinke. Die Tür war nur angelehnt. Mit der Handfläche stieß er dagegen. Knarrend schwang die Tür nach innen auf. Noch geblendet vom Neonlicht im Korridor konnte er in der Dunkelheit nichts erkennen. Er machte einen Schritt ins Vorzimmer. Einen zweiten. Er tastete nach dem Lichtschalter neben der Tür.

Bevor er ihn fand, wurde aus Dunkelheit undurchdringliches Schwarz. Er spürte keinen Schmerz. Er verlor einfach das Bewusstsein.

Sie hatten sich vorn bei der Anmeldung versammelt. Um ins Büro und von dort wieder nach draußen zu gelangen, hätten sie ständig an den Markierungen auf dem Fußboden vorbeigehen müssen. Und an den Blutflecken. Eva hatte gesagt, das bringe sie nicht fertig. Theresa, die Sekretärin, kochte eine Kanne Kaffee nach der anderen. Obwohl längst niemand mehr welchen trinken wollte, trug sie ständig ein Tablett gefüllter Tassen herum. Eva zündete sich eine Zigarette am Stummel der vorherigen an. Als zwei Rettungssanitäter in Begleitung eines Streifenpolizisten den verletzten Nachtwächter auf einer Trage nach draußen brachten, fragte sie:

»Können Sie mich jetzt bitte vernehmen? Ich halte dieses Warten nicht länger aus!«

Der Kommissar hieß Loesser. Ein kleiner drahtiger Mann mit einem verschmitzten Grinsen, das hinter seinen Augen sichtbar blieb, auch wenn er von Mord und Totschlag sprach. Sein Bürstenschnitt war weiß, seine Haut jedoch so gut wie faltenlos, weshalb es Eva schwerfiel, sein Alter zu schätzen. Er mochte fünfzig sein, doch es war möglich, dass sie sich um zehn Jahre verschätzte – in beide Richtungen. Sein Kollege Hack, ebenfalls Kommissar, sah aus, als käme er gerade von der Polizeischule. Aknenarben und entzündete Pickel zierten seine Stirn. Er ließ den Pony so weit darüber fallen, wie es die Vorschriften wohl eben erlaubten – Edelpunk à la David Beckham.

Eva fand solche Frisuren lächerlich: gespielte Anarchie für konventionelle Gemüter. Natürlich machte er ihr schöne Augen. Normalerweise hätte sie sich einen Spaß daraus gemacht, mit ihm zu spielen und ihn dann auflaufen zu lassen. Doch heute fehlte ihr sogar dazu die Lust, also beachtete sie ihn einfach nicht.

»Warum glauben Sie, dass wir Sie vernehmen wollen, Dr. Westphal?«, fragte Loesser und rührte in seinem Kaffee.

»Ist das nicht üblich?«, entgegnete sie.

Loesser setzte zum Sprechen an, doch Hack fiel ihm ins Wort. »Doch, Sie haben recht«, sagte er. »In einem Mordfall vernehmen wir jeden, der mit dem Opfer Kontakt pflegte. Fühlen Sie sich wirklich schon danach?«

»Ich würde es einfach gern hinter mich bringen.«

»Das kann ich verstehen«, sagte Hack.

Loesser verdrehte die Augen. »Wie wär's«, sagte er, »wenn du dich um den Zeugen kümmerst. Frau Dr. Westphal vernehme ich.«

Hack wollte protestieren, schluckte seine Bemerkung dann aber herunter.

»Welcher Zeuge?«, fragte Eva.

»Kennen Sie den Kiosk gegenüber?«, fragte Loesser.

Sie nickte.

»Der Besitzer glaubt, jemanden gesehen zu haben. Gestern Abend um Viertel vor zehn. Wir brauchen noch die Personenbeschreibung. Max, würdest du bitte …?«

Unter seinem Pony hindurch warf Hack dem Dienstälteren einen säuerlichen Blick zu. In einem Sekundenbruchteil schaltete er auf Lächeln um, verabschiedete sich von Eva und ging hinaus.

»Noch Kaffee?«, fragte Theresa.

Loesser schüttelte den Kopf und betrachtete die Narbe, die von einem Nasenloch der Sekretärin zu ihrer Oberlippe führte. Theresa goss ihm die Tasse bis zum Rand voll.

Warum, fragte Eva sich, war der Trottel so lange hier gewesen? Viertel vor zehn? Sie hatte ihm doch gesagt, dass der Nachtwächter um halb zehn kommen würde. Verdammter disziplinloser Spieler! Und gesehen worden war er auch. Sie hatte ihn überschätzt.

»Wo will der Kioskbesitzer jemanden gesehen haben?«, fragte sie Loesser, der seine frisch gefüllte Kaffeetasse so konzentriert anstarrte, als sei sie ein Beweisstück.

»Direkt vor dem Haupteingang«, antwortete der Kommissar und blickte im nächsten Moment ebenso konzentriert in Evas Augen, wie er zuvor den Kaffee betrachtet hatte. »Jemand verließ das Gebäude und rannte davon. Kurz darauf hörte der Zeuge einen Wagen starten.«

»Konnte er die Automarke erkennen?«

»Nein, der Mann war in eine Seitenstraße gerannt. Offensichtlich hatte er dort seinen Wagen geparkt.« Plötzlich lächelte Loesser. »Sie fragen wie eine von uns.«

Eva widerstand der Versuchung, dies zu kommentieren. Der Spieler hatte also den Haupteingang benutzt. Fast war sie geneigt, ihn dafür zu bewundern. Doch seine Dummheit überwog die Dreistigkeit seines Verhaltens. Hatte sie ihm nicht die Hintertür gezeigt? Loesser riss sie aus ihren Gedanken.

»Lassen Sie uns über Ihre Kollegin sprechen, Dr. Westphal.«

»Sie war ein Vorbild.«

»Für Sie?«

»Nun ja, so weit würde ich nicht gehen. Fachlich bin ich meiner Assistentin natürlich weit überlegen ...« Eva bemerkte, wie Loesser die Stirn runzelte. Sie biss sich auf die Unterlippe und fuhr fort: »Ich spreche von ihrer Arbeitsmoral. Wie oft war sie noch spätabends hier!« Sie erwartete eine Entgegnung Loessers. Doch der starrte ihr nur stumm ins Gesicht. Also sagte sie: »Das ist ihr nun zum Verhängnis geworden.«

»Sie meinen, der Täter hatte es nicht auf Dr. van Doorn abgesehen?«

»Es war ein Einbrecher. Sie muss ihn überrascht haben.«

Loesser sah sich nach einem Platz für seine Kaffeetasse um. Theresa interpretierte seinen suchenden Blick falsch und schenkte ihm erneut nach. Der Kaffee lief über den Rand der Tasse und über Loessers Finger.

»Würden Sie uns bitte einen Moment allein lassen?«, herrschte er die Sekretärin an.

Sie wich erschrocken zurück. »Wohin soll ich denn gehen?«, fragte sie, die Augen voller Tränen. Ihr Blick wanderte den Korridor entlang zur Tür des Vorzimmers, wo sich die Beamten der Spurensicherung zu schaffen machten.

»Bleiben Sie ruhig hier, Theresa«, beruhigte Eva sie. »Der Kommissar und ich gehen in einen der Laborräume.« Ohne Loessers Stellungnahme abzuwarten, ging Eva den linken Flur hinunter und öffnete eine Tür. Der Kommissar folgte ihr.

»Warum glauben Sie an einen Einbruch?«, fragte Loesser, als er die Tür hinter sich geschlossen hatte. »Ist etwas gestohlen worden?«

»Ja, aus meinem Büro. Ein Gemälde.«

»Wertvoll?«

»Es bedeutet mir viel. Das Bild ist eines der letzten aus der Sammlung meines Mannes.«
»Verzeihen Sie, ich will den Wert Ihrer Erinnerungen nicht infrage stellen, aber ich rede von Geld.«
Eva ließ sich auf einen Stuhl sinken. Der Stuhl stand vor einer weißen Arbeitsplatte, worauf in regelmäßigen Abständen flache Glasschälchen aufgereiht waren. Die Gefäße waren leer. Darüber hingen zwei Leuchtstoffröhren. Sie tauchten den fensterlosen Raum in ein kaltes Licht.
»Das Bild ist versichert. Aber aus dem Kopf kann ich Ihnen die Summe nicht sagen.«
»Na, immerhin!«
»Wie, bitte?« Eva warf dem Kommissar einen empörten Blick zu.
»Entschuldigen Sie, ich meinte ...«
Sie ließ ihn noch ein paar Sekunden stammeln, bevor sie abwinkte.
»Hier hat sie gearbeitet«, sagte Eva und ließ den Blick über die leeren Glasgefäße schweifen.
Loesser trat einen Schritt näher heran. Im Neonlicht schimmerte sein weißer Bürstenschnitt grünlich. »Was ist das?«, fragte er.
»Petrischalen.«
Er schien nichts mit dem Begriff anfangen zu können und fragte trotzdem nicht weiter nach. »Wenn Sie normalerweise hier arbeitete, was suchte sie dann im Vorzimmer Ihres Büros?«
»Ich bitte Sie!« Eva fuhr herum. »Wahrscheinlich hat Agnes ein Geräusch gehört. Muss ich Ihnen Ihren Job erklären?«
Loesser wahrte Haltung, indem er sein Grinsen ein wenig deutlicher hervortreten ließ. »Natürlich nicht«, sagte er. »Aber könnte es nicht sein, dass der Täter kein Einbrecher war?«
»Er hat das Bild genommen!«
»Ein Ablenkungsmanöver?«
»Warum sollte jemand Agnes töten wollen?«
»Das möchte ich von Ihnen wissen.«
»Sie hatte keine Feinde.«
»Und Sie, Frau Dr. Westphal?«
Eva richtete sich kerzengerade auf und sah Loesser in die Augen. Drei, vier Sekunden vergingen, bevor sie sagte: »Ich bin am Leben.«
»Seien Sie froh darüber.«
»Worauf wollen Sie hinaus?«
»Ich spiele nur sämtliche Möglichkeiten durch.«
»Und welche Möglichkeiten fallen Ihnen dabei ein?«
Loesser drehte sich um, ging ein paar Schritte durch den Raum, betrachtete die Messinstrumente und Behälter und fragte schließlich:
»Arbeiten Sie auch oft bis spät am Abend?«

»Ja, natürlich. Wenn man selbstständig ist, führt kein Weg daran vorbei.«

»Glauben Sie, der Täter könnte Sie verwechselt haben?«

»Hören Sie mal ...«, Eva sprang vom Stuhl auf. »Wollen Sie mir Angst einjagen?«

Loesser betrachtete weiter die Messinstrumente. »Nein«, sagte er, »aber ich möchte wissen, ob jemand anders in letzter Zeit versucht hat, Ihnen Angst zu machen.«

Eva zögerte einen Augenblick, um ihre Stimme wieder unter Kontrolle zu bringen. »Wie kommen Sie darauf?«, fragte sie.

Endlich drehte er sich wieder um. Sein Lächeln war ein mitleidiges. »Ich will ganz offen zu Ihnen sprechen«, sagte er, »und ich erwarte dasselbe von Ihnen.«

»Selbstverständlich.«

»Es ist ein komischer Zufall, dass ich an jenem Abend auf der Wache war. Ich habe dort meinen Neffen besucht. Er nahm gerade eine Anzeige auf. Eine Frau gab an, jemand habe eine Fensterscheibe eingeworfen. Das Fenster gehörte zu Ihrem Büro. Und die Frau war Ihre Assistentin. Vorhin habe ich sie sofort erkannt.«

»Das hat sie mir nicht erzählt.«

»Warum haben Sie keine Anzeige erstattet?«

»Wegen ein paar Jugendlichen, die Fensterscheiben einwerfen?«

»Sie haben recht, meistens bringt das nichts. Es tut mir weh, so etwas sagen zu müssen. Aber als Polizist muss ich den Dingen eben auf den Grund gehen. Und es *mag* ein Zufall sein, dass jemand das Fenster Ihres Büros einwirft, und ein paar Wochen später ihre Assistentin einen Raum weiter ermordet wird. Ob es jedoch *tatsächlich* ein Zufall ist, können wir nur gemeinsam herausfinden.«

Er trat wieder einen Schritt näher an Eva heran. Das Neonlicht verlieh seiner merkwürdig faltenlosen Haut ein unwirkliches Aussehen, als wäre sein Schädel mit Plastik überzogen. Eva ekelte sich vor ihm. Gleichzeitig konnte sie ihm ihre Bewunderung für seine Kombinationsgabe nicht versagen. Wahrscheinlich bewundert er sich selbst noch am stärksten, dachte sie.

»Werden Sie bedroht?«, fragte er mit sonorer Stimme.

Sie nickte nur und wandte sich ab, als wäre sie vor Angst zu keinem Wort fähig.

Zwölftes Kapitel
Hammurabi knurrt

Veit schaltete einen Gang herunter und ließ den Lastwagen auf den Parkplatz der Raststätte rollen. Zwischen einem italienischen Sattelschlepper und einem ungarischen Reisebus fand er eine Lücke. Der Parkplatz war voll. Das schlechte Wetter zwang viele, eine ungeplante Pause einzulegen. Veit hätte sich zugetraut, trotz Schneematsch weiterzufahren. Er hatte nur keine Lust darauf. Am frühen Morgen war er in Tschechien mit einer Fuhre Bauteilen für Computerhardware gestartet. Jetzt war Mittag, und er wollte etwas Warmes essen. Außerdem bot sich hier wieder die erste Gelegenheit, eine deutsche Zeitung zu lesen. Es war Freitag, der Einbruch lag nun fast zwei Tage zurück.

Noch während er auf sein Schnitzel mit Bratkartoffeln wartete, blätterte Veit zwei Tageszeitungen durch. Die erste brachte unter der Rubrik *Vermischtes* ausschließlich Meldungen aus der High Society. Die Redakteure der zweiten berichteten zwar mit Genuss über Mord und Totschlag, jedoch beschränkten sie sich dabei auf das Erscheinungsgebiet des Blattes. Offensichtlich hatte Ostbayern genug davon zu bieten, um eine Seite zu füllen.

Die Kellnerin schob wortlos einen Teller zwischen Veit und die Zeitung. Die Bratkartoffeln dampften, das Schnitzel war kalt. Die Tomatenscheibe und das Salatblatt am Tellerrand waren das Traurigste, das Veit während der letzten zwei Tage gesehen hatte – und das wollte einiges heißen. Immerhin befand er sich auf der Rückfahrt von einer Firma, die im ehemaligen Reptilienhaus eines Zoos untergebracht war. Entsprechend hatte es dort gerochen, und eine gewisse Ähnlichkeit zwischen dem Geschäftsführer und einem Alligator war auch nicht zu leugnen gewesen. Veit hatte die Transportpapiere fünfmal geprüft.

Er ließ die Bratkartoffeln, das einzig Appetitliche auf dem Teller, kalt werden, um sich zwei weitere Tageszeitungen zu kaufen. Stehend blätterte er sie durch. Die erste Zeitung enttäuschte ebenso wie die vorangegangenen. In der zweiten endlich fand er auf Seite acht die Meldung, nach der er gesucht hatte. *Brutaler Mord an Ärztin*, lautete die Überschrift. Am Mittwochabend habe in einer Karlsruher Praxis

für künstliche Befruchtungen ein Einbruch stattgefunden. Offensichtlich sei der Einbrecher von einer Angestellten überrascht worden, worauf er der Einunddreißigjährigen den Schädel eingeschlagen habe. Er sei mit einem Gemälde im Wert mehrerer Zehntausend Euro entkommen. Die Meldung schloss mit einer Personenbeschreibung. Ein Zeuge hatte um einundzwanzig Uhr fünfundvierzig einen circa dreißig bis fünfunddreißig Jahre alten Mann aus dem Haupteingang der Praxis rennen sehen. Er sei zwischen einem Meter achtzig und einem Meter neunzig groß, schlank und dunkelhaarig gewesen.
Veit verstand die Welt nicht mehr. Die Beschreibung passte auf ihn. Doch um Viertel vor zehn war er längst die Autobahn in Richtung Süden hinuntergerast, das Gemälde im Kofferraum seines Wagens. Er las die Meldung noch einmal. Außer der Personenbeschreibung verriet sie nichts über die Beobachtung des Zeugen. Kein Wort darüber, ob der Beobachtete etwas bei sich getragen habe, kein Wort über den Beobachter selbst. Er rief sich die Szene von Mittwochabend in Erinnerung, seinen Weg von PROREPRO zum Auto, das er auf der gegenüberliegenden Straßenseite geparkt hatte. Es fiel ihm schwer, Bilder vor sein geistiges Auge zu bekommen. Immer wieder schob sich die Erinnerung an die tote Frau davor, über die er im dunklen Vorzimmer des Büros gestolpert war. Schön war sie. Die Blutspur, die von der Schläfe über ihre Wange führte, konnte das nicht verbergen. Er dachte an Leila, die er manchmal in seiner Küche sitzen sah. Auch sie war schön. Sogar Veits Vater hatte nach seinem tödlichen Sturz nichts von seinem guten Aussehen eingebüßt. Veit hatte ihn im Sarg betrachtet. Ein blasser Mann, jedoch noch immer mit dem stolzen, unerschrockenen Gesichtsausdruck, der jene Ruhe ausstrahlte, für die Veit seinen Vater bewundert hatte, wenn dieser oben auf dem Sprungturm verharrte und die Zeit zum Stillstand brachte, bevor er sich in die Tiefe stürzte. Der Tod raubte Menschen nicht ihre Schönheit. War das ein Trost?
Jemand rempelte ihn an und drängte sich an Veit vorbei in Richtung Ausgang. Er zwang sich, an die Straße zu denken. War dort jemand gewesen? Wer war der Zeuge? Alles, woran er sich erinnern konnte, waren die Lichtkegel der Straßenlaternen. Er hatte sich nicht bemüht ihnen auszuweichen. Er hatte nur fortgewollt.
Veit faltete die Zeitungen zusammen und nahm wieder an seinem Tisch Platz. Er hatte keinen Appetit mehr, schob den Teller beiseite, stützte die Ellenbogen auf die Tischplatte und den Kopf in die Hände. Es gab nur eine Erklärung. Der Mörder war noch im Gebäude gewesen. Er war dort gewesen, als Veit es betreten hatte. Er war geblieben, bis Veit geflohen war. Und … er ähnelte Veit. Als wäre die Situa-

tion nicht ohnehin gefährlich für ihn. Sollten sie ihn jemals zu fassen bekommen, würden sie Veit nicht nur wegen Einbruchs anklagen. Sie würden auch noch versuchen, ihm einen Mord in die Schuhe zu schieben.

Er zog sein Portemonnaie aus der Hosentasche. Beim Versuch, das Kleingeld abzuzählen, fielen sämtliche Münzen unter den Tisch. Was er ohne Mühe erreichen konnte, schob er mit dem Fuß zusammen und sammelte es auf. Die restlichen Münzen ließ er auf dem klebrigen Fußboden liegen. Er klemmte einen Zwanzig-Euro-Schein unter den Teller – der letzte Schein, den er besaß –, raffte die Zeitungen zusammen und verließ eilig die Raststätte.

Hinter dem Lenkrad des Lastwagens zog er sein Mobiltelefon aus der Jackentasche. Eva Westphal hatte ihm ihre Nummer gegeben. Nur für Notfälle, hatten beide gesagt. Es sollte keine sichtbare Verbindung zwischen ihnen geben, also auch keine Nummern auf Telefonrechnungen. Für Samstagabend hatten sie ein Treffen vereinbart, im Casino in Baden-Baden. Das war neutrales Gelände. Eine Begegnung dort würde keinen Verdacht erregen, da sie beide häufige Gäste waren. Doch war dies etwa kein Notfall? Ein Mann, dessen Beschreibung auf Veit passte, wurde als Mörder gesucht, und Veit war am Tatort gewesen. Dr. Westphals Telefonnummer hatte er auswendig gelernt, anstatt sie einzuspeichern, falls sein Telefon untersucht werden sollte. Er tippte die Vorwahl. Tippte die nächsten drei Ziffern. Und löschte sie wieder.

Nachdem er die Ladung nahe Stuttgart abgeliefert hatte, versank die Sonne hinter dem Schwarzwald. Die schneebedeckten Hänge lagen in einem violetten Licht, das von Minute zu Minute verblasste. Als er die Spedition erreichte, war es dunkel. Er parkte die Zugmaschine und ging zum Büro. Frisch gefallener Schnee knirschte unter den Sohlen seiner Schnürstiefel. Im Büro, wo er die Transportpapiere ablegte, erinnerte ihn sein knurrender Magen an die Situation in der Raststätte – an seinen letzten Geldschein, den er unter den Teller geklemmt hatte. Sein Blick fiel auf die Geldkassette auf Carlos Schreibtisch. Die Büroräume waren still. An der Rampe war er Murat begegnet, doch der schien mit seinem Laster beschäftigt zu sein. Veit zog seinen Schlüsselbund aus der Jackentasche und bog den Draht zurecht, der neben Wohnungs- und Autoschlüssel daran hing. Als er ihn ins Schloss der Kassette führte, hörte er eine Stimme hinter seinem Rücken.

»Du warst aber schnell!«

Veit fuhr herum und verbarg den Schlüsselbund in seiner Hand.

»Ich dachte, bei dem Scheißwetter brauchst du länger«, sagte

Carlo. Mantel, Schal und Mütze ließen von seinem Gesicht nur einen schmalen Streifen von den Augenbrauen bis zur Unterlippe frei. Er wartete auf eine Reaktion Veits. Sekundenlang starrten sie sich nur stumm an. Schließlich sagte Carlo: »Du kommst doch gerade aus Tschechien, oder nicht? Wegen diesem Computerkram?«
Veit nickte. Der Draht stach in seine Handfläche. »Bin schnell gefahren.«
Carlo schüttelte den Kopf. »Du solltest vorsichtiger sein!«
Veit holte Luft. »Was machst du hier?«, fragte er. »Ich dachte, ihr seid auf Hochzeitsreise.«
»Vergiss es!« Carlo zog ein kariertes Taschentuch aus seiner Manteltasche und putzte sich geräuschvoll die Nase. »Hab nur im Bett gelegen!«
»Da gehörst du auch hin.«
»Ich wollte ja nur kurz nach dem Rechten sehen.« Er betrachtete den Inhalt seines Taschentuchs. »Und was treibst du hier?«
Veit stopfte seine geballten Fäuste in die Jackentaschen. »Hab dir die Papiere auf den Schreibtisch gelegt.«
Carlo nickte lange. »Und sonst?«
»Wie, sonst?«
»Ich meine, irgendwas Besonderes gewesen, als ich weg war?«
Veit verneinte.
»Ich hatte dich gebeten, die Augen offen zu halten. Du weißt schon, wegen den Diebstählen ...«
»Ja, klar.«
»Was heißt *klar*?«
»Mir ist nichts aufgefallen.«
»Murat?«
»Wie ich dir schon sagte: Der ist in Ordnung.«
Carlo presste die Lippen zusammen und legte die Stirn in Falten. Veit wollte raus aus dem Büro. Aber er hatte noch nicht einmal genug Geld für das nötige Benzin, um morgen Abend nach Baden-Baden zu fahren. Sollte er Carlo anpumpen? Sicher würde er ihm sofort etwas geben, ohne auch nur nach einem Grund zu fragen. Doch es war Veit stets leichter gefallen, Carlo zu bestehlen, als ihn um Geld zu bitten.
»Carlo ...«
»Ja?«
Veit zögerte. Doch sein Stolz würde ihn nicht weiterbringen. »Ich bin ein bisschen knapp bei Kasse.«
Carlos Gesicht entspannte sich. Aus einem verbissen nachdenklichen Gesichtsausdruck wurde die Miene eines gutmütigen Onkels. »Warum sagst du das nicht gleich? Ich hab doch gemerkt, dass dir

was auf dem Herzen liegt.« Er zog eine Brieftasche aus braunem Wildleder hervor. »Wie viel brauchst du?«

Als Veit über den Hof zu seinem Auto ging, trat plötzlich jemand aus der Dunkelheit hervor und hielt ihn an der Schulter fest. Veit zuckte zusammen und drehte sich ruckartig zu der Gestalt um, wobei er den fremden Arm abstreifte.

»Hey, vorsichtig!«, sagte Murat und hob schützend die Arme vors Gesicht. »Warum bist du denn so schreckhaft?«

Veit atmete aus. Sein Puls raste. »Verdammt, warum schleichst du hier im Dunkeln herum?«

»Entschuldige!« Murat senkte die Stimme. »Ich stand vor der Tür. Hab euer Gespräch mitgehört.«

»Du belauschst uns?«

»Nur wegen dieser Sache mit dem Geld. Ich wollte hören, was Carlo denkt.«

»Was Carlo denkt, kannst du nicht hören. Oder kannst du Gedanken lesen?«

Murat ging nicht auf die spitze Bemerkung ein. »Danke, Veit«, sagte er.

»Wofür?«

»Dass du nichts von dem letzten Einbruch gesagt hast.«

»Ich dachte, du hattest nichts damit zu tun?«

Murat blieb stehen. Er war kleiner als Veit. Jetzt streckte er sich zu maximaler Größe und gab empört zurück: »Hab ich auch nicht!« Sein Gesicht glänzte im Schein der Laterne neben der Laderampe.

»Dann ist doch alles in Ordnung, Murat. Schönen Abend noch.« Veit wandte sich um und ging zu seinem Auto. Als er die Tür öffnete, war Murat schon wieder hinter ihm.

»Ich wusste nicht«, dass du Geldsorgen hast«, sagte er.

Veit betrachtete Murats Gesicht. Sein Blick war nicht mehr entschuldigend und dankbar wie zu Beginn ihres Gesprächs. Er schien nach etwas in Veits Augen zu suchen. Veit ließ sich hinters Lenkrad sinken. »Ich hab keine Geldsorgen, Murat«, sagte er. »Ich bin nur gerade nicht flüssig.« Er warf die Tür zu.

Der Neuschnee lag hoch in der Einfahrt der Hamidis. Veit ließ den Wagen auf der Straße stehen und holte eine Schneeschaufel aus dem Schuppen. Er wollte die Einfahrt lieber freischaufeln, bevor er weiterfuhr. Würde er den Schnee platt fahren, gäbe es morgen vielleicht eine Eisfläche, und er hätte Schwierigkeiten, seinen Wagen auf dem abschüssigen Weg zu kontrollieren. Schließlich musste er am Abend mit dem Auto nach Baden-Baden. Am liebsten wäre er sofort gefahren.

Er hatte kaum zu schaufeln begonnen, als die Haustür der Hamidis geöffnet wurde. Seine Vermieterin grüßte Veit und rief:»Hammurabi hat Sie gehört und wollte unbedingt raus!« Der Hund drängte sich an ihr vorbei und stürzte bellend die Einfahrt hinunter. Schnee stob in die Luft, als er Veit vor die Füße rutschte. Der streichelte ihm den Rücken und wollte eben mit seiner Arbeit fortfahren, als Hammurabis Kopf zur Seite zuckte. Der Hund hob die Schnauze in den Wind und schnüffelte. Veit sah sich um. Wenn dort ein Kaninchen oder eine Katze war, konnte es passieren, dass er fortrannte und die ganze Nacht nicht zurückkehrte.

»Ist schon gut«, versuchte Veit den Hund zu beruhigen und fasste ihn am Halsband. Hammurabi zog die Lippen von den spitzen Eckzähnen zurück und begann zu knurren. Ein tiefes Knurren, den Blick fest in die Reben gerichtet. Veit wandte sich um. Doch er konnte kaum zehn Meter weit sehen. Die Lampe vor der Haustür der Hamidis war die einzige Lichtquelle weit und breit, so einsam stand das Haus am Waldrand. In einigen Kilometern Entfernung schimmerten die Lichter der Kleinstadt unter einem wolkenverhangenen Himmel. Hammurabi knurrte lauter und zog fester, und Veit musste die Schneeschaufel loslassen, um ihn mit beiden Händen am Halsband zurückzuhalten. Es dauerte drei oder vier Minuten, bis er den Hund zur Tür seiner Vermieter gezerrt hatte.»Vermutlich ein Kaninchen«, antwortete er auf Herrn Hamidis fragenden Blick.

Als er die Einfahrt endlich freigeschaufelt und seinen Wagen vor dem Haus geparkt hatte, wollte Veit nur noch duschen und dann sofort schlafen. Morgen war ein anstrengender Tag. Anstrengend, weil er bis zum Abend auf das Gespräch mit Eva Westphal warten musste. Und weil er den Verdacht hatte, dass es schwierig werden würde, alle wichtigen Informationen aus ihr herauszuholen. Er war sicher, dass sie ihm schon bisher nicht alles, was er wissen sollte, erzählt hatte. Eine zweite Person war in ihr Labor eingedrungen und hatte ihre Assistentin getötet. Veit konnte nicht glauben, dass Dr. Westphal nicht wenigstens eine leise Ahnung vom Hintergrund des Mordes besaß.

Er steckte den Wohnungsschlüssel in die Tür. Sie war nicht abgeschlossen.

Er zögerte. Wieder ging sein Puls schneller. Er dachte an Hammurabis Knurren. Was hatte der Hund gehört oder gewittert? Einen Augenblick stand Veit bewegungslos, atmete ein und wieder aus, ein und wieder aus. Dann, mit einem plötzlichen Ruck, stieß er die Tür auf.

Die Küche war dunkel. Er tastete an der Wand entlang, schaltete das Licht an. Der Raum war leer. Vorsichtig um sich blickend trat Veit ein. Die Tür zum Schlafzimmer stand einen Spalt weit offen. Er lauschte. Kein Geräusch. Er schob die Hand durch den Türspalt und schaltete auch im Schlafzimmer das Licht an. Dann stieß er die Schlafzimmertür ebenso schnell auf wie die vorherige.

»Da bist du ja endlich!« Tatjana saß im Bett, die Beine übereinandergeschlagen, den Rücken an die Wand gelehnt. Sie trug seinen Bademantel. Veit verfluchte sich dafür, dass er ihr einen Wohnungsschlüssel gegeben hatte. Neben dem Bett lehnte das Gemälde aus Dr. Westphals Büro an der Wand, nur von einer Wolldecke verhüllt.

»Was machst du hier?«

»Ich langweile mich.« Sie lächelte. »Aber dafür gibt es jetzt ja keinen Grund mehr«, sagte sie.

»Bitte, Tatjana, ich bin müde.«

»Wirklich?« Sie schlug den Bademantel zur Seite.

Am liebsten hätte er sie einfach dort sitzen lassen, sich umgedreht und wäre verschwunden. Vielleicht ins Casino. Carlo hatte ihm dreihundert Euro gegeben. Aber dort neben dem Bett stand das nur notdürftig verhüllte Gemälde. Warum hatte er es nicht wenigstens in den Kleiderschrank gestellt! Was würde Tatjana von einem Ölgemälde in Veits spartanisch eingerichteter Wohnung halten? Ob sie es bereits angesehen hatte? Nein, entschied er, wahrscheinlich hatte sie ferngesehen. In der Regel reichte das aus, um sie zu beschäftigen. Andererseits ... sie war neugierig. Veit trat auf das Bett zu und setzte sich zwischen Tatjana und das Bild.

»Ich hab's doch gewusst«, sagte sie. »Du hast mich vermisst.«

»Um ehrlich zu sein ...«

»Du hast es kaum ausgehalten ohne mich!« Sie versuchte, ihm die Jacke abzustreifen.

Er stieß sie weg. »Verdammt noch mal!«, schrie er. »Hau doch einfach ab!«

Sie starrte ihn an. Und binnen Sekunden veränderte sich ihr Blick, wurde kälter als die Nacht dort draußen. »So nicht, Veit!«, sagte sie.

»So redest du nicht mit mir!«

»Ach, nein? Und warum nicht?«

»Weil ich sonst auch rede.« Sie kostete seine Verwirrung einen Augenblick lang aus. »Und zwar mit Carlo.«

Der Satz hatte nicht die erhoffte Wirkung. »Tatsächlich?«, sagte Veit und lachte. »Du willst ihm von uns erzählen? Das glaubst du doch selbst nicht!«

»Nicht von uns, Veit. Von dir. Und von Geld. Carlos Geld.«

Für einen Moment war er sprachlos. Sie wusste also von seinen Diebstählen. Wie lange schon? Egal. Er stand vom Bett auf und ging ein paar Schritte durch den Raum. Er musste nachdenken. Nur ein paar Atemzüge lang. Schließlich sagte er:

»Das wirst du nicht tun.«
»Nicht, wenn du ein bisschen netter zu mir bist.«
»Ich muss gar nicht nett zu dir sein. Stattdessen könnte ich Carlo auch was erzählen. Von seiner Braut zum Beispiel. Wie sie ihre Hochzeit gefeiert hat.«
Tatjana schüttelte den Kopf. »Und es dir auf ewig mit deinem Ziehvater verderben? Der dir seine Firma vermachen will?«
Veit drehte sich um und sah sie an. Sie wirkte so verdammt selbstsicher, wie sie dort im offenen Bademantel auf seinem Bett saß und ihn anlächelte. Doch je länger er ihr stumm in die Augen blickte, desto mehr verwandelte sich ihr Mienenspiel. Ihre Mundwinkel sanken herunter. Sie kniff die Augen zusammen. Als er glaubte, sie müsse es nun eigentlich begriffen haben, sprach er es aus:
»Du glaubst, das bedeutet mir etwas?«
Sekunden vergingen, während derer sie einander nur anstarrten. Dann lief plötzlich eine einzelne Träne über Tatjanas Wange. Ihr Gesicht verzerrte sich.
»Du dreckiges Arschloch!«, brachte sie noch heraus, bevor sie sich auf die Seite warf und ins Kissen heulte.
In diesem Augenblick begriff Veit, womit er nie gerechnet hatte: Tatjana mochte ihn. Er wusste nicht, warum er das nie in Betracht gezogen hatte. Sie mochte nicht nur Sex mit ihm, sie mochte den Menschen Veit Glassmann. Deshalb wollte sie jetzt bei ihm sein. Und weil ihm das gerade nicht passte, versuchte er sie fortzujagen.
Er war hilflos. Noch immer wollte er lieber allein sein. Aber sie erneut zum Gehen aufzufordern, war plötzlich nicht mehr möglich. Er stand reglos auf der Stelle und sah ihr beim Weinen zu. Er wollte ihr nicht wehtun. Er wollte nur allein sein. Vielleicht, dachte er, geht sie ja von selbst.
Stattdessen streckte sie einen Arm aus dem Bett. Die Hand blieb auf dem Bild liegen, krallte sich in die Wolldecke. Diese Bewegung löste endlich Veits Starre. Er eilte zum Bett, setzte sich neben Tatjana, ergriff ihre Hand.
»Entschuldige, bitte«, sagte er.
»Halt's Maul!«, schluchzte sie ins Kissen.
Vorsichtig versuchte er, ihre Finger von der Wolldecke zu lösen.
»Ich lasse mich eben nicht gern erpressen«, sagte er.
Ihr Schluchzen wurde leiser. »Was soll das heißen?«, fragte sie. Und sie legte ihre Hand in seine.
Über ihren Köpfen, in der Wohnung der Hamidis, knurrte und bellte Hammurabi. Draußen startete jemand einen Automotor.

Dreizehntes Kapitel
Marc poliert Gläser

Tatjana blieb an diesem Abend bis kurz vor elf. »Bis bald«, sagte sie lächelnd zum Abschied. Und Veit widersprach ihr nicht. Vor ihrem Besuch war er hundemüde gewesen, doch nachdem sie gegangen war, lag er noch lange wach. Er dachte an ihre ersten Begegnungen. Carlo hatte ihm Tatjana vorgestellt, als die beiden einander erst seit zwei Wochen kannten. Er war sichtlich stolz auf seine Eroberung gewesen. Es hatte keine weiteren zwei Wochen gedauert, bis Veit mit ihr im Bett gelandet war. Tatjana arbeitete als Fitnesslehrerin in dem Studio, in dem Carlo sich seinen Bauch wegtrainieren wollte. Veit gegenüber machte sie keinen Hehl daraus, dass sie auf Carlos Geld scharf war. Und Veit störte es nicht – schließlich bediente er sich ebenfalls an Carlos Vermögen. Er überlegte, ob sie jemals eine Bemerkung über ihre Gefühle für ihn, Veit, gemacht hatte. Er konnte sich an nichts dergleichen erinnern. Worüber sprachen sie überhaupt?

Veit starrte seine Zimmerdecke an. Die Wolken hatten sich verzogen, und nun spiegelte der Schnee das Sternenlicht und erhellte auf diese Weise sein Schlafzimmer. Schemen traten daraus hervor. Er meinte, Tatjanas Gesicht zu sehen. Doch plötzlich erkannte er in den schmalen Zügen die tote Assistentin Eva Westphals. Sie schlug die Augen auf, und Veit schreckte im Bett zusammen. In der nächsten Sekunde war es nicht mehr ihr Gesicht. Nun starrte ihn Dr. Westphal an.

Erst gegen Morgen schlief er ein.

Am Vormittag zogen wieder Wolken auf. Gegen elf, als Veit aufstand, schneite es dicke, dicht fallende Flocken. Nachdem er seinen Tee getrunken hatte – mehr frühstückte Veit selten –, holte er die Schneeschaufel aus dem Schuppen und begann erneut, die Einfahrt freizuschaufeln.

»Hallo, Sysiphos«, begrüßte ihn Herr Hamidi. Er glaubte, den ehemaligen Literaturstudenten mit solchen Anspielungen zu amüsieren.

Veit hob zum Gruß wortlos die Hand.

»Unseretwegen müssen Sie sich die Mühe nicht machen«, sagte sein Vermieter. Er war Anfang fünfzig, ein wenig untersetzt und besaß ein rundes, lachendes Gesicht. In seiner Arztpraxis trug er unter dem

weißen Kittel ausschließlich englische Maßanzüge. Jetzt steckten seine Hände in den Taschen einer ausgebeulten grünen Jogginghose. Dazu trug er einen Norwegerpullover und eine russische Fellmütze mit Ohrenklappen. »Wir bleiben heute zu Hause.«
»Aber ich nicht«, sagte Veit und schaufelte weiter.
»Ach so.« Herr Hamidi schlappte die Einfahrt herunter. Er war in Pantoffeln und achtete sorgfältig darauf, nur dorthin zu treten, wo Veit den Weg bereits freigeschaufelt hatte. »Arbeit?«
»Nein«, sagte Veit. »Familie.« Das beendete in der Regel jedes weitere Nachfragen. Die Hamidis wussten von Veits kranker Mutter.
Aber offensichtlich hatte Herr Hamidi Lust auf Konversation. Ob Veit von der Sache in Karlsruhe gelesen habe?
»Welche Sache?«
»Der Raubmord!«
Veit schüttelte den Kopf, blickte auf den Schnee und schaufelte weiter.
»Schrecklich!«, sagte Herr Hamidi.
Und weil Veit nicht reagierte, erzählte er ungefragt, was Veit viel besser zu wissen meinte. Herr Hamidi malte den Bericht in grellen Farben aus. Es war nicht klar, ob diverse Details seiner eigenen Fantasie oder der eines eifrigen Boulevardjournalisten entsprungen waren. Plötzlich besaß das Gemälde einen Wert von über hunderttausend Euro, und das Opfer war vor seiner Ermordung sexuell misshandelt worden. Mehrmals bezeichnete Herr Hamidi den Dieb und den Mörder, die nach allgemeiner Überzeugung nur eine Person sein konnten, als »Bestie«. Veit erinnerte sich, dass die Frau bekleidet gewesen war. Das sprach nicht für ein Sexualverbrechen. Doch er konnte sich täuschen. Die meisten seiner Erinnerungen an jene Nacht verschwammen im Licht der Laternen auf dem nassen Straßenpflaster.
»... was für ein Glück der junge Mann gehabt hat«, hörte er Herrn Hamidi sagen. Veit hatte für Sekunden nicht zugehört.
»Welcher junge Mann?«, fragte er.
»Der Nachtwächter natürlich!« Herr Hamidi wiederholte, was heute in den ersten ausführlicheren Berichten stand: Es habe noch ein zweites Opfer gegeben. Der Nachtwächter sei mit einer schweren Kopfverletzung davongekommen.
Veit stützte sich auf die Schneeschaufel. Er drehte seinem Vermieter den Rücken zu und blickte über die Rheinebene. Die Mittagssonne spiegelte sich auf den weiten Schneeflächen und blendete ihn. In der Ferne war der Turm des Straßburger Münsters nur ein senkrechter Strich am Horizont, eine Kerbe im Himmel. Der Nachtwächter

schwer verletzt, dachte Veit. Der Mörder hatte ihn niedergeschlagen und war dann geflohen. Warum aber hatte er Veit verschont?
»Sie müssen sich wärmer anziehen«, sagte Herr Hamidi. »Sie zittern ja!«
Veit drehte sich nicht zu ihm um. Er starrte auf die endlosen Reihen von Rebstöcken. Auf Kniehöhe zurückgeschnitten und mit verdickten oberen Enden ragten sie wie Tausende von Schienbeinen aus der weißen Landschaft. Veit hatte Glück gehabt. Ohne es zu wissen, hatte er um den höchsten Einsatz gespielt. Er hatte gewonnen, er lebte noch. Doch weshalb?
»Herr Glassmann!«
Langsam drehte Veit sich um. Herr Hamidi sah ihn besorgt an. Er war einen Schritt näher herangetreten. Sein linker Pantoffel stand im Schnee.
»Da muss ich noch wegschaufeln«, sagte Veit und zeigte auf den Boden.
Als die Einfahrt frei war, nahm Veit Hammurabi zu einem Spaziergang mit. Gern wäre er hinauf zum Mummelsee gewandert, oben im Schwarzwald. Im Winter, wenn nur wenige Touristen den Weg dorthin fanden und der See im Nebel lag, sah man nicht von einem Ufer zum anderen. Dann verstand man die unheimlichen Sagen, die sich um den tiefen See rankten. Wassergeister sollte es dort unten geben. Veits Mutter hatte ihm die Geschichten vorgelesen. Doch die Wanderung hätte Stunden gedauert, und er wollte ausgeruht sein, wenn er am Abend Eva Westphal traf. Also ließ er sich von Hammurabi an der Leine durch die Reben ziehen, ihr üblicher Weg, wobei Veits Blick ziellos über die weiße Landschaft schweifte.

Ein paar hundert Meter vom Haus der Hamidis entfernt stand ein Metallgerüst im Feld. Veit kannte nicht den Zweck dieses einsamen, etwa zehn Meter hohen Turms. War es nicht unwahrscheinlich, dass öffentliche Mittel nur zum Vergnügen ausgegeben wurden, nur um den Menschen eine weitere Sicht zu ermöglichen? Veit war nicht oft auf dem Aussichtsturm – die Stufen der Wendeltreppe bereiteten Hammurabi Schwierigkeiten. Doch heute hatte er Lust darauf. Er band den Hund an einen der vier Pfosten und stieg hinauf. Oben stand ein Mann in einem dicken Anorak. Er stützte sich mit den Händen auf dem Geländer ab und blickte nach Westen, in Richtung Frankreich. Veit grüßte, der andere blieb still. Hier oben blies der Wind stärker. Veit setzte die Kapuze auf und wandte sich dem Schwarzwald zu, so dass ihn der Wind nicht ins Gesicht traf. Hammurabi bellte, und Veit sah nach unten. Der Hund legte den Kopf schräg, sah ihm in die Augen und kratzte am Pfeiler des Turms.

»Ich bin ja gleich wieder da«, rief Veit ihm zu. Natürlich musste er hier oben an seinen Vater denken. Im Gegensatz zum Sprungturm in der Zirkusmanege schwankte die Plattform des Aussichtsturms nicht. Zwar hatte sein Vater ihn gelehrt, die Schwankungen auszugleichen, Balance und einen festen Stand zu finden. Doch es war Veit nach wie vor lieber, wenn er nicht gezwungen wurde, dieses Wissen anzuwenden. Nach dem tödlichen Sturz war Veit noch einmal auf den Sprungturm geklettert. Er hatte geglaubt, dort oben die Ursache des Unfalls zu finden. Wie konnte Mario Glassmann, König der Turmspringer, das Wasserbecken verfehlen? War er ausgerutscht? Veit suchte nach Wasser- oder Ölspuren auf der Plattform. Doch das Holz war trocken und stumpf wie immer. Er hörte einen der Jongleure sagen, sein Vater sei bei seiner letzten Vorstellung betrunken gewesen. Doch das war Unsinn. Mario Glassmann hatte nie getrunken. Das sagten auch Carlo und seine Mutter, als er sie später danach fragte. Es würde auf ewig ein Rätsel bleiben, warum sein Vater nach Hunderten erfolgreicher Sprünge dieses eine Mal nicht im Wasser, sondern genau auf dem Beckenrand gelandet war. Veit hatte wie immer durch den Schlitz des Vorhangs gespäht. Noch heute hörte er das Geräusch des Aufpralls – ein dumpfer Schlag, als würde jemand in ein Kissen boxen.

Ein anderes Geräusch riss ihn aus seinen Gedanken, eine Art Klingeln hinter seinem Rücken. Er drehte sich um. Mit dem Knopf am linken Ärmel seines Anoraks schleifte der andere Mann am Metallgeländer entlang. Er drängelte sich an Veit vorbei zur Treppe und murmelte »Entschuldigung!«. Sein Atem roch nach Alkohol. Veit blieb noch ein paar Minuten auf der Aussichtsplattform und sah zum Schwarzwald hinauf. Über den Hügelkamm hatte ein Wirbelsturm vor wenigen Jahren eine Schneise gezogen. Bis die Schäden nicht mehr zu sehen wären, würde ein halbes Menschenleben vergehen.

Hunger trieb ihn vom Aussichtsturm hinunter und zurück nach Hause. Er hatte heute noch nichts gegessen. Herr Hamidi hatte ihn zum Abendessen eingeladen, doch Veit hatte abgelehnt. Jetzt röstete er eine Zwiebel, schnitt zwei übrig gebliebene Kartoffeln in dünne Scheiben, warf sie dazu und schlug schließlich zwei Eier darüber. Die dampfende Pfanne nahm er mit ins Schlafzimmer. Er zog die Decke vom Gemälde, das noch immer neben dem Bett an der Wand lehnte, setzte sich davor auf den Boden und betrachtete es, während er aß. Es gefiel ihm. Mehr noch, er mochte es wirklich gern. Er hätte nie gedacht, für ein solch naives und noch dazu höchst bürgerliches Motiv empfänglich zu sein: Eine Frau des ausgehenden 19. Jahrhunderts in einem weißen Sonntagskleid steht am Rande eines gelb blühenden Rapsfeldes. Sie ist in stille Betrachtung versunken, und hinter dem Feld ist der Himmel unendlich, als wäre kein Rahmen fähig, das Bild zu begrenzen. Obwohl er ihr Gesicht nicht sehen konnte, wusste Veit: Die Frau besaß denselben konzentrierten Blick wie Fredo, wenn dieser sich stundenlang in etwas versenkte – in ein Schloss, das er öffnen, oder einen Gegenstand, den er malen wollte. Veit bedauerte plötzlich, das Bild Eva Westphal geben zu müssen. Natürlich würde er es tun, er sollte zwanzigtausend Euro dafür bekommen. Doch wie gern hätte er es hier in seinem Schlafzimmer aufgehängt, wie gern hätte er die Unbekannte beim Betrachten betrachtet!

Noch während der Autofahrt nach Baden-Baden dachte er an die Frau auf dem Bild. Wie konnte sie einen solchen Eindruck bei ihm hinterlassen, er kannte ja nicht einmal ihr Gesicht! In ihrer Gelassenheit lag Stolz, und dieser Stolz wirkte herausfordernd.

Es fiel ihm ein, als er unter den kahlen Rosskastanienbäumen vor dem Kurhaus entlanglief. Die zugleich gelassene und herausfordernde Haltung der Frau auf dem Bild erinnerte Veit an Polina Alexandrowna aus Dostojewskis *Spieler*. Nachdem der Schriftsteller hier sein gesamtes Geld verspielt hatte, war er mit der Frau, die ihm als Vorlage für Polina Alexandrowna gedient hatte, in die Schweiz und nach Italien geflohen. *Bei alldem vertraue ich selber, wie dumm es auch sein mag, fast einzig dem Roulette,* ließ Dostojewski seine Polina sagen. *Und deshalb müssen Sie unbedingt weiter zusammen mit mir spielen, auf halb und halb, und das werden Sie natürlich auch tun.* Dieser Nachsatz verdeutlichte ihre Selbstsicherheit und Grausamkeit ebenso wie die selbst gewählte Abhängigkeit des Spielers von ihr: *... und das werden Sie natürlich auch tun.*

Veit stieg die Treppe zum Casino hinauf. In Anbetracht des Größenwahns mancher Gäste wirkte die Treppe lächerlich klein, der Eingang beinahe unauffällig. Veit gab seine Jacke ab und sah auf die Uhr: erst kurz nach vier. Noch vier Stunden lagen vor ihm. Er wechselte den Rest der dreihundert Euro, die Carlo ihm gegeben hatte.

Heute begann er mit *Impair* und hatte eine Weile Glück damit. Sechs Spiele lang ließ er seinen Einsatz darauf liegen, und stets verdoppelte dieser sich. Dann nahm er die eine Hälfte der Jetons an sich, schob die andere auf *Pair* und gewann erneut. Wieder ließ er die eine Hälfte liegen. Die andere, den letzten Gewinn, setzte er auf das erste Dutzend. Die Kugel rollte auf *Drei*. Der eine Einsatz war verloren, der andere verdreifachte sich. Einen Verlust konnte Veit nicht als Wendepunkt einer Glückssträhne ansehen, solange er gleichzeitig mit einem anderen Einsatz gewann. Im Gegenteil, er wurde wagemutiger und verteilte kleinere Einsätze auf einzelne Zahlen. Drei Spiele lang zog er das durch, aber keine der Zahlen lockte die Kugel in ihr Fach. Die Anzahl der Jetons vor ihm auf dem Tisch verringerte sich zusehends. Als er nur noch einen einzigen im Wert von zehn Euro besaß, setzte er ihn auf *Impair*. Aus den zehn Euro wurden zwanzig. Aus den zwanzig vierzig. Aus den vierzig achtzig. So vergingen die Stunden. Mal war Veit nicht weit davon entfernt, die Bank zu sprengen, mal stand er kurz vor der Pleite. Den letzten Jeton setzte er stets mit einer Miene, die ein Höchstmaß an Trotz spiegelte. Beeindrucken wollte er damit niemanden, nahm er die anderen Spieler doch kaum wahr. Ab und zu schaute er auf seine Armbanduhr. Immer war es noch längst nicht acht Uhr, und er musste weiterspielen, musste warten.

Letzte Nacht, als er Eva Westphals Gesicht an der Zimmerdecke gesehen hatte, war er erschrocken. Ihre Selbstsicherheit war unheimlich. Gleichzeitig hatte Veit Lust verspürt, sie zu berühren. Er war nicht der Spieler aus Dostojewskis Roman. Und ganz gewiss war sie keine Polina Alexandrowna, die *selber, wie dumm es auch sein mag, fast einzig dem Roulette* vertraute. Eva Westphal ging ins Casino, um Leuten beim Verlieren zuzusehen, nicht, um selbst zu spielen. Das hatte sie Veit bei ihrer ersten Begegnung verraten. Er erinnerte sich, wie sie ihn in ihrer Bibliothek überrascht hatte. Betrunken hatte sie bemitleidenswert ausgesehen. Gleichzeitig hatte Veit nicht daran gezweifelt, dass sie mit dem Jagdgewehr umzugehen wusste. Nein, Eva Westphal war keine Polina Alexandrowna. Sie würde niemals mit Veit *auf halb und halb* spielen. Und doch musste er aufpassen, dass sie nicht irgendwann eine Forderung an ihn mit dem Halbsatz beendete: *… und das werden Sie natürlich auch tun.*

Als er sie endlich auf der gegenüberliegenden Seite des Spieltisches erblickte, hatte er gerade mehrere Spiele gewonnen. Er ließ sich vom Croupier die vielen kleinen Jetons in sieben handliche Hunderter wechseln. Den Rest, etwa dreißig Euro, gab er dem Personal als Trinkgeld. Mit dem Selbstvertrauen des Gewinners ging er zur Bar. Er bestellte eine Cola. Noch bevor das Glas vor ihm stand, setzte sich Eva Westphal auf den Hocker neben seinem. Sie trug ein weißes, hochgeschlossenes und eng anliegendes Kleid. Der Barkeeper begrüßte sie und goss ihr einen Martini ein. Veit nippte an seiner Cola und sah nicht zur Seite.

»Haben Sie Feuer für mich?«, hörte er sie fragen.

Er wandte sich ihr zu und schüttelte den Kopf. »Tut mir leid. Nichtraucher.«

Der Barkeeper war mit Streichhölzern zur Stelle, noch bevor Eva ihn darum bitten konnte. Das gefiel Veit nicht. Wie sollten sie hier miteinander über Mittwochabend sprechen? Ja, wenn alles glatt gegangen wäre, wenn sie nur noch einen Ort für den Austausch des Bildes gegen das Geld hätten vereinbaren müssen ... Doch es gab nun noch andere Fragen zu klären.

Eva Westphal blies Rauch in Veits Richtung. Die Zigarette steckte in einer weißen Zigarettenspitze. Elfenbein, vermutete Veit und war angewidert von ihrem protzigen Auftreten.

»Sie haben da eben ganz schön abgeräumt«, sagte sie und reichte ihm die Hand. »Darf ich mich vorstellen? Eva Westphal.«

Veit nahm ihre Hand, ohne seinen Namen zu nennen. Im Augenwinkel sah er den Barkeeper Gläser polieren. Er hieß Marc und musste Veit längst kennen. Der Martini, den er Eva Westphal unaufgefordert eingeschenkt hatte, bewies, dass auch sie häufig an seiner Bar saß. Wahrscheinlich besaßen Barkeeper eine überdurchschnittliche Merkfähigkeit. Bei einer Vernehmung würde Marc sich womöglich an jedes einzelne Wort erinnern, das Veit heute Abend mit Eva sprach.

»Sind Sie Unternehmer?«, fragte sie jetzt.

Veit musste lachen. »Nein, wie kommen Sie darauf?«, fragte er.

»Ich hatte es gehofft«, sagte Eva. Und dann erzählte sie von ihrer Forschung und erklärte, dass sie ständig auf der Suche nach Sponsoren sei. Deshalb komme sie hierher. Sie könne es kaum ertragen, mit anzusehen, wie viel Geld hier verspielt werde. »Mit einem Bruchteil der abendlichen Verluste in diesem Casino könnte die Reproduktionsmedizin einen bedeutenden Schritt weiterkommen.«

»Ich bin zwar kein Unternehmer«, sagte Veit, »aber ich suche schon lange nach einer Möglichkeit, ein wenig Geld sinnvoll zu investieren.«

Er bemerkte, wie Marc von seinen Gläsern aufsah und ihm einen Blick zuwarf. Wahrscheinlich amüsierte ihn das Gespräch. Es musste wie die durchschaubarste Anmache wirken, die sich seit Jahren an dieser Bar abgespielt hatte. Sollte er ruhig denken, dass die beiden nur nach einem Vorwand suchten, um miteinander ins Bett zu gehen.

»Möchten Sie mir Ihre Arbeit nicht ein wenig ausführlicher beschreiben?«, fragte Veit.

»Sehr gern«, sagte Eva und drückte ihre Zigarette aus. »Aber nicht hier. Sind Sie auch hungrig?«

Sie sprachen kein weiteres Wort, bis sie in Veits Wagen saßen. Er startete den Motor und begann, planlos durch Baden-Baden zu fahren. Eva Westphal rauchte schon wieder.

»Also«, begann er, »was ist da für eine Scheiße passiert?«

»Ich hatte gehofft, du würdest mir das erklären.«
»Warum ich?«
»Wer von uns beiden hat denn Agnes erschlagen? Bist du eigentlich total durchgedreht?«
»Ich hab sie nicht umgebracht.«
»Aber du warst doch in meinem Büro und hast das Bild genommen. Hat sie dich dabei überrascht?«
»Sie war schon tot.«
»Ach ja?«
Veit fuhr in den Tunnel, der unter der Innenstadt verläuft. Das Licht der Laternen peitschte rechts und links vorbei.
»Fahr langsamer!«, herrschte sie ihn an. »Oder willst du uns auch noch umbringen?«
»Zum letzten Mal ...«
»In Ordnung, du warst es nicht. Um ehrlich zu sein, ich kann mir das bei dir auch nicht vorstellen.« Das klang nicht nach einem Kompliment. »Warum warst du eigentlich so spät noch dort, du Trottel?«
»Sie meinen, um Viertel vor zehn? Das war ich nicht.«
»Die Beschreibung des Zeugen passt auf dich.«
»Zufall.«
»An den glaube ich nicht.«
»Ich weiß, sonst würden Sie spielen.«
»Und wer hat dann den Nachtwächter niedergeschlagen?«
»Wahrscheinlich derjenige, der auch Ihre Assistentin ermordet hat.«
»Und dich hat er in mein Büro marschieren und das Bild nehmen lassen. Wie nett von ihm!«
Veit antwortete nicht darauf. Er konnte es sich ja selbst nicht erklären. Sie hatten das Ende des Tunnels erreicht. Veit suchte nach einer Möglichkeit zum Wenden. Ihm gefiel der Tunnel, er wollte wieder hinein.
»Apropos, das Bild«, sagte Eva. »Wenn du mir schon nicht erklären kannst, warum Agnes getötet und der Nachtwächter schwer verletzt wurde, während du dort warst, dann lass uns wenigstens über deinen eigentlichen Auftrag sprechen. Ich nehme an, du hast das Gemälde dabei?«
»Da liegen Sie falsch.«
Er fühlte, wie sie sich in ihrem Sitz versteifte. Es dauerte einen Moment, bis sie fast flüsternd, mit nur schwer unterdrückter Wut sagte: »Wie bitte? Wir haben eine Abmachung, mein Freund!«
»Ich bin nicht Ihr Freund. Und was unsere Abmachung betrifft: Es war nicht abgemacht, dass ich über eine Leiche stolpere und als Mörder verdächtigt werde.«

»Glaub mir« – plötzlich begann sie zu zittern –, »das habe ich mir auch nicht gewünscht.« Veit sah kurz zur Seite. Tränen liefen über ihre Wangen.
»Was ist denn jetzt los?«, fragte er.
Sie begann zu schluchzen.
»Nun spucken Sie's schon aus!«
»Ich wollte es nicht erzählen«, sagte sie. »Weil ich es nicht wahrhaben will!«
»Was denn?« Er drosselte ein wenig das Tempo.
»Da gibt es Leute, die mich bedrohen. Eine Organisation. Militante Gegner von allem, was mit Gentechnik zu tun hat.«
»Sie glauben, der andere Einbrecher, das waren die?«
»Ich hatte gehofft, du wärst der Mörder. Dann könnte ich mir weiter einreden, dass sie nur großmäulige Spinner sind. Aber jetzt weiß ich, dass sie es ernst meinen. Wahrscheinlich haben sie Agnes im Dunkeln mit mir verwechselt.«
Veit wusste nicht, was er dazu sagen sollte. Aber offensichtlich hatte Eva Westphal Angst. »Soll ich Sie nach Hause fahren?«, fragte er.
Sie nickte.
Bis sie an ihre Straßenecke gelangten, schwiegen beide. Veit fuhr nicht weiter. Möglicherweise wurde ihre Villa von der Polizei beobachtet, und die sollte sie nicht zusammen sehen.
»Es tut mir leid«, sagte Veit, »ich begreife das alles nicht. Trotzdem müssen wir noch über unser Geschäft sprechen.«
»Du meinst, die nicht gehaltene Vereinbarung.« Ihrer Stimme war anzuhören, dass sie sich wieder gefangen hatte. »Was hast du vor? Glaubst du, du könntest das Bild selbst verkaufen?«
»Mir ist das im Moment einfach alles ein bisschen zu heiß. Ich bringe das Bild an einen sicheren Ort. Sie bekommen es, wenn sich die Situation abgekühlt hat.«
»Du willst einen höheren Anteil herausschlagen, gib's zu!«
Veit schwieg.
»Es bleibt bei den vereinbarten Zwanzigtausend«, sagte sie. »Und glaub nicht, dass du einen Cent davon siehst, bevor ich das Bild habe.«
»Wie käme ich auf die Idee? Aber etwas anderes möchte ich haben.«
»Was?« Ihre rechte Gesichtshälfte lag im Licht einer Straßenlaterne, die linke war nur Schatten.
»Meinen Ausweis.«
Die Gesichtshälfte im Laternenlicht verzog sich zu einem hämischen Grinsen. »Mein Souvenir an unser Kennenlernen?«, sagte sie.
»Zuerst gibst du mir mein Bild. Und zwar bald.«

Im Geist hörte Veit sie sagen: *Und das wirst du natürlich auch tun.* Aber was konnte sie schon mit dem Ausweis anstellen? Ihn am Tatort finden? Die Spurensicherung war abgeschlossen. Würde sie jetzt mit seinem Ausweis bei der Polizei aufkreuzen, wäre klar, dass sie etwas im Schilde führte. Er sagte:

»Ich melde mich bei Ihnen. Sobald es mir passt.«

Das Grinsen verschwand von ihrem Gesicht. »Sei bloß vorsichtig«, sagte sie und öffnete die Tür.

»Ein dummer Rat für einen Spieler«, sagte Veit.

Vierzehntes Kapitel
Iokaste lebt dahin

Er hatte sie angelogen. Natürlich hatte er das Gemälde dabei. Es lag im Kofferraum. So hatten sie es verabredet. Er sollte ihr heute Abend das Bild geben und sofort seine zwanzigtausend Euro erhalten. Auf ihren Einwand, sie müsse das Bild zuerst an den Interessenten in Südfrankreich verkaufen oder die Versicherungssumme kassieren, hatte er sich nicht eingelassen. »Sie werden die Zwanzigtausend bis Samstag auftreiben«, hatte er am vergangenen Wochenende gesagt. Und sie hatte nicht mehr widersprochen.

Er sah sie im Eingang ihrer Villa verschwinden. Der Motor seines Wagens lief noch immer, doch Veit fuhr nicht los. Er kaute auf seiner Unterlippe. Er dachte an die Zwanzigtausend. Warum hatte er ihr das Bild nicht einfach gegeben und sein Geld kassiert? Die ganze Situation sei ihm ein wenig zu heiß, hatte er gesagt. Das stimmte, es gab zu viele offene Fragen rund um die tote Assistentin und ihren Mörder. Mindestens ebenso viele Fragen stellte er sich über Eva Westphal. Er konnte nicht glauben, dass sie ihm alles sagte, was sie wusste. Wo war sie eigentlich am Mittwochabend gewesen? Bei einem Medizinertreffen, hatte sie gesagt, das an jedem ersten Mittwoch eines Monats stattfand. Wenn sie wirklich dort gewesen war, konnte das eine ganze Reihe von Leuten bezeugen – zu viele, um alle zu einer Falschaussage zu überreden. Und warum zweifelte Veit überhaupt daran, dass sie dort gewesen war?

Von seinem Wagen aus starrte er noch immer die Straße entlang, in der ihr Haus stand. Jetzt ging im Obergeschoss das Licht an. Er sah ihre Silhouette am Fenster. Sie trank etwas und schien dabei die Straße zu beobachten. Er wollte sie jetzt nicht mehr sehen. Er legte den ersten Gang ein.

War ihr der Mord an ihrer Assistentin zuzutrauen? Wieder dachte er an die Szene in der Bibliothek, als sie ihn mit dem Jagdgewehr bedroht hatte – der Waffe, die ihrem Mann »den Schädel weggeblasen« hatte. So hatte sie es formuliert und offengelassen, ob er sich selbst umgebracht hatte. Ja, sie hatte etwas Kaltblütiges an sich. Gleichzeitig glaubte Veit, dass sie damit eine Show abzog. Zu einem großen Teil spielte sie die Gefühllose nur, um ihr wahres Ich dahinter zu verstecken. Anders ließen sich ihre Tränen nicht erklären. Sie hatte vor Angst gezittert. Dass sie sich so schnell wieder gefangen hatte, bewies nur, wie geübt sie darin war, sich hinter ihrer gewohnten Maske zu verstecken.

Nein, Eva Westphal war am Mittwochabend bei ihrem Medizinertreffen gewesen. Ihre Erklärung war die einzig Plausible: Der Mörder gehörte zu den Leuten, die sie schon seit einer Weile bedrohten. Und weil sie nicht auf ihre Drohungen eingegangen war, sollte sie sterben. Dummerweise hatten sie im Dunkeln die falsche Ärztin erwischt. Fehler passierten auch fanatischen Erpressern.

Vielleicht beobachtete der Mörder das Haus der Ärztin. Veit war froh, dass er gewartet hatte, bis er sie am Fenster gesehen hatte. Vielleicht beobachtete der Mörder auch Veit, seitdem sie sich in der Mordnacht begegnet waren. Veit sah in den Rückspiegel. Gerade erreichte er die Bundesstraße. Wegen des schlechten Wetters gab es nur wenig Verkehr an diesem Samstagabend. In der Stadt war ihm niemand aufgefallen. Allerdings hatte er auch nicht darauf geachtet, ob ihm jemand folgte. Nun fuhr ein weißer Lieferwagen in gleichbleibendem Abstand hinter ihm her. Veit nahm den Fuß vom Gas. Der Abstand zum Lieferwagen wurde geringer, dann drosselte der Fahrer ebenfalls das Tempo und fuhr wie Veit nur noch sechzig Stundenkilometer. Veit versuchte, im Rückspiegel ein Gesicht hinter der Windschutzscheibe zu erkennen. Doch das war in der Dunkelheit unmöglich. Er bremste ab. Der Fahrer des Lieferwagens betätigte die Lichthupe und scherte nach links aus. Beim Überholen lehnte er sich nach rechts und zeigte Veit einen Vogel.

Warum sollten sie ihn auch verfolgen? Er hatte nichts mit Dr. Westphals Forschung zu tun. Er war selbst dagegen, dass der Mensch sich als Schöpfer aufspielte. Die Weiterentwicklung seiner Gattung sollte er nicht auf dem Reißbrett planen. Das Zitat aus *König Ödipus*, auf das er in Evas Bibliothek gestoßen war, fiel ihm ein:

Was soll der Mensch sich ängsten, dem des Zufalls Macht
Obwaltet, der von nichts klare Voraussicht hat?
Am besten ist, er lebt dahin, so gut er kann.

Wenn Veit an irgendetwas glaubte, dann war es die Macht des Zufalls, von der Iokaste hier sprach. Darin unterschied er sich von anderen Spielern, die meinten, eines Tages ein System zu finden, das sie garantiert gewinnen ließ. Veit glaubte nicht an Systeme und Garantien. Mehr noch: Er war dagegen. Vielleicht hätte ein verändertes Gen die Schlaganfälle seiner Mutter verhindert. Der Zufall wollte es anders.

Vielleicht hatte sie ihm die Anlage zu einem frühen Schlaganfall vererbt. Sollte er sich davor fürchten? Nein, Veit hielt es mit Iokaste, und lebte dahin, so gut er konnte. Und so sehr er seine Mutter, wie sie früher gewesen war, auch vermisste, er konnte nicht glauben, dass es gut wäre, Krankheiten schon vor der Geburt auszuschließen. Trotzdem wäre er nie so weit gegangen, sich aktiv gegen Genmanipulation zu engagieren. Dafür, das gestand er sich ein, war er viel zu bequem. Und erst recht bereitete es ihm keine Gewissensbisse, von einer Ärztin, die öffentlich für mehr Freiheit in der Genforschung eintrat, Geld anzunehmen. Schließlich musste auch er sehen, wie er über die Runden kam.

Er gelangte an eine Kreuzung. Links führte die Straße zum Industriegebiet und weiter hinauf zum Haus der Hamidis. Rechts führte sie zur Autobahn. Wieder dachte er an das Gemälde im Kofferraum. Er hatte es behalten und auf die zwanzigtausend Euro vorerst verzichtet, weil er nicht wusste, was für ein Spiel die Ärztin spielte. Er brauchte ein Druckmittel, damit sie alle Karten auf den Tisch legte. Nur so konnte er sichergehen, selbst keine Fehler zu begehen – Fehler, die ihm eine Anklage wegen Mordes einbringen konnten. Deshalb durfte er das Gemälde nicht bei sich zu Hause behalten. Was, wenn sie ihn dort aufsuchte und das Bild forderte? *Und das wirst du natürlich auch tun ...*

Er setzte den Blinker rechts und bog zur Autobahn ab. Seit dem Vormittag hatte es nicht mehr geschneit, die Straßen waren frei. Veit fuhr trotzdem langsam. Er hatte keine Eile. Es war noch nicht zehn Uhr abends, als er den Rhein überquerte. Die ganze Nacht musste er noch herumkriegen. Vielleicht musste er noch den ganzen Sonntag warten. Vielleicht war die Fahrt auch für die Katz, und er musste das Bild wieder mit nach Hause nehmen.

Auf der im blauen Neonlicht liegenden Brücke und dahinter auf der Avenue du Forêt Noir trotzten die Nutten der Kälte. Viele waren Afrikanerinnen. Sie streckten die Daumen hoch wie Anhalterinnen oder stellten ein Bein auf die Fahrbahn. Ihre glitzernden Strumpfhosen reflektierten das Licht der Laternen und Scheinwerfer. Veit sah einige, die sicher nicht volljährig waren. Als er an einer roten Ampel hielt, beugte sich eine zu seinem Fenster herunter. Sie hatte ein hübsches Gesicht und sah trotz ihrer künstlichen Pelzjacke, unter der sie nur einen roten BH trug, nicht einmal billig aus. Sie lächelte und sagte etwas, das Veit nicht verstand. Vielleicht hatte er zurückgelächelt oder sie einfach zu lange angesehen, denn als die Ampel auf Grün umschaltete und Veit wieder anfuhr, verschwand das Lächeln der Nutte und wurde von einem verächtlichen Gesichtsausdruck ersetzt. Im Rückspiegel sah er, wie das Mädchen ihm den Mittelfinger zeigte.

Er fand den Weg zur Synagoge und parkte seinen Wagen in einer Nebenstraße. Der kleine Park war in Dunkelheit gehüllt. Er ließ ihn hinter sich und lief in Richtung Innenstadt. Im Erdgeschoss des Theaters gab es ein Café. House-Musik dröhnte durch die Glasfront. Veit suchte nach einem ruhigeren Ort, um sich müde zu trinken. Er überquerte den Fluss und befand sich nun auf der Insel, dem alten Stadtkern Straßburgs. Geradeaus überragte der einsame Turm des Münsters die niedrigen Fachwerkhäuser. Das künstliche Licht der Scheinwerfer, die ihn anstrahlten, machte das Rot des Sandsteins noch tiefer und wärmer. Menschen drängten sich an Veit vorbei, jugendliche Franzosen und ältere Touristen, darunter viele Deutsche. Es würde schwierig werden, an einem Samstagabend eine einigermaßen ruhige Kneipe zu finden.

Veit wandte sich nach links und ging am Fluss entlang. Die schmale Straße war weniger belebt. Vielleicht sollte er einfach laufen, bis er müde wurde, anstatt zu trinken. Die Erinnerung an seinen Rausch bei Carlos und Tatjanas Hochzeit schlug ihm noch heute auf den Magen. Er fragte sich noch immer, warum Fredo kein Wort über seine Begegnung mit Veit und Tatjana auf der Toilette verloren hatte. War es ihm denn egal, dass Veit die Braut seines Freundes fickte?

Bilder aus der Zeit im Zirkus tauchten vor Veit auf. Fredo, der eine Frau aus dem Publikum nach der Vorstellung in seinen Wagen führte. Veits Vater, der unzähligen Frauen Autogramme gab und Küsse auf die Wange bekam. Seine Mutter, wie sie oft erst spät in der Nacht in ihren Wagen schlich, als sein Vater längst schlief. Und schließlich Carlo, der den Platz an Angela Glassmanns Seite eingenommen hatte, kaum dass Veits Vater beerdigt war. Waren sie tatsächlich so unkompliziert gewesen, dass es Fredo auch heute egal war, was Veit mit Tatjana machte? Veit hatte eine Freundin nie länger als einen Monat behalten. Treue war in der kurzen Zeit nie ein Problem gewesen. Veit verstand sich deshalb nicht als Fachmann für dieses Thema.

Er hatte das östliche Ende der Insel umrundet. Links neben ihm lagen Boote vor Anker. Sie fuhren längst nicht mehr, waren zu Kneipen und Diskotheken umgebaut. Salsa-Rhythmen klangen über das Wasser. Nichts passte weniger gut in diese kalte Februarnacht. Veit rieb die Hände aneinander. Geradeaus stand der Mond am westlichen Himmel. Das Münster ragte nun rechts hinter den geschnittenen Kronen der Platanen auf, die hier für wenige Meter das Ufer säumten.

Vor dem Château Rohan bog er nach rechts ab. Er erinnerte sich an das Cagliostro-Haus, das hier stand. Fredo hatte ihm die Geschichte von dem italienischen Bauernjungen erzählt, der unter dem Namen Cagliostro Ende des 18. Jahrhunderts durch Europa gereist war. Als Magier und Alchemist hatte er sich ausgegeben und verschiedenen Fürsten als Ratgeber gedient. Es war einer der letzten Ausflüge nach Straßburg vor Fredos Verschwinden, als die beiden zu zweit durch die südliche Altstadt gelaufen waren und Fredo ihm die Geschichte Cagliostros erzählt hatte. Beide hatten sie den Meister der Illusion bewundert. Veit konnte sich nicht mehr an das Ende der Geschichte erinnern. Er fürchtete, Cagliostro sei schließlich aufgeflogen und im Gefängnis gestorben.

Veit stand vor dem Eckhaus, in dem der großartige Täuscher während seiner Straßburger Zeit gewohnt hatte. Er legte den Kopf in den Nacken und sah an der weißen Fassade empor. »Du hattest was Besseres verdient«, flüsterte er. Eine Katze saß in der Fensterbank des Meisterbetrügers und fixierte ihn mit leuchtendgrünen Augen. Veits Atem kondensierte in der Luft und stieg als Wolke zu Cagliostros Fenster hinauf.

Stimmen weckten ihn. Nachdem er noch zwei Stunden durch Straßburg gelaufen war, ohne irgendwo etwas zu trinken, hatte er sich auf dem Rücksitz seines Wagens schlafen gelegt. Jetzt tat ihm der Nacken weh – nichts im Wagen hatte zu einem Kopfkissen getaugt. Veit hatte am Rand eines Fußballplatzes geparkt. Die Stimmen gehörten ein paar Jugendlichen. Einige der Jungen trugen trotz der Kälte keine Jacken. Sie nahmen sich gegenseitig den Ball ab und schossen ihn betont lässig aufs Tor. Veit sah auf die Uhr. Bereits halb elf. Wie hatte er so lange in dieser unbequemen Position liegen können? Er öffnete die Tür und stieg aus. Ein paar der Fußballer sahen zu ihm herüber. Einer zeigte mit dem Finger auf ihn und sagte etwas zu seinen Freunden, das Veit nicht verstand.

Er beachtete sie nicht weiter, streckte sich und sah nach links. Auf der anderen Straßenseite lag der kleine Park, dahinter die weiße Synagoge. Er überquerte die Straße, auf der an diesem Sonntagvormittag kein Verkehr herrschte, und trat auf einen Weg, der zu einem Pavillon führte. Von diesem Pavillon hatte Mosche gesprochen und auch von dem Fußballplatz. Veits Mund war trocken und fühlte sich pelzig an. Er brauchte einen starken Tee. Doch er konnte es sich nicht leisten, jetzt in ein Café zu gehen. Den halben Vormittag hatte er schon verschlafen. Wenn Mosche seinen Sonntagsspaziergang bereits gemacht hatte, war Veit umsonst nach Straßburg gefahren.

Jemand zupfte an seinem Ärmel. Veit drehte sich um. Es war der Fußballspieler, der mit dem Finger auf ihn gezeigt hatte.

»Sie suchen Mann«, sagte der Junge auf Deutsch. Er war vielleicht fünfzehn und trug wie einige seiner Freunde eine jüdische Gebetsmütze.

»Wer sagt das?«, fragte Veit.

»Alter Mann sagt das.«

Also war Mosche schon hier gewesen und hatte den schlafenden Veit in seinem Auto gesehen. »Und wo ist der alte Mann?«

»Er sagt, Sie geben mir Geld.«

Veit seufzte und zog sein Portemonnaie hervor. Die fünf Euro, die er dem Jungen gab, entlockten diesem nur ein Lächeln.

»So kommt Gurfinkel nicht«, sagte er.

Veit gab ihm noch einen Zehner.

Der Junge stopfte das Geld in seine Hosentasche. »Zwölf Uhr, am Pavillon«, sagte er, drehte sich um und rannte zu seinen Freunden zurück.

Mosche hatte also nichts gegen ein Treffen einzuwenden. Nur wollte er es eben auf seine Art machen und sich nicht überraschen lassen. In Ordnung, so konnte Veit vorher wenigstens einen Tee trinken. Er schlug den Weg Richtung Place de la République ein. Die Luft roch nach feuchtem, verfaulendem Laub.

Um Viertel vor zwölf war er am Pavillon. Eine Treppe führte auf eine überdachte Plattform von vielleicht sechs Metern Durchmesser. Ringsherum standen ein paar Bänke. Veit wischte eine davon mit dem Ärmel seiner Jacke trocken und setzte sich. Vom Fußballplatz schallten noch immer die Stimmen der Jugendlichen herüber.

Veit musste nicht lange warten. Er erkannte seinen alten Lehrer am Geräusch seiner Schritte: Jeden einzelnen setzte er so behutsam, als fürchte er, der Erde unter seinen Füßen wehzutun, wenn er fester auftrat. Der Alte nahm neben ihm Platz.

»Schön, dass du mich besuchen kommst«, sagte er.

»Hättest du mir beim letzten Mal gesagt, wo du wohnst, müssten wir uns jetzt nicht den Arsch abfrieren.«

»Als Kind hast du dich gewählter ausgedrückt.«

»Wärst du damals nicht abgehauen, hättest du auf meine Manieren achten können«, sagte Veit. Er erinnerte sich, dass er respektvoll mit Mosche umgehen wollte. Sonst würde der ihm womöglich nicht helfen. »Entschuldige, bitte! Ich will gar nicht davon sprechen.«

»Du meinst von *Fredo*?« Er betonte seinen alten, abgelegten Namen.

»Genau, *Mosche*«, sagte Veit. »Ich will nicht über ihn sprechen.«

Zum ersten Mal, seitdem er sich neben Veit gesetzt hatte, wandte Mosche den Blick vom Pavillon ab und sah Veit ins Gesicht. Er

wirkte irritiert. Dann verschwand die Falte auf seiner Stirn. Der graue Bart wanderte an den Wangen einen Zentimeter nach oben. »Das ist gut«, sagte er. »Aber worüber willst du dann mit mir sprechen?«
»Ich brauche deine Hilfe«, sagte Veit. »Würdest du etwas für mich aufbewahren?«
Mosche sah Veit eine Weile in die Augen. Veit fühlte sich festgenagelt vom Fredo-Blick, der ohne Hast nach etwas suchte und nicht losließ, bevor er es gefunden hatte. »Ich helfe dir gern, Veit«, sagte Mosche endlich. »Aber du musst mir erzählen, was du angestellt hast.«
Veit musste sich zusammenreißen, um nicht wütend zu werden. Was nahm der Alte sich heraus, mit ihm wie mit einem Kind zu reden? Er sagte etwas Unverbindliches über »eine dumme Geschichte mit einem gestohlenen Gemälde«.
Mosche blieb still und wartete auf mehr. Er blickte fest in Veits Augen. Veit hörte Krähen von Baum zu Baum einander zukrächzen. Und plötzlich war seine Wut auf Mosche verflogen.
Im nächsten Moment hörte Veit sich sagen, dass er das Gemälde gestohlen habe. Und ehe er noch wusste, warum er es tat, erzählte Veit die ganze Geschichte – von seinem Einbruch in das Haus der Ärztin bis zum Fund der Leiche. Er erzählte auch, was in den Zeitungen über die Zeugenaussage und die Beschreibung des vermeintlichen Täters gestanden hatte. Und auch sein Gespräch von letzter Nacht mit Eva Westphal gab er wieder. Veit konnte sich nicht erinnern, wann er zuletzt so lange ohne Unterbrechung geredet hatte. Es tat gut. Mosche hörte zu, ohne Veit zu unterbrechen, und stellte am Ende nur eine einzige Frage:
»Wo ist das Bild?«
»Im Kofferraum meines Wagens.«
»Ich bewahre es für dich auf, solange du willst.«
»Ich möchte dich aber nicht in Schwierigkeiten bringen.«
»Im Moment bist du derjenige, der in Schwierigkeiten steckt. Ich fürchte, sie sind größer, als wir beide uns vorstellen können. Ich überlege, was ich sonst noch für dich tun kann.«
»Was sollte das schon sein?«
Der alte Mann kniff Augen und Lippen zusammen, und seine Pupillen zuckten hin und her, als tasteten sie Veits Gesicht Punkt für Punkt ab. »Vielleicht …«, setzte er an, sprach den Satz aber nicht zu Ende. Endlich wandte er seinen Blick von Veit ab, legte den Kopf in den Nacken und sah zu den kahlen Baumkronen hinauf.
»Es reicht, wenn du das Bild nimmst«, sagte Veit.
Mosche atmete aus. »Dann lass uns zu deinem Wagen gehen.«

Als Veit ihm die große, untypisch verformte Sporttasche gab, fragte er Mosche: »Wo kann ich es wieder abholen?«

»Ich werde jeden Tag im Park sitzen oder den Jungs beim Fußball zusehen.«

»Mosche, das ist mir zu unsicher! Sag mir endlich deine Adresse!«

»Ich werde hier sein, wenn du mich suchst. Vertrau mir!«

»Vertrauen ist gut! Aber du trägst da ein Vermögen unter dem Arm! Wie kann ich sicher sein, dass du es nicht an deine Gemeinde spendest?«

»Du bringst mich auf ganz neue Ideen, Veit«, sagte Mosche, sah zum Himmel und kraulte seinen Bart. »War nur ein Scherz! Komm steig ins Auto und fahr mich ein Stück!«

Endlich nahm er Vernunft an und ließ sich nach Hause bringen! Sie fuhren die Avenue des Vosges hinunter Richtung Place de Hagenau.

An einer roten Ampel stieß Mosche plötzlich die Tür auf, stieg aus und eilte über die Kreuzung. Die Sporttasche pendelte unter seiner Achsel vor und zurück, der graue Bart wehte über seine Schulter. Veit riss die Fahrertür auf. Eine Hupe dröhnte nah an seinem linken Ohr. Er schlug die Tür wieder zu, und im selben Moment preschte ein Wagen an ihm vorbei. Veits Herz raste. Als er wieder auf die Kreuzung blickte, war Mosche verschwunden.

Fünfzehntes Kapitel
Loesser lächelt nicht mehr

Eva saß in ihrer Bibliothek. Sie trug einen japanischen Kimono aus roter Seide. Die Beine hatte sie auf der Chaiselongue ausgestreckt. Neben ihr auf dem kleinen Tisch aus Nussbaumholz lag ein Buch. Es war in der Mitte aufgeschlagen, doch Eva hatte nicht darin gelesen. Sie wusste nicht einmal seinen Titel. Es lag dort seit der Nacht, in der sie Veit Glassmann hier überrascht hatte. Eva hatte lange nicht mehr zum Vergnügen gelesen. Seit Monaten waren medizinische Fachartikel ihre einzige Lektüre. Früher, vor Henriks Tod, hatte sie oft mit ihm gemeinsam gelesen. Hier, in seiner fensterlosen Bibliothek, dem dunklen Zentrum seiner Villa, hatte er Eva und sich selbst von der Welt abgeschlossen und ihr vorgelesen. Sein von Jahr zu Jahr schwächer werdender Körper zusammengesunken in dem viel zu großen Ledersessel, während seine hellblauen Augen leuchteten wie die eines Kindes.

Eva hatte sich auf der Chaiselongue ausgestreckt und abwechselnd ihren alternden Mann und die Maserung der Holztäfelung betrachtet. Für Stunden hatte sie so ihre Arbeit vergessen. Henrik hatte ihr Bücher gezeigt, die sie niemals aus dem Regal gezogen hätte. An Montaignes *Essais* erinnerte sie sich mit dem gleichen Vergnügen wie an *Huckleberry Finns Abenteuer*. Sie vermisste jene Abende, an denen es nur Henriks Stimme und die Bücher gegeben hatte. Und sie vermisste ihn. Manchmal hatten sie später miteinander geschlafen, hier auf der Chaiselongue. Henrik, der als ehemaliger Geschäftspartner ihres Vaters Eva schon als Kind gekannt hatte, war verrückt nach ihrem Körper. »Ich weiß, dass du mich nicht liebst«, hatte er ihr einmal gestanden. Sie hatte protestiert, doch er hatte abgewinkt. »Das ist in Ordnung. Es macht manches einfacher.« Zwei Tage später hatte er sich erschossen.

Sie sah zur hohen Decke empor, die ihr Blick im Dämmerlicht kaum erreichte. Einzig die kleine Leselampe auf dem Nussbaumtisch neben Henriks Sessel warf einen Lichtpunkt auf die leere Sitzfläche. Henrik hatte recht gehabt. Sie hatte ihn nicht geliebt. Schon während er noch lebte, hatte sie Liebhaber gehabt. Vielleicht hatte er davon gewusst? Eva glaubte, dass er ihr gern diese Freiheit gelassen hatte. So lange sie jene Abende in der Bibliothek mit ihm verbrachte und so oft mit ihm schlief, wie es seine schwindende Potenz noch erlaubte, war er zufrieden gewesen. Und für Eva, das gestand sie sich nun ein, war es die beste Zeit ihres Lebens gewesen. Sie vermisste Henrik, obwohl sie ihn nicht geliebt hatte. Sie vermisste die Vertrautheit, zuweilen sogar die körperliche Nähe, sie vermisste seine Stimme und seinen vergebenden Blick. Niemand gab ihr auch nur einen Teil davon, seitdem Henrik tot war.

Mehr und mehr gewöhnten sich ihre Augen an das schwache Licht. Sie sah die Maserung der Deckentäfelung und erkannte ein Astloch, das sie früher oft angestarrt hatte. Das Astloch hatte die Form eines Auges, ein Oval mit zwei Spitzen. Konzentriert heftete sie ihren Blick darauf.

Das Geräusch von zersplitterndem Glas weckte sie. Hatte sie es geträumt? Wie lange lag sie hier eigentlich schon? Sie sah auf ihre Armbanduhr. Kurz nach fünf. Den ganzen Nachmittag hatte sie in der Bibliothek auf der Chaiselongue verbracht. Wieder ein Geräusch, diesmal schlug etwas auf dem Boden auf, ohne zu zerbrechen. Eva sprang auf, zu schnell für ihren Kreislauf. Ihr wurde schwindlig, sie musste sich an der Rückenlehne des Sessels festhalten. Die Tür der Bibliothek war geschlossen. Dahinter klang es, als zertrümmere jemand ihre Einrichtung.

Genau so war es. Als Eva die Tür öffnete, sah sie sich zwei Gestalten mit Baseballschlägern gegenüber. Beide trugen Kapuzen. Doch Eva sah ihre Gesichter, als sie sich ihr überrascht zuwandten. Ein Mann und eine Frau, beide kaum zwanzig. Das Mädchen trug einen Ring durchs rechte Nasenloch. Sie hatte hübsche grüne Augen und flachsblondes Haar, das in langen Strähnen unter der Kapuze hervorschaute. Ihr Freund verharrte in der Bewegung. Gerade hatte er mit dem Baseballschläger eine Vase zertrümmern wollen. Sein Griff umklammerte das Holz, und der Schläger zitterte in der Luft. Der Junge blickte über seine Schulter in Evas Gesicht. Sein Mund war geöffnet, die Unterlippe vorgeschoben.

»Scheiße!«, sagte er.

Eva war wie gelähmt.

Das Mädchen blickte abwechselnd von Eva zu ihrem Freund. Sie wirkte ratlos. Offenbar hatten die beiden geglaubt, allein in der Villa zu sein. Wie lange waren sie schon hier?

»Wo kommen Sie denn her?«, fragte der Junge.

»Das sollte ich besser euch fragen.«

»Halt's Maul!«, zischte das Mädchen. »Scheiß-Naziärztin!«

»Wolltet ihr euch endlich persönlich vorstellen?«, fragte Eva. Sie war bemüht, ihrer Stimme einen sicheren Klang zu geben. Die beiden hatten Übung mit ihren Baseballschlägern. Und sie hatten Angst. Das machte sie umso gefährlicher. »Ich gehe doch recht in der Annahme, dass ihr zwei die *Initiative für die Vielgestalt menschlichen Lebens* seid?« Der Junge wandte sich von der Vase ab und Eva zu. Dabei ließ er den Schläger nicht sinken. »Wir zwei, ja. Und Hunderte mit uns.« Mit dieser maßlosen Übertreibung beging er einen Fehler. Eva war jetzt sicher, dass die Gruppe, die ihr seit Monaten drohte, lediglich aus diesen beiden Halbwüchsigen bestand. Doch machte sie das weniger gefährlich? Im Moment sah die Rechnung doch so aus: Sie waren nervös und aggressiv. Und Eva war allein. Waren sie mit Demut zu beruhigen? Vielleicht forderten sie Eva auf, eine Erklärung zu unterschreiben, in der sie von ihren öffentlichen Äußerungen zur kontrollierten Schöpfung menschlichen Lebens abrückte. Dann sollte sie sich fügen – auch wenn es ihr widerstrebte.

Wahrscheinlich hatten die beiden nichts dergleichen vorbereitet. Sie waren hier eingedrungen, um ihr durch die Verwüstung der Villa ein weiteres Mal Angst einzujagen. Eva nahm an, dass sie das Haus ein paar Stunden beobachtet hatten, während sie in der Bibliothek eingeschlafen war. Schließlich waren sie zu der Überzeugung gelangt, es sei niemand zu Hause.

Sie selbst konnte ihnen anbieten, einen Widerruf zu schreiben. Auf der Mahagoniplatte des Schreibtischs hatte bis eben noch Henriks Briefpapier und seine Sammlung von Füllfederhaltern gelegen. Nun waren sie über den Fußboden verstreut. Das ärgerte Eva. Trotzdem, sie konnte hinübergehen, ein Blatt Papier aufheben, Henriks Lieblingsfederhalter aufschrauben und irgendetwas schreiben, das sie später widerrufen würde. Erpresste Aussagen interessierten niemanden.

Aber eigentlich hatte sie keine Lust dazu. Es widerstrebte ihr, diesen Chaoten auch nur zum Schein zu Willen zu sein. Was bildeten die sich ein, hier wie Barbaren zu wüten? Schwache Charaktere, die glaubten, ihre Ziele mit ungezügelter Gewalt zu erreichen. Zwar hatte sie selbst gemordet. Aber sie hatte sich dabei unter Kontrolle gehabt. Das war ein wesentlicher Unterschied. Diese beiden schwitzenden Weltverbesserer konnte sie einfach nur abstoßend finden. Das gab Eva Mut.

»Dann verratet mir doch mal, wie es jetzt weitergehen soll!«, sagte sie.

Ihr Selbstbewusstsein schien die beiden zu irritieren. Der Junge ließ den Baseballschläger sinken und zog die Stirn kraus.

»Lass uns abhauen!«, sagte das Mädchen.

»Deine Freundin ist klug«, sagte Eva und ging einen Schritt auf den Jungen zu.

»Bleib, wo du bist!«, schrie er und riss den Schläger wieder hoch. »Sie hat uns gesehen«, sagte er zu seiner Freundin. »Die Schlampe kann uns identifizieren.«

Eva erstarrte. Der Junge kam langsam auf sie zu. Jetzt sah sie sein krauses dunkles Haar unter der Kapuze. Es erinnerte sie an Veit Glassmann. Wäre das Mädchen nicht gewesen, hätte Eva ihn vielleicht mit jenen Argumenten zu überzeugen versucht, mit denen sie bisher noch jeden Mann weich gekocht hatte. Aber das hier war ein Verblendeter, ein Idealist, der noch dazu vor seiner Freundin angeben wollte. Bei dieser Sorte war mit Sex nichts zu machen.

»Was wollt ihr von mir?«, fragte sie.

»Das weißt du doch.«

»Du meinst, ich soll meine Überzeugungen verleugnen?«

Er nickte. »Schriftlich.«

Würden Sie sich damit zufriedengeben? Konnten sie so verblödet sein, zu glauben, dass ein solches Schriftstück ihnen in ihrem Kampf für das Fortbestehen einer chaotischen, von Mutationen und Unzulänglichkeiten geprägten Evolution helfen würde? Sie hatten in dem Moment verloren, in dem Eva ihre Gesichter sah. Jetzt ging es ihnen nur noch um ihren Stolz, darum, das Gesicht vor Eva zu wahren. Und später nicht erkannt zu werden. Eva war sich sicher: Sie würden sie umbringen. Das Mädchen allein vielleicht nicht. Aber in den Augen des Jungen konnte sie es sehen. Dort las sie die Erkenntnis, dass es nur einen Ausweg gab. Eva kannte den Blick.

»Okay«, sagte sie, »ihr habt gewonnen. Da drüben liegt Papier.« Sie deutete mit der Hand darauf. Der Junge stand nur noch einen Meter vor ihr. »Gibst du mir ein Blatt?«

Für einen Augenblick sah er sie misstrauisch an. Dann grinste er und streckte eine Hand nach den über das Parkett verteilten Briefbögen aus.

Da trat Eva zu. Trat ihm genau zwischen die Beine. So fest sie konnte. Sein Oberkörper klappte vornüber. Sie griff nach dem Baseballschläger und zerrte daran. Doch er hielt ihn fest umklammert. Er keuchte und versuchte, Eva mit der Schulter umzustoßen. Sie wich zur Seite aus, und er fiel auf den Boden. Eva wollte noch einmal zutreten, dieses Mal in seine Magengrube.

Da sank sie selbst zu Boden. Schmerz lähmte ihre Beine. Sie sah zur Seite. Das Mädchen hatte Eva ihren Baseballschläger in die Kniekehlen gedroschen. Die Kapuze war von ihrem Kopf gerutscht. Das blonde Haar hing ihr ins Gesicht. Sie stand über Eva gebeugt und holte erneut aus.

Damals im Keller des Instituts war es Friedrich gewesen, der auf

Moritz eingeschlagen hatte. Eva hatte das Stahlrohr zu diesem Zweck am Nachmittag hinter einem der Regale versteckt. Sie hatten zu dritt an einem Versuch gearbeitet. Dass Moritz scharf auf sie war, wusste Eva längst. Wahrscheinlich machte es ihn besonders heiß, dass Eva ihn küsste, während ihr Freund Friedrich im Nebenraum war. Eva hatte Friedrich überzeugt, dass es keine bessere Möglichkeit gab, Moritz vom Rest der Welt abzulenken. So konnte Friedrich sich unbemerkt von hinten an ihn heranschleichen. In Wahrheit wollte sie Moritz schon lange küssen. Und sie wollte in seine Augen sehen, wenn er starb.

Sie hatte sich auf eine der Arbeitsplatten gesetzt. Moritz lag schon halb auf ihr, als er noch einmal sagte: »Leise, wir müssen leise sein ... Friedrich ...«

»Der ist längst hier«, sagte Eva und blickte über seine Schulter.

Moritz riss die Augen auf, und Friedrich schlug zu. Schlug zu mit einem Blick, den Eva nie vergessen sollte: absolute Entschlossenheit sprach daraus, eine Entschlossenheit, die deshalb so stark war, weil Friedrich, um sie aufzubauen, die Grenze seiner Willenskraft überschritten hatte.

Eva erkannte diesen Blick in den Augen des Mädchens. Es beugte sich über sie und holte mit dem Baseballschläger aus. Das Mädchen war im Grunde keine Mörderin. Sie war nur vollkommen verängstigt und ratlos. Genau das würde ihren Schlag tödlich machen. Und Eva kam nicht von der Stelle. Der Junge hatte sich auf ihre Beine geworfen und hielt sie fest. Eva schloss die Augen.

Und wartete auf den Schlag. Doch der Schmerz blieb aus. Ihre Beine wurden losgelassen. Als sie die Augen wieder öffnete, kniete ein Mann auf den Schultern des Jungen. Ein anderer mit grauem Bürstenschnitt und merkwürdig glatter Haut hatte dem Mädchen den Arm auf den Rücken gedreht und den Schläger abgenommen.

Am Montagmorgen war Eva früh bei PROREPRO. Sie erwartete drei kinderlose Paare zu Beratungsgesprächen. Vorher wollte sie noch den Artikel eines japanischen Gynäkologen lesen. Nobuya Unno hatte einen doppelwandigen Acrylbehälter mit künstlichem Fruchtwasser und einer Plazenta aus Silikonfasern hergestellt. Momentan versuchte er noch, Ziegenfeten darin am Leben zu erhalten. Den Vergleich zu den Fortpflanzungsmethoden in Huxleys Roman *Schöne neue Welt* brachte er selbst zur Sprache.

Die Lektüre des Artikels half Eva, den gestrigen Überfall weitgehend zu verdrängen. Es gab ja nun auch viel weniger Grund zur Sorge. Am Ende lief alles in geordneten Bahnen: Die IVML-Aktivisten würden für den Einbruch bei PROREPRO verurteilt werden. Kommissar Loessers Plastiklächeln überzeugte Eva davon. Mit seinem Kollegen Hack hatte Loeser ihre Villa und das Eindringen der IVML-Aktivisten beobachtet. Hack hatte den Jungen hart rangenommen und sich mehrfach bei Eva entschuldigt, weil sie nicht früher eingegriffen hatten.

Als Theresa um neun Uhr kam, sortierte Eva im Vorzimmer ihres Büros Patientenakten. Es war Agnes' letzte Aufgabe gewesen, die Daten ins neue Computerprogramm zu übertragen – eine anspruchslose Tätigkeit, die nun auch Theresa hätte erledigen können. Eva spürte Theresas Unbehagen, als diese das Vorzimmer betrat und ihr eine Tasse Kaffee brachte. Theresas Blick klammerte sich an die Kaffeetasse und irrte hilflos umher, sobald Eva sie ihr abgenommen hatte. Auf dem Parkett erinnerte ein dunkler Schatten an Agnes' Blut, und immer wieder zog es Theresas Blick dorthin. Am Freitag hatte Eva ihre Sekretärin aufgefordert, zu Hause zu bleiben. »Damit Sie sich von dem Schreck erholen«, hatte sie gesagt. Sie hatte es ernst gemeint. Aber irgendwann musste man auch wieder funktionieren. Das Leben ging schließlich weiter. Für manche wenigstens. Also berichtete sie Theresa von dem Überfall auf ihre Villa am Vortag und endete mit der Bemerkung: »Dr. van Doorns Mörder werden nun vor Gericht gestellt.« Daraufhin forderte sie Theresa auf, im Internet eine Stellenanzeige aufzugeben. Theresa trieb dieser Auftrag erneut Tränen in die Augen.

»Natürlich wird niemand Dr. van Doorn ersetzen können«, versuchte Eva sie zu beruhigen. Sie stand sogar auf und legte Theresa einen Arm um die Schultern. »Aber es gibt nun einmal Arbeit zu erledigen. Zum Glück!«, fügte sie hinzu. »Apropos, wollte nicht um halb zehn das erste Ehepaar kommen?«

Theresa nickte.

»Schicken Sie die Leute bitte herein, sobald sie da sind.«

Es dauerte nur wenige Minuten, bis Theresa über das Haustelefon Besuch ankündigte. Doch es war nicht das erste kinderlose Paar dieser Woche, das seine Hoffnungen auf Eva richtete. »Der Herr war schon einmal bei uns«, sagte Theresa. »Ich habe ihm gesagt, dass Sie keine Zeit haben.«

»Name?«

»Merwitzki.«

»Mendritzki!«, hörte Eva aus dem Hintergrund.

Der Schnüffler! Eva begann automatisch, in den Visitenkarten zu kramen, die sie in einer Zigarrenkiste sammelte. Da war seine Karte: *Krysztof Mendritzki, Private Ermittlungen.* Eine hannoversche Telefonnummer. Nach einigen Jahren im Ausland hatte Friedrich an der Medizinischen Hochschule Hannover eine Forschungsstelle bekommen. Eva hatte seine Karriere aufmerksam verfolgt, ohne sich je bei ihm zu melden. Wie viel wusste Mendritzki über ihre Geschichte? Seitdem Friedrich ihr erzählt hatte, dass die Präparate entdeckt worden seien, hatte Eva regelmäßig die Zeitungen nach Meldungen darüber durchstöbert. Doch weitere Berichte zum Fund der Leichenteile hatte es nicht gegeben. Eva war davon ausgegangen, dass die Polizei im Dunkeln tappte.

Was aber wollte dann dieser Alkoholiker von ihr? Wahrscheinlich hatte er von dem Einbruch und dem Mord bei PROREPRO gelesen. Er wäre ein schlechter Detektiv, wenn ihn eine weitere Leiche in Evas Umfeld nicht stutzig machen würde. Sie fluchte lautlos. Es hätte keinen Sinn, ihn nicht zu empfangen. Sie würde sich nur verdächtig machen.

»Frau Dr. Westphal?«, fragte Theresa.

Wie lange hatte Eva den Telefonhörer nur stumm an ihr Ohr gepresst? »Bringen Sie Herrn Mendritzki bitte zu mir!«, sagte sie.

»Es ist gleich halb zehn. Die Claassens können jeden Moment kommen.«

»Dann sollen sie einen Augenblick warten.«

Mendritzki trug denselben fleckigen Anorak wie bei seinem ersten Besuch. Sein Haar sah auch heute ungewaschen aus, das schmale Gesicht übernächtigt. Trotzdem wirkte der Detektiv heute – anders als bei seinem letzten Besuch – beinahe jugendlich. Letztes Mal hatte Eva ihn älter als sich selbst geschätzt. Heute erkannte sie, dass er einige Jahre jünger sein musste. Was hatte die Verjüngung bewirkt? Seine Haut war noch immer großporig und gerötet, seine Augen wässrig, die hellblaue Iris von geplatzten Äderchen umrahmt. Doch aus diesen Augen blickte er Eva herausfordernd an. Die Mundwinkel waren zu einem kaum merklichen Grinsen nach oben verzogen – ein Grinsen, das unter Kontrolle zu halten er bemüht schien. Dazu hielt er seinen schlanken Körper heute gerader als beim letzten Besuch. Da Eva bei der Arbeit gern flache Schuhe trug, überragte er sie um einen ganzen Kopf.

»Nehmen Sie Platz, bitte!«, forderte sie ihn auf. »Zigarette?«, sie hielt ihm die geöffnete Schachtel hin.

»Danke«, sagte Mendritzki und hob abwehrend die Hand, »ihre Filterlosen sind mir zu stark. Letztes Mal ist mir ganz schwindlig geworden.«

»Das möchte ich natürlich nicht«, sagte Eva.

Sie steckte sich selbst eine Gitane in den Mund und ließ sich von

Mendritzki, der eine verbeulte Marlboro-Schachtel aus einer der zahlreichen Taschen seines Anoraks gezogen hatte, Feuer geben. Zwei Züge lang saßen sie sich schweigend gegenüber. Mendritzki sah ihr gerade in die Augen, und Eva hielt seinem Blick stand. Dann fixierte er einen Punkt an der Wand hinter ihr und sagte:
»Bei meinem letzten Besuch hing dort ein Gemälde.«
»Das ist richtig«, bestätigte Eva und wartete wiederum ein paar Sekunden, bevor sie weitersprach. Sie hatte keine Lust auf alberne Spielchen. »Ich glaube, Sie haben von dem Einbruch gelesen.«
»Ich war mir nicht sicher, ob Sie gemeint sind. In der Zeitung war nur von einer *Karlsruher Expertin für künstliche Befruchtungen* die Rede.«
Sie schnippte die Asche in den bronzenen Aschenbecher. »Ist denn ein guter Privatdetektiv auf Informationen aus Zeitungen angewiesen?«
Für einen Moment verschwand das Grinsen von Mendritzkis Gesicht. »Ich bewege mich hier sozusagen auf fremdem Terrain. In Hannover besitze ich natürlich ganz andere Kontakte.«
»Weiß Ihre Auftraggeberin über Ihre mehr oder weniger vertrauten Terrains Bescheid?«
»Frau Martensen ist sehr zufrieden mit mir.«
»Dann haben Sie wohl Neuigkeiten über den Tod meines Freundes Friedrich?«
Mendritzki zögerte seine Antwort hinaus. Asche fiel von seiner Zigarette auf den Fußboden. Er schien es nicht zu bemerken. Oder er bemerkte es absichtlich nicht. Eva vermutete Letzteres.
»Sie und Dr. Martensen haben zusammen studiert«, stellte er endlich fest, klemmte sich die Zigarette zwischen die Lippen und zog unter umständlichen Verrenkungen ein Notizbuch aus der Innentasche seines Anoraks.
»Das sagte ich Ihnen bereits.«
»Ja, richtig«, bestätigte Mendritzki, in seinen Notizen blätternd. »Warten Sie, gleich habe ich es ...« Er las, nahm einen tiefen Zug und blies den Rauch aus dem Mundwinkel. »1987 haben Sie beide Ihr Studium abgeschlossen. Sie waren fünfundzwanzig, Herr Martensen zwei Jahre älter.«
»Warum erzählen Sie mir das?«
Er ging nicht darauf ein. »Waren Sie gute Studenten?«
»Ich bin sicher, Sie kennen unsere Abschlussnoten. Oder ist das nicht Ihr Terrain?«
Dieses Mal ging der Schuss ins Leere. Mendritzkis Grinsen verschwand nicht, im Gegenteil, es wurde sogar noch breiter. »Sie haben

recht. Natürlich weiß ich, dass Sie glänzend abgeschlossen haben. Sie müssen entschuldigen, es ist so meine Art, ständig Fragen zu stellen. Oder auch ständig alles infrage zu stellen, wenn Sie so möchten, hähä ...« Sein Lachen ging in ein Husten über, von dem er sich nur langsam erholte.
»Das hört sich schlimm an«, sagte Eva. »Ich kann Ihnen was dagegen geben.«
»Danke, ich hab meine eigenen Medikamente.« Er zog an der Zigarette und sah sich nun doch nach einem Aschenbecher um. Eva wies auf die Bronzeschale vor sich auf dem Schreibtisch. »Was gibt es denn nun eigentlich Neues über Friedrichs Tod? Es warten nämlich noch Patienten auf mich.«
»Entschuldigen Sie, ich will Ihre Zeit natürlich nicht zu sehr in Anspruch nehmen. Um ehrlich zu sein, habe ich auch gar nichts Neues zu berichten.«
»Warum sind Sie dann hier?«
»Ich dachte, Sie könnten mir vielleicht etwas erzählen.«
»Ich sagte Ihnen bereits, dass ich Friedrich im September ...«
»An seinem Todestag!«
»... dass ich ihn im September nach etlichen Jahren zum ersten Mal wieder gesehen habe.«
»Und wenige Minuten später war er tot.«
»Was mir furchtbar leidtut!«
Beide beugten sich gleichzeitig vor, um ihre Zigaretten in der Bronzeschale auszudrücken. Dabei berührten sich ihre Finger. Mendritzkis Hand war kalt wie ein Fisch.
»Wissen Sie, worüber ich in den letzten Tagen nachgedacht habe, sind nicht diese wenigen Minuten zwischen ihrem Abschied von Dr. Martensen und seinem Tod. Andere würden diese Minuten und vielleicht auch die Minuten davor sicher brennend interessieren. Was mich jedoch beschäftigt hat, waren die vielen Jahre vor ihrem Wiedersehen. Die Zeit, in der sie beide Karriere gemacht haben. Und die Zeit ihres Studiums. Die Zeit, in der Sie ein Paar waren.«
»Jetzt bin ich aber gespannt. Können Sie mir etwas erzählen, das ich noch nicht weiß?«
Er lachte kurz auf. »Bestimmt nicht, Frau Dr. Westphal. Ich sagte ja bereits, Sie sollen *mir* etwas erzählen. Oder vielmehr: Sie sollen mir etwas *bestätigen*.«
Eva spielte die Gelangweilte. »Und das wäre?« Sie lehnte sich in ihrem Schreibtischstuhl zurück und schlug die Beine übereinander.
»Sie sind Witwe?«
»Ich bitte Sie! Das muss ich Ihnen nicht bestätigen. Weit genug, um

das herauszubekommen, dürften Ihre Kontakte auch auf fremdem Terrain reichen!«
»Eigentlich wollte ich fragen: Hat Ihr Mann sich umgebracht?«
»Auch das wissen Sie doch bereits. Herr Mendritzki, ich muss Sie nochmals auf meine Termine …«
»Es heißt, Ihr Mann habe sich umgebracht«, fiel er ihr ins Wort. »Ich will von Ihnen nur wissen, ob das richtig ist.«
Das war der Gipfel der Unverschämtheit. Aber sollte Eva sich provozieren lassen? Betont langsam zog sie eine neue Zigarette aus der Schachtel und sagte: »Er hat sich in den Mund geschossen. Mit einem Jagdgewehr.«
Mendritzki notierte es sich.
Was für eine Farce, dachte sie und zündete die Zigarette an.
»Ein Jahr vor Abschluss Ihres Studiums«, setzte Mendritzki erneut an, »1986 also, da verschwand einer Ihrer Kommilitonen. Spurlos. Erinnern Sie sich?«
»Lassen Sie mich nachdenken …« Sie zog die Stirn in Falten und wippte mit dem Fuß. Gerade als sie den Namen nennen wollte, kam ihr Mendritzki zuvor.
»Moritz Blankenburg.«
»Ja, natürlich.«
»Merkwürdig, dass Sie erst überlegen müssen. Waren Sie denn nicht befreundet?«
»Wie kommen Sie darauf?«
Erneut langte Mendritzki in die unergründlichen Tiefen des Innenfutters seiner Jacke und zog einen zweifach gefalteten Bogen Papier hervor. Auf Evas Schreibtischplatte faltete er das Blatt auseinander. Es war eine Fotokopie aus einem Studentenmagazin, einem Mitteilungsblatt und Veranstaltungskalender. Das rechte untere Viertel der Seite nahm eine Fotografie ein. Sie zeigte drei junge Menschen in Laborkitteln. Natürlich erkannte Eva sich selbst, Friedrich und Moritz. Sie stand zwischen den beiden und hatte ihnen die Arme um die Schultern gelegt. Der Artikel über dem Foto gab bekannt, dass die drei gemeinsam einen Nachwuchspreis gewonnen hatten. Die Spitze von Mendritzkis Zeigefinger tippte auf den Busen der Eva auf dem Foto. Der Fingernagel war abgekaut.
»Das sind doch Sie, oder?«, sagte er. »Ich weiß, die Kopie ist nicht besonders gut.«
»Dafür stehen ja die Namen drunter«, sagte Eva.
»Ganz genau, hähä! Sie sehen, auch auf fremdem Terrain kommt man an einiges ran. Also?«
»Was, also?«

»Waren Sie etwa nicht mit Moritz Blankenburg befreundet?«
»Nein«, log Eva. »Wir haben an diesem Projekt zusammengearbeitet. Es ging um Aminosäuren.«
»Genau, das steht hier auch«, sagte Mendritzki. »Aminosäuren ... Ich habe keine Ahnung, was das ist. Aber Sie erinnern sich besser daran, als an Blankenburg und sein Verschwinden!«
»Friedrich war mit ihm befreundet, ich nicht. Und jetzt erinnere ich mich auch wieder. Manche meinten, er habe etwas angestellt und sei deshalb verschwunden. Irgendetwas mit aufputschenden Medikamenten. Damals gab's noch nicht all diese polnischen Pillendreher, von denen die Kids heute ihr Ecstasy bekommen.«
»Tatsächlich? Da können Sie mir ja doch noch was Neues erzählen!«
»Das freut mich, Herr Mendritzki!«
Er nahm die Fotokopie, setzte sich wieder auf seinen Stuhl, betrachtete das Foto, runzelte die Stirn und sagte: »Komisch. Sieht aus wie ein braver Junge.«
»Ich wollte es damals auch nicht glauben. Aber man kann eben nicht in die Leute hineinschauen. Oder?«
Das Grinsen kehrte auf Mendritzkis Gesicht zurück. »Wissen Sie was?«, sagte er und strahlte Eva an. »Genau das sage ich auch immer! Und nebenbei bemerkt: Davon lebe ich. Und jetzt darf ich ihnen doch noch etwas Neues verraten.«
»Da bin ich aber gespannt!«
»Vor ein paar Monaten, genauer gesagt ...« – wieder blätterte er in seinem Notizblock – »... im vergangenen September machte ein Student an Ihrer ehemaligen Universität eine interessante Entdeckung.«
Er begann, ihr von den Präparaten zu erzählen, doch sie fiel ihm ins Wort.
»Herr Mendritzki, das weiß ich bereits.«
»Ach? Ich hab doch geahnt, dass ich Ihnen nichts Neues berichten kann.«
»Zufälligerweise war es Friedrich, der mir davon erzählte.«
»Wieso Zufall?«
Er wartete einen Augenblick, doch Eva fiel keine Antwort ein. Sie begann zu schwitzen. Um Zeit zu gewinnen, zog sie ein letztes Mal an der Zigarette und blies den Rauch langsam aus. »Was hat das eigentlich mit Friedrichs Tod zu tun?«, fragte sie.
»Wenn ich das nur wüsste!« Mendritzki lehnte sich im Stuhl zurück und sah ihr lange in die Augen.
»Ich kann es Ihnen bestimmt nicht sagen.«
»Natürlich nicht«, sagte er und kratzte sich das unrasierte Kinn.

»Wie sollten Sie! Wissen Sie eigentlich, wie alt diese Präparate sind?«
»Nein, woher sollte ich das wissen?«
»Ja, woher nur?« Er kratzte sich noch immer am Kinn. »Stand ja auch nicht in der Zeitung. Muss man schon Verbindungen haben, um das zu wissen. Aber ich sag's Ihnen, wie finden Sie das?«
»Zu freundlich! Und?«
»Mitte der Achtziger wurde das Bürschchen eingelegt.«
»Ach, es war ein Mann?«
»Ja, auch das können Sie natürlich nicht wissen. Ein junger Mann, zwischen zwanzig und dreißig.« Er starrte sie an.
»Und?«
»Wie ich vorhin schon sagte, habe ich diese dumme Angewohnheit, immer alles infrage zu stellen. Besonders dann, wenn eine ungewöhnliche Begebenheit mit einer anderen zusammentrifft. Und wenn dann noch eine dritte dazukommt ...«
»Was ist denn so ungewöhnlich?«
»Freut mich, dass ich doch noch Ihr Interesse geweckt habe. Besonders, da doch Ihre Patienten warten.«
»Gut, dass Sie mich daran erinnern. Wenn Sie sich also bitte kurz fassen würden!«

Mendritzki richtete sich in seinem Stuhl auf. »Da sind drei Freunde, entschuldigen Sie, drei Kommilitonen. Alle drei vielversprechende Studenten der Medizin. Einer verschwindet. Etwa zur gleichen Zeit wird im Keller des Instituts, an dem alle drei studieren, eine Leiche auf höchst originelle Weise beseitigt. Die anderen beiden machen Bilderbuchkarrieren. Einst ein Liebespaar sehen sie sich erst nach vielen Jahren wieder. Noch am selben Tag stirbt der eine. Die andere ist übrigens nicht allein durch ihre Arbeit, sondern vielmehr durch ihre Heirat zu einigem Vermögen gekommen. Heute ist sie Witwe. Es heißt, ihr Mann habe sich das Leben ...«

»Jetzt reicht es aber!«, schrie Eva ihn an. »Wenn Sie mir irgendetwas vorzuwerfen haben, dann sagen Sie es mir offen ins Gesicht. Und lassen Sie gefälligst meinen Mann aus dem Spiel!« Sie war aufgesprungen.

Auch Mendritzki erhob sich von seinem Stuhl, allerdings betont langsam. »Ich will Ihnen doch nichts vorwerfen, Frau Doktor! Ich möchte Sie nur auf etwas hinweisen. Ist Ihnen noch nicht aufgefallen, dass in Ihrer Nähe erstaunlich viele Menschen unter ... na, sagen wir: unter merkwürdigen Umständen ihr Leben verlieren? Nun ist auch noch Ihre Assistentin tot. Ermordet, im Vorzimmer dieses Büros!« Seine Hand wies zur Tür.

»Falls es Sie interessiert ...«, Evas Stimme bebte, und sie bereute zutiefst, heute keine höheren Schuhe zu tragen. Wie ein Kind, das sich vor einem Lehrer oder vor seinen Eltern rechtfertigen muss, sah sie Mendritzki von unten ins Gesicht. »Die Mörder meiner Assistentin wurden gestern Nachmittag verhaftet. In meinem Haus. Bei dem Versuch, mich zu töten!«
Jetzt wirkte Mendritzki doch überrascht. Allerdings nur eine Sekunde lang. Schon hatte er sein selbstgefälliges Grinsen wieder aufgesetzt. »Na, wer weiß ...«, sagte er.
Eva brüllte: »Was heißt hier: *Wer weiß?*«
»Es gibt doch immer wieder Überraschungen.«
»Raus hier! Auf der Stelle!«

Sie hatte sich aus der Fassung bringen lassen. Dafür hasste sie sich selbst. Beim Gespräch mit dem Ehepaar Claassen konnte sie sich nicht konzentrieren. Danach bat sie Theresa, die beiden weiteren Termine abzusagen. Doch das zweite kinderlose Paar, das um Beratung bat, stand bereits bei der Anmeldung. Also zog sie auch noch diesen Termin durch. Sie wollte gerade gehen, als Theresa ihr meldete, das Ehepaar Klein bitte um einen Termin am Nachmittag. Ihre Tochter, einer der ersten Erfolge aus Evas Praxis, litt schon wieder unter Fieber. Das kam in letzter Zeit häufig vor. Obwohl Eva keine Kinderärztin war, ließen die Kleins ihre Tochter nur von ihrer Wohltäterin behandeln. Eva kam diesem Wunsch normalerweise gern nach. Doch heute war ihr selbst das zu viel. Sie telefonierte mit der Mutter, verordnete Paracetamol und gab ihnen einen Termin am nächsten Vormittag. Dann fuhr sie nach Baden-Baden.

Es war gerade erst Mittag. Eva war seit Jahren wochentags nicht mehr so früh zu Hause gewesen. Vor der Tür zur Bibliothek lagen noch die Reste des gestrigen Kampfes: Henriks verstreute Schreibutensilien, Scherben diverser Vasen und Gläser, ein zerbrochener Stuhl. Am Abend hatte sie nicht mehr die Kraft zum Aufräumen besessen. Sie wollte sich gleich daranmachen. Ordnung in ihr Haus zu bringen, würde auch ihre Gedanken aufräumen und sie beruhigen.

Was war denn schon passiert? Sie hatte nur einmal nicht schnell genug reagiert. Als der Schnüffler Moritz erwähnte, hätte sie nicht so tun sollen, als müsste sie in ihren Erinnerungen erst nach ihm suchen. Ja, er hatte erstaunlich gut kombiniert. Jedoch war lediglich die Hälfte seiner Vermutungen wahr. Und sicher fehlte ihm dafür jeglicher Beweis. Warum hatte sie sich nur derart aus der Reserve locken lassen? Wegen nichts! Und dennoch war sie noch immer nervös. Sie stellte den Besen, den sie gerade eben aus der Abstellkammer geholt hatte, wieder dorthin zurück. Die Scherben konnte sie auch später noch zusammenfegen. Jetzt wollte sie ein Bad nehmen.

Sie hatte das Wasser bereits eingelassen und war eben auf dem Weg vom Schlaf- ins Badezimmer, als ihr Mobiltelefon klingelte.

»Loesser«, meldete sich der Kommissar. »Ihre Sekretärin sagte mir, Sie hätten heute früher Feierabend gemacht.«

»Ja, ich fühle mich nicht besonders gut.«

»Dann sind Sie nicht unterwegs?«

»Ich bin zu Hause.«

»Das passt gut. Ich würde Ihnen nämlich gern noch einige Fragen stellen.«

»Wie ich bereits sagte: Ich fühle mich heute nicht so recht. Ich wollte gerade ein Bad nehmen.«

»Ich kann auch später kommen.«

»Hat das nicht bis morgen Zeit?«

»Ungern.«

»Worum geht es denn?«

Loesser zögerte einen Moment. Es hörte sich an, als hielte er den Hörer mit der Hand zu und spreche mit jemand anderem. Dann sagte er: »Es geht um Mittwochabend. Sie sagten uns, Sie seien bei einem Medizinertreffen in Karlsruhe gewesen.«

»Richtig.«

»Den ganzen Abend?«

»Hören Sie, das habe ich doch bereits zu Protokoll gegeben.«

»Ja, das wissen wir. Und wir haben auch mit einigen Ihrer Kollegen gesprochen, die ebenfalls bei diesem Treffen waren.«

Eva erinnerte sich an Loessers Gesicht. Ähnlich Mendritzki hatte er permanent gelächelt. Nur war Loessers Lächeln kein selbstgefälliges Grinsen. Vielmehr drückte es echte Anteilnahme und den Versuch von Trost aus. Jetzt hörte Eva, dass er nicht mehr lächelte.

»Und was haben Ihnen meine Kollegen erzählt?«, fragte sie.

»Sie haben Sie bei dem Treffen gesehen, Frau Dr. Westphal«, sagte Loesser. »Allerdings nicht während des ganzen Abends.«

Sechzehntes Kapitel
Joël hält sein Versprechen

Anfangs lebte Rabbi Jechiel Michal in großer Armut, doch verließ ihn die Freude nicht für eine Stunde, las Veit. *Einst fragte ihn jemand: »Rabbi, wie betet Ihr nur jeden Tag: Gesegnet, der mir alles, dessen ich bedarf, gewährt? Es geht Euch doch alles ab, was ein Mensch braucht!« Er antwortete: »Sicherlich ist, wessen ich bedarf, eben die Armut, und die ist mir gewährt.«*

Veit hatte sich eine Sammlung chassidischer Geschichten besorgt, Überlieferungen der osteuropäischen Juden aus dem achtzehnten Jahrhundert. Wenn Mosche so gerne daraus zitierte, wollte Veit sie besser kennenlernen. Doch er begriff nur wenig. Er fand keine einheitliche Lehre darin, keinen roten Faden, keine Lösung. Im Gegensatz zu der Geschichte von Rabbi Jechiel Michal, der Genügsamkeit zu predigen schien, forderte eine andere dazu auf, gerade nicht bescheiden zu sein: Einem Soldaten, der dem Zaren Nikolaj das Leben gerettet hatte, gewährte dieser einen Wunsch. Der Soldat gab an, er leide unter seinem gewalttätigen Feldwebel und wünsche, unter einem anderen dienen zu dürfen. Die Geschichte endete mit den Sätzen: *»Narr«, rief Nikolaj, »sei selbst Feldwebel!« So flehen wir um die kleinen Dinge der Stunde und wissen nicht zu beten, dass uns Erlösung werde.*

Andere Geschichten wiederum erschienen paradox. So etwa jene, in der Rabbi Sussja auf dem Sterbebett sagte, in der kommenden Welt müsse er verantworten, nicht Sussja gewesen zu sein.

Veit setzte neues Teewasser auf und sah aus dem Fenster. Es war wärmer geworden. Auf den Wegen schmolz der Schnee. Die kahlen Rebstöcke aber ragten noch immer aus einer weißen Decke. Die chassidischen Geschichten, aus denen Mosche zitierte, gaben keinen Hinweis auf das Motiv seiner Verwandlung. Und doch befiel Veit jedes Mal ein merkwürdiges Gefühl, wenn er Sussjas Worte las: *... dass ich nicht Sussja gewesen bin.* Wer war denn der bärtige Alte in Straßburg? Veit kam immer mehr zu der Überzeugung, dass Fredo den Verstand verloren hatte. Ansonsten zog man eine solche perfekte Illusion nicht über Jahre durch. Nicht vor alten Freunden. Und erst recht nicht vor sich selbst.

Das Wasser kochte. Veit wandte sich vom Fenster ab, stellte das Gas aus und goss das sprudelnde Wasser über die Teeblätter, als sein Telefon klingelte. Ihre Stimme versetzte ihm einen Schock.
»Wann hast du deine nächste Tour?«, wollte Eva wissen.
»Morgen früh. Warum?«
»Wohin?«
»Marseille.«
»Perfekt. Du nimmst das Bild mit. Und mich.«
»Moment mal ...«
»Nein, wir haben keinen Moment. Lieferst du etwas nach Marseille, oder holst du nur etwas ab?«
»Leider hole ich nur eine Ladung. Lohnt sich deshalb nicht besonders.«
»Es wird sich lohnen, glaub mir. Steht der Wagen bereit?«
»Ja, in der Spedition.«
»Dann fahren wir noch heute. Kannst du gleich losfahren?«
»Schon, aber ...«
»Nichts aber. Renchtal, die erste Raststätte auf der A5 Richtung Süden. Ich warte dort auf dich.«
Sie legte auf.

Carlo war noch immer krank und deshalb nicht in der Spedition. Dafür saß Tatjana über Rechnungen gebeugt am Schreibtisch. Sie war überrascht, Veit zu sehen. Und erfreut. Aber heute ließ er sich auf nichts ein. Es stank ihm gewaltig, wie die Westphal ihn herumkommandiert hatte. Doch etwas war nicht in Ordnung, soviel hatte er verstanden. Ganz und gar nicht in Ordnung, sonst hätte sie ihn nicht angerufen. Also erklärte er Tatjana, er wolle wegen des schlechten Wetters schon heute nach Marseille aufbrechen.
»Ich weiß, dass ich erst morgen Abend dort sein muss«, sagte er. »Aber im Moment sind die Straßen befahrbar. Wenn es heute Nacht Frost gibt, ist morgen wieder die Hölle los.«
»Seit wann arbeitest du so vorausschauend?«, fragte sie und stand vom Schreibtisch auf.
Er antwortete nicht, griff sich seine Papiere und war durch die Tür, bevor Tatjana sich ihm nähern konnte. Als er vom Hof fuhr, sah er sie im Rückspiegel. Sie stand mit verschränkten Armen in der Tür zum Büro, starrte dem Lastwagen hinterher und kniff dabei die Augen gegen die tief stehende Wintersonne zusammen. Unwillkürlich verglich er sie mit Eva Westphal. Niemals würde die Ärztin sich so abfertigen lassen. Und irgendwie gefiel ihm das. Obwohl ihn am Telefon ihr Tonfall, der keinen Widerspruch zuließ, beinahe rasend

gemacht hatte. Tatjana weinte nur, wenn sie nicht bekam, was sie wollte.

Samstagnacht im Auto hatte Eva Westphal ihm gedroht, weil er ihr das Bild nicht gegeben hatte. Eigentlich wollte er das auch jetzt nicht. Veit war noch längst nicht klar, welches Spiel sie mit ihm spielte. Klar war lediglich, dass sie das Bild schon morgen verkaufen wollte. Ihr Käufer lebte irgendwo in Südfrankreich, soviel wusste Veit. Schon morgen konnte er also seine Zwanzigtausend bekommen. Wenn er nur mitspielte. Nach ihren Regeln. Ärgerlich – aber war das Geld diesen Ärger etwa nicht wert?

Sie stand in der Raststätte und trank einen Kaffee. Er kaufte sich ein belegtes Brötchen und sah sie dabei nicht an. Als er wieder zu seinem Lastwagen ging, folgte sie ihm. Wortlos öffnete er die Beifahrertür, und sie kletterte hinein.

»Du hast das Bild dabei?«, fragte sie, als er den Motor zündete.

»Nein.«

»Was?!«

Noch nie hatte er sie so die Haltung verlieren sehen. Sie starrte ihn aus weit aufgerissenen Augen an. Ihr Haar war nur notdürftig hochgesteckt. Sie trug Jeans und Parka. Der kleine Rucksack auf ihrem Schoß konnte nur das Allernötigste enthalten.

»Das Bild ist an einem sicheren Ort. Wir können es unterwegs abholen. Wenn Sie mir vorher erzählen, was eigentlich los ist.«

Sie warf ihm einen hasserfüllten Blick zu. Veit wandte sich ab. Er musste sich auf das Einfädeln vom Beschleunigungsstreifen auf die Autobahn konzentrieren. Es dämmerte bereits, er schaltete die Scheinwerfer an. Die Nachtfahrt würde kein Spaß werden. Er hatte angenommen, erst am nächsten Morgen zu fahren. Deshalb war er heute früh aufgestanden, um abends zeitig schlafen zu gehen. Er warf einen Blick auf die Anzeige der Außentemperatur. Vier Grad. Hoffentlich blieb es so warm. Neben sich hörte er die Westphal atmen. Sie schien ihre Wut nur schwer bändigen zu können.

»Also gut«, sagte sie. »Ich weiß gar nicht, was du hast. Natürlich erzähle ich dir, was los ist.«

»Ab jetzt oder schon immer?«

Sie ging nicht darauf ein. »Die Polizei hat zwei Chaoten verhaftet. Einen Mann und eine Frau, beide kaum zwanzig. Sie sind bei mir eingebrochen und wollten mich umbringen. Es sind die, die mich schon seit einiger Zeit bedrohen. Sie haben Agnes umgebracht und den Nachtwächter niedergeschlagen. Der Junge hat ein bisschen Ähnlichkeit mit dir. Er muss es gewesen sein, den der Zeuge um Viertel vor zehn gesehen hat.«

»Und sie wurden verhaftet?«
»Ja.«
»Dann ist doch alles bestens. Was soll die Aufregung?«
»Nichts ist bestens. Ich weiß nicht, warum, aber dieser Kommissar glaubt mir nicht. Er denkt an Versicherungsbetrug, und dass diese Gentechnikgegner nur zufällig am selben Abend bei PROREPRO eingebrochen sind.«
»Wie kommt er darauf?«
»Ich weiß es nicht, aber es ist nun einmal die Wahrheit. Offensichtlich kombinieren die Bullen einfach besser, als wir ihnen zugetraut haben.«
Veit lachte.
»Was gibt's da zu lachen?«
»Wie Sie *Bullen* sagen! Machen Sie hier doch nicht auf Gangsterbraut, das passt nicht zu Ihnen!«
»Ich mache ganz bestimmt nicht auf Braut, keine Sorge!« Sie holte ihre Zigaretten heraus. »Hast du Feuer?«
Er drückte den Zigarettenanzünder hinein.
»Jedenfalls«, sagte sie, hielt ihre Zigarette an den glühenden Draht und blies Rauch gegen die Windschutzscheibe, »hat mir der Kommissar mehr oder weniger direkt gesagt, er glaube, dass ich das Bild selbst gestohlen habe. Die beiden Chaoten haben ihm einen Vortrag über ihre Ideale gehalten und alles zugegeben, von den Drohbriefen bis zum Brandanschlag auf mein Haus. Aber von dem Bild wollen sie natürlich nichts wissen. Das muss dem Mann doch spanisch vorkommen!«
Das klang logisch. Und trotzdem glaubte Veit ihr nicht. Irgendwo gab es eine Lücke in ihrer Argumentation, irgendetwas kam auch ihm spanisch vor.
»Sie sagen, die beiden hätten alles zugegeben, von den Drohbriefen bis zum Brandanschlag«, sagte er. »Und was ist mit dem Mord?«
Sie zog an der Zigarette. Er spürte ihren Blick. »Ja, darauf wollte ich auch noch zu sprechen kommen. Ich finde es immer noch merkwürdig, dass die beiden Agnes umbringen, bevor du kommst, und dass sie dann den Nachtwächter niederschlagen, nachdem du wieder gegangen bist. Und dich lassen sie in Ruhe. Bist du sicher, dass Agnes schon tot war, als du gekommen bist?«
Veit setzte den Blinker rechts, nahm den Fuß vom Gas, fuhr auf den Seitenstreifen, bremste ab, brachte den Wagen zum Stehen. Er sah sie an.
»Zum letzten Mal: Ich bin über ihre verdammte Leiche gestolpert! Wenn Sie etwas anderes glauben, steigen Sie hier aus. Ich werde viel-

leicht keine Sechzigtausend für das Bild bekommen. Aber lohnen wird es sich allemal. Es ist Ihre Entscheidung.«
»Jetzt sei doch nicht gleich beleidigt! Ich versuche doch nur, mir einen Reim auf die Dinge zu machen. Okay, du hast ihr nicht den Schädel eingeschlagen.« Sie kurbelte das Fenster herunter und warf die Kippe hinaus. »Fahr weiter!«
»Können wir dann mal über das Bild sprechen?«
»Das will ich schon die ganze Zeit!«
Er gab Gas und setzte den Blinker links. »Also, Sie wollen es morgen verkaufen?«
»Richtig. Ich brauche das Geld. Wer weiß, was für Zicken die Versicherung noch macht, bevor sie zahlt.«
»Wer ist der Käufer?«
»Ein alter Bekannter. Er wohnt in der Nähe von Cassis.«
»Ich komme mit.«
»Du traust mir nicht?«
»Warum sollte ich?«
Sie lachte. »Du gefällst mir immer besser!« Sie stellte die Füße aufs Armaturenbrett.
Bei Einbruch der Dunkelheit erreichten sie Straßburg. Veit parkte den Laster auf einem kiesbestreuten Parkplatz am Stadtrand. Auf der anderen Seite des Platzes hatte eine Gruppe Sinti ihre Wohnwagen geparkt.
»Ich hole das Bild«, sagte Veit. »Sie bleiben hier.«
»Das gefällt mir nicht«, sagte sie und schaute zu den Wohnwagen hinüber, die im Laternenlicht schmutzig-weiß schimmerten.
»Das ist mir egal.«
Er stapfte durch den Kies. Vor vielen Jahren hatte Carlos Zirkus für zwei Wochen auf diesem Platz gastiert. Es war kurz vor dem Ende der Truppe. Fredo war schon verschwunden, und Veits Mutter hatte die Lust an der Show verloren. Sie machte nur noch Carlo zuliebe weiter, der sich bis zuletzt an die Hoffnung klammerte, es ginge noch einmal aufwärts. Aber ohne den Turmspringer und den Entfesslungskünstler fehlten ihm zwei wichtige Zugnummern. Und Angela Glassmann sah man ihre Unlust beim Seiltanz an. Sie überzeugte Carlo schließlich, alles bis auf die Lastwagen zu verkaufen, und brachte ihn auf die Idee mit der Spedition. Damals hasste Veit sie dafür. Er trainierte täglich, um Fredos Stelle als Meister der Entfesselung einzunehmen. Heute wusste er, dass der Schlussstrich die richtige Entscheidung gewesen war. Auch wenn ihm jetzt, als er die Wohnwagen der Sinti passierte, ein wenig nostalgisch zumute wurde. So hatten sie damals auch gelebt. Als Kind hatte ihm das gut gefallen.

Er stieg die Böschung hinauf. Vor ihm führte die Straße ins Zentrum. Hier fuhr keine Straßenbahn. Er musste laufen, unter den Laternen entlang, über die blau beleuchtete Brücke, vorbei an den Prostituierten, die keine Kälte zu kennen schienen. Sie sprachen ihn nicht an. Wer zu Fuß ging, hatte kein Geld für sie übrig. Endlich sah er ein Taxi, hielt es an und ließ sich zur Synagoge bringen. Der Park dahinter war kaum beleuchtet. Heute Abend würde er Mosche dort sicher nicht mehr treffen. Er ließ den Pavillon links liegen und steuerte auf den Fußballplatz zu. Es war schon kurz vor sieben. Doch er hatte Glück. Die Jungen spielten noch. Er stellte sich an den Zaun und sah ihnen zu.

Es dauerte nicht lange, bis sie auf ihn aufmerksam wurden. Veit erkannte den, der ihm die Nachricht von Mosche überbracht hatte. Er winkte ihn zu sich. Zunächst reagierte der Junge nicht. Er nahm einem Gegner den Ball ab und drosch ihn knapp neben das Tor. Genau vor Veit prallte der Ball gegen den Zaun. Er zuckte zusammen. Ein paar der Jungen lachten. Veit winkte dem Schützen erneut. Diesmal reagierte er und trat an den Zaun heran.

»Wie heißt du?«, fragte Veit auf Französisch.

»Wer will das wissen?«

Veit schob einen Zehn-Euro-Schein durch den Maschendraht. Der Junge grinste und wollte den Schein einstecken. Veit hielt ihn fest. Der Junge verdrehte die Augen.

»Joël«, sagte er.

Veit ließ los.

»Was wollen Sie?« Der Junge knüllte den Schein zusammen und stopfte ihn in die Tasche seiner Adidas-Trainingshose.

»Joël, ich muss Gurfinkel sprechen.«

»Er war heute schon im Park.«

»Du weißt, wo er wohnt?«

Joël schüttelte den Kopf. Veit steckte einen zweiten Zehner durch den Zaun. Die Gesichtszüge des Jungen spannten sich. »Ich habe versprochen, es nicht zu verraten.«

»Was zahlt er dir dafür?«

»Nichts, Gurfinkel muss mir nichts zahlen.«

»Dann würde ich mir die Sache an deiner Stelle mal genau überlegen, Joël«, sagte Veit und tauschte den Zehner gegen einen Fünfziger aus.

Die Augen des Jungen weiteten sich. Doch er griff noch immer nicht zu. »Was wollen Sie von Gurfinkel?«, fragte er.

»Keine Sorge, ich will ihm nichts tun«, sagte Veit. »Wir sind alte Freunde.«

Er wusste, dass er selbst die Worte nicht glauben würde, wenn er in

Joëls Situation wäre. Er kam sich vor wie der hinterlistigste Ganove. Dabei wollte er doch nur das Bild, das schließlich nicht Mosche gehörte. Der Junge starrte auf den Geldschein. Veit fiel auf, dass er ihm kaum in die Augen sah. Die ganze Zeit hielt Joël den Blick gesenkt. Veit kam ein Verdacht. Aber noch bevor er sich umdrehen konnte, hörte er die Stimme hinter sich:
»Joël!«
Veit wandte den Kopf nach hinten und sah am Haus auf der gegenüberliegenden Straßenseite empor. Im ersten Stock stand eine bärtige Gestalt am erleuchteten Fenster.
»Nimm das Geld, Joël!«, rief Mosche.
Bevor Veit reagieren konnte, hatte der Junge ihm den Fünfziger aus den Fingern gerissen. Die übrigen Fußballer applaudierten und lachten Veit aus.
»Warte unten auf mich!«, rief Mosche über die Straße.
Sie gingen durch den dunklen Park.
»Du enttäuschst mich«, sagte Mosche. »Den Jungen so in Versuchung zu führen!«
»Schließlich hat es sich für ihn gelohnt«, sagte Veit. »Woher kennst du ihn?«
»Wir sind Nachbarn. Außerdem unterrichte ich ihn.«
Veit spürte Eifersucht in sich aufsteigen. So absurd er das auch finden mochte, er konnte sich nicht dagegen wehren. Fredo war *sein* Lehrer. Er musste das Thema wechseln.
»Ich brauche das Bild«, sagte er.
»So schnell? Du hast es mir erst gestern gegeben. Was ist passiert?«
»Die Frau, von der ich dir erzählt habe, will es morgen verkaufen.«
»Diese Frau ist gefährlich, Veit.«
»Du kennst sie doch gar nicht.«
»Bist du etwa anderer Meinung?« Sie waren am Pavillon angelangt. Mosche setzte sich auf eine der Bänke. »Setz dich zu mir«, forderte er Veit auf.
»Ich hab nicht viel Zeit. Sie wartet.«
»Jetzt lass dich doch nicht so von ihr unter Druck setzen!«
Veit seufzte und nahm neben Mosche Platz.
»Erinnerst du dich an die Nacht auf dem Friedhof?«
»Du meinst am Grab meines Vaters?«
»Mir geht es um das andere Grab.«
»Welches andere?«
»Der Name auf dem Grabstein war Leif Marder. Er war in deinem Alter und frisch verstorben.«

Veit runzelte die Stirn und sah Mosche fragend an. »Ja, ich erinnere mich.«
»Ich habe dir erklärt, wie leicht es wäre, seinen Namen und eine neue Identität anzunehmen.«
»Was soll das jetzt? Kannst du mir nicht einfach das Bild geben?«
»Ich hole es gleich. Aber du musst mir auch etwas geben.«
»Und das wäre?«
»Dein Führerschein.«
»Spinnst du?«
»Ich brauche das Foto mit dem Stempel. Du hast doch noch einen von den altmodischen Dingern, oder? Nicht so eine Karte? Den Rest, Papier und so weiter, habe ich.«
»Du willst einen Führerschein für mich fälschen?«
»Genau. Auf den Namen Leif Marder. Es ist schon alles vorbereitet. Nur das Foto fehlt mir noch.«
»Was soll ich damit?«
»Man kann nie wissen, Veit. Ich habe das Gefühl, du gerätst gerade in Schwierigkeiten. Leif Marder war in Offenburg gemeldet. Habe ich recherchiert – das ist heute dank Internet viel einfacher als früher. Du gehst also in Offenburg zum Ordnungsamt, legst den Führerschein vor, sagst, alle anderen Dokumente seien dir gestohlen worden, und beantragst einen neuen Personalausweis. Ich garantiere dir, ein paar Wochen später besitzt du die Grundlage für eine zweite Existenz.«
»Und was habe ich davon?«
»Ein sicheres Gefühl. Glaub mir, ich spreche aus Erfahrung.«
»Mosche, das ist furchtbar nett, aber ich wäre schon mit dem Gemälde voll und ganz zufrieden.«
»Ohne Führerschein kein Bild!« Mosche verschränkte die Arme vor der Brust und sah geradeaus zum Pavillon, der in der Dunkelheit nur eine graue Masse war.
Der Alte stellte sich an wie ein bockiges Kind! Veit erinnerte sich, wie stur er früher sein konnte. Das hatte sich offenbar nicht geändert. Nur war er jetzt auch noch vollkommen durchgedreht. Fälschte ungefragt Führerscheine. Um Veit aus Schwierigkeiten herauszuholen, in die dieser noch gar nicht geraten war. Machte er sich vielleicht einmal Gedanken darüber, in welche Schwierigkeiten ein Fernfahrer ohne Führerschein geraten konnte? Immerhin stand Veit eine Tour von rund eintausendfünfhundert Kilometern bevor. Veit musterte Mosche von der Seite ... und erkannte, dass mit ihm nicht zu diskutieren war. Da saß er und starrte ins Nichts – vollkommener Realitätsverlust nach einem fast zwanzig Jahre andauernden Theaterspiel ohne Publikum.

Aber was war wichtiger: der Führerschein oder das Bild? Veit seufzte laut und zog seine Brieftasche hervor. Seinen Ausweis hatte ja bereits Eva Westphal, sollte der Alte doch den Führerschein bekommen! Sollten sie ihm doch alles abnehmen, was seine Existenz als Veit Glassmann bezeugte! Mit zwanzigtausend Euro in der Tasche konnte man eine Weile ohne Papiere leben. Er gab Mosche seinen Führerschein.

»Wie schön, dass du vernünftig wirst!« Mosche erhob sich langsam von der Bank. Veit wollte auch aufstehen, doch Mosche drückte ihn an der Schulter zurück auf die kalten Bretter. »Du wartest hier. Ich beeile mich.«

»Ich verlasse mich darauf.«

Sie starrten einander an.

»Ich brauche das Bild, Mosche!«

»Ich bringe es dir. Ich bringe dir beides: Das Bild und Leif Marders Führerschein.« Er machte auf dem Absatz kehrt und ging rasch den Weg entlang. Seine Schuhsohlen knirschten auf den kleinen Steinen, mit denen der Weg bestreut war.

Veit sah ihm hinterher, wie er in der Dunkelheit verschwand. Eine Minute später tauchte seine Silhouette unter den Laternen am Rand des Fußballplatzes auf. Jubelnde Jungenstimmen drangen durch den Park. Offenbar hatte jemand ein Tor geschossen.

Siebzehntes Kapitel
Urs arbeitet nicht

Sie erreichten Marseille am frühen Morgen. Eva hatte die meiste Zeit geschlafen. Wenn sie kurz aufgewacht war, hatte sie eine Zigarette geraucht und dabei ins Scheinwerferlicht der entgegenkommenden Autos geblinzelt. Kurz vor Aix-en-Provence war sie schlafend an Veits Schulter gesunken. Er hatte sie zurückgeschoben und das Radio lauter gedreht.

Die letzten Sterne erloschen am Himmel, der sich im Osten von Schwarz über Stahlblau in ein dunstiges Grau verfärbte. Veit fuhr an der Einfahrt zum Industriehafen vorbei. Am Abend musste er hier einen Container aus dem algerischen Oran abholen. Er wusste nicht einmal, worum es sich bei der Ladung handelte. Jetzt fuhr er weiter Richtung Cassis, wo, wie Eva Westphal ihm erzählt hatte, ihr Bekannter lebte, der Käufer des Bildes. In der Ferne thronte die Kathedrale Bonne Mère im weißen Kleid über der Stadt, ein unwirkliches Wolkenschloss vor dem Nachthimmel. Als Veit sie schließlich rechts im Seitenfenster hinter Evas Kopf sah, erloschen die Scheinwerfer, die das Bauwerk während der Nacht anstrahlten. Links kroch die Sonne über die Berge. Ihre Strahlen trafen Evas Wange. Sie erwachte.

»Wo sind wir?«

»Marseille.«

Eva rauchte ihre erste Zigarette dieses Tages. Ihr Haar stand in roten Fransen vom Kopf ab, unter den Augen hatte sie dunkle, geschwollene Ringe.

»Dann sind wir gleich da«, sagte sie. »Hast du gar nicht geschlafen?«

Veit schüttelte den Kopf.

»Bei Urs kannst du dich ausruhen. Und sein Koch macht das beste Frühstück der Welt.«

»Wer ist der Typ eigentlich?«

»Ein Freund meines Vaters. Und meines Mannes. Ich kannte ihn schon als Kind. Wir haben oft den Sommer hier verbracht.«

»Was macht er?«

Eva grinste. »Was ihm gefällt.«

Veit hatte keine Lust, ihr jedes Wort aus der Nase zu ziehen. Er

würde früh genug sehen, wohin sie ihn führte. Das mit dem Frühstück klang gut. Ob er sich tatsächlich hinlegen und schlafen würde, wusste er noch nicht. Er war hier, um zwanzigtausend Euro zu kassieren. Schlafen konnte er, wenn das Geld in seiner Tasche steckte.
Als sie Cassis erreichten, ließen sie den Lastwagen am Ortseingang stehen. Die Kurven der steil zum Meer abfallenden Straße, die zur Villa von Evas Bekanntem hinunterführte, waren zu eng für den LKW. In ihren dicken Jacken schwitzten die beiden – den Winter hatten sie in Deutschland zurückgelassen.
»Hast du nicht etwas vergessen?«, fragte Eva, als Veit die Türen des Führerhauses verriegelte.
»Das Bild?«, fragte Veit und schüttelte den Kopf. »Ich will erst sehen, wohin du mich führst.«
Evas Gesicht färbte sich rot vor Zorn. »Dein Misstrauen fängt an, mir auf die Nerven zu gehen!«
»Ist mir egal.«
»Gib mir dein Telefon!«
»Warum?«
»Ich hab meins vergessen. Und Urs weiß noch nicht, dass wir kommen.«
Veit, der sich gerade vom Laster abgewandt hatte, um Eva die Straße hinunterzufolgen, blieb stehen. »Was hast du da gerade gesagt? Soll das heißen, wir sind vielleicht umsonst hierhergefahren?«
»Du musstest doch sowieso nach Marseille, das war doch kein großer Umweg. Aber mach dir keine Sorgen. Urs geht nie weg.«
Er seufzte, gab Eva sein Mobiltelefon und trottete ihr hinterher. Sie sprach zunächst mit verschiedenen Leuten auf Französisch, bevor sie endlich Urs am Apparat hatte. Ob er schon gefrühstückt habe, fragte sie und kickte dabei einen Stein über die Straße. Der Stein flog gefährlich nah an einer dunkelblauen Limousine vorbei. »Dann lass zwei weitere Gedecke auflegen. Und mach schon mal einen Platz an der Wand frei ... Ja, ich habe es dabei!«
Als sie die Villa erreichten, begriff Veit, warum Evas Bekannter niemals ausging. Eine weiße, drei Meter hohe Mauer trennte das mehrere Hektar große Grundstück vom Rest der Welt. Hinter dem schmiedeeisernen Gittertor führte rechts ein langer, geschwungener Pfad zu einigen kleinen Buchten hinab. Eine flache Treppe aus breiten Steinplatten zweigte vom Pfad ab zu einem Steg, an dem ein Segelboot vor Anker lag. Zwischen diesem Privathafen und dem Haus lag ein Rasen von der Größe eines Fußballplatzes. Gerade war ein Gärtner damit beschäftigt, die Düsen eines Dutzends von Kreisregnern, die den Rasen bewässerten, neu auszurichten. Fünf oder sechs

abstrakte Bronzefiguren wetteiferten mit einigen erhaben-knöchrigen Olivenbäumen um die Gunst des Betrachters. Das Haus auf dem Hügel über der Rasenfläche war eine Pyramide aus blendend weißem Stein, gekrönt von einer gläsernen Spitze.

Eva folgte lächelnd Veits Blick vom Pfad zu den Buchten über das Segelschiff und den Rasen zur Villa. Sie schritt den Weg zur Pyramide hinauf. Der Kies knirschte unter ihren Sohlen. Das Geräusch erinnerte Veit an sein Treffen mit Mosche im Park letzte Nacht. Er spürte den neuen Führerschein in der Gesäßtasche seiner Jeans.

»Nun komm schon!«, forderte Eva ihn auf. »Oder bist du immer noch misstrauisch?«

Was immer Veit befürchtet hatte, an Geld schien es dem Käufer des Bildes jedenfalls nicht zu mangeln. Er folgte Eva den Kiesweg hinauf. Eine Treppe führte hinunter in die Erde. Am Kopf der Treppe erwartete die beiden ein vollbärtiger Araber, gekleidet wie ein englischer Butler. Er führte sie die Treppe hinunter in einen Korridor. Wände und Boden waren durchgängig blau gefliest. Für einen Moment wurde Veit in dem künstlichen Licht schwindlig.

»Wir betreten die Pyramide von unten«, erklärte Eva, »und zwar genau in der Mitte.«

Am Ende des langen Korridors bestiegen sie einen gläsernen Fahrstuhl. Der arabische Butler blieb unten in der blaugefliesten Welt zurück. Als die Türen sich schlossen und der Fahrstuhl sich mit einem Ruck in Bewegung setzte, verlor Veit die Balance und stolperte gegen Eva. Sie fing ihn auf und hielt ihn dabei unerwartet fest. Veit roch den Schweiß, der nach der Nacht im überheizten Lastwagen in ihren Kleidern saß.

»Hoppla«, sagte Eva. »Du brauchst unbedingt was zu essen und ein bisschen Schlaf.«

Da öffneten sich die Türen schon wieder. Veit trat aus dem Fahrstuhl und blickte nach oben. Durch die Glasdecke des Raumes sah er bis zur Spitze der Pyramide hinauf.

»Die obere Etage hat Urs seiner Sammlung vorbehalten«, erklärte Eva.

Über der Glasdecke sah Veit ein kreisrundes Geländer, an das sich der Fahrstuhl schmiegte. Hinter dem Geländer erkannte er weitere Bronzefiguren, ähnlich denen, die draußen auf dem Rasen standen.

»Ist er lediglich Sammler, oder handelt er auch mit Kunstgegenständen?«, fragte Veit.

»Urs handelt mit allem – außer mit Kunst«, sagte Eva. »Die kauft er nur.«

Ein weiterer Diener, den Eva als Claude begrüßte, erschien. Monsieur Frühbrodt sei noch mit dem Ankleiden beschäftigt, sagte er, doch sie sollten ihm folgen. Er führte die beiden in einen nach Osten gelegenen Raum. Durch das schräge Fenster fiel die Morgensonne auf eine Reihe von fünf großen Aquarien, in denen bunte Fische schwammen. Dicklippig klebten sie an den Scheiben oder schlängelten sich durch üppige Wasserpflanzen. Vor dem mittleren Aquarium stand ein großer Mann in einem karierten Morgenmantel. Er hatte die Fäuste in die Seiten gestemmt und wippte auf den eng beieinanderstehenden Füßen vom Ballen auf die Ferse, immer vor und zurück. Drei Bogen dunkles, nur von einigen hellen Flecken durchbrochenes Papier waren an das Glas des Aquariums geklebt. Durch die hellen Flecken sah Veit die Umrisse der vorbeischwimmenden Fische. Dann erkannte er, dass es sich um Röntgenbilder handelte, die der Mann im Morgenmantel im künstlichen Licht des Aquariums betrachtete. Zwei Frauen in schwarzen Kleidern standen rechts und links von dem Mann. Jede hielt eine eiserne Lockenzange in der Hand, mit der sie ihm das lange graue Haar aufdrehte.

»Urs!«, sagte Eva.

»Kannst du da was erkennen?«, fragte der Mann, ohne sich umzudrehen. »Du bist doch Ärztin!«

Eva trat hinter Urs und legte ihm eine Hand auf die rechte Schulter. »Ich sehe mir das nachher mal bei besserem Licht an«, sagte sie. »So sieht man ja nur Fische.«

Urs machte eine knappe Handbewegung, woraufhin die Frauen mit den Lockenzangen verschwanden. Erst dann wandte er sich Eva zu. Sein Gesicht wirkte zu alt für den kräftigen Körper und die aufrechte Haltung. Das halb aufgedrehte Haar war zu voll für die trockene Haut seiner Stirn und Wangen. Er hatte tief liegende, kleine, hellblaue Augen, aus denen er Eva zunächst von oben bis unten betrachtete, bevor er sie umarmte. Sie stellte die beiden einander vor, und Urs Frühbrodt reichte Veit die Hand.

»Ich will nicht wissen, woher Eva Sie kennt und warum sie mir das Bild nicht allein bringt«, sagte der Alte. »Sie wird ihre Gründe haben. Sind sie hungrig?«

Veit nickte.

»Claude hat nebenan das Frühstück vorbereitet. Sie möchten vielleicht erst baden?«

Veit schüttelte den Kopf.

»Aber ich!«, sagte Eva.

»Du kennst dich ja aus«, sagte Urs Frühbrodt. »Claude bringt dir Handtücher.«

Das Frühstückszimmer lag an der südöstlichen Ecke der Pyramide.

Frühbrodt führte Veit an den Tisch. Auf Wärmeplatten dampften Omelettes. Daneben standen Obstschalen, Brotkörbe, Platten mit Wurst, Fisch und Käse, garniert mit Kräutern und Oliven.

»Ich selbst esse vormittags nur noch Obst«, sagte Frühbrodt, »doch ich hoffe, es ist etwas für Sie dabei.«

Während Veit sich den Bauch mit Croissants und Omelettes vollschlug, löffelte Frühbrodt eine Avocado aus und beschrieb den Ausblick aus dem Eckfenster der Pyramide: Dort der Leuchtturm, da der Hafen ... viel mehr wusste er nicht zu erwähnen. Als Veit nichts erwiderte, erklärte Frühbrodt die Architektur seines Hauses. Sein Schlafzimmer liege an exakt der Stelle, an der sich bei den ägyptischen Pyramiden die Grabkammer des Königs befunden habe.

»Womit verdienen Sie Ihr Geld?«, fragte Veit. Das interessierte ihn mehr als die Energieströme in Pyramiden.

»Eine interessante Frage«, meinte Frühbrodt und starrte aus dem Fenster, als habe er noch nie darüber nachgedacht. Plötzlich spuckte er mit seinem Schweizer Akzent ein einzelnes Wort aus: »Kunstdünger!«

Veit zuckte zusammen und verschluckte sich an einem Olivenkern, so unerwartet war das Wort aus Urs Frühbrodt herausgebrochen.

»Ja, ich habe viel Geld mit Kunstdünger verdient. Bis vor vier oder fünf Jahren, da habe ich alles verkauft.« Frühbrodt trat hinter den würgenden Veit und schlug ihm mit flacher Hand einmal kräftig zwischen die Schulterblätter. Der Olivenkern landete in Veits Teetasse. »Das Geld arbeitet natürlich weiter ... Sie kennen das ja.«

Veit holte tief Luft.

»Früher habe ich viele Geschäfte mit Evas Vater gemacht«, fuhr Frühbrodt fort, »und mit Henrik, ihrem Mann. Mein neuestes Hobby heißt Online-Marketing. Sagt Ihnen das was?«

Veit hatte keine Ahnung. Er nickte, winkte wissend ab und löffelte noch mehr Omelette auf seinen Teller.

»Ich verdiene sozusagen pro Mausklick auf Anzeigen, die meine Firma im Internet vermittelt. Ich habe keine Ahnung, wie viel Geld ich momentan damit mache. Aber ich glaube, es läuft ganz gut.«

Veit hatte längst begriffen. Frühbrodt hatte in seinem ganzen Leben noch nicht gearbeitet. Er beneidete ihn.

Eva erschien in einem Morgenmantel – nicht aus kariertem, dicken Stoff wie Frühbrodts Morgenmantel, ihrer war aus hellblauer Seide. Der Stoff schimmerte in der Morgensonne, und mit jeder von Evas Bewegungen sah Veit eine andere Facette aus dem Spektrum von Violett bis Türkis. Ihre Augenringe waren verschwunden.

»Du musst unbedingt baden«, rief sie Veit entgegen. Sie lachte, vollkommen entspannt, ohne eine Spur von Ironie oder Überheblichkeit. So hatte Veit sie noch nie gesehen. Zum ersten Mal fand er sie nicht nur attraktiv. In diesem Augenblick – ungeschminkt und erfrischt von dem Bad, das nasse Haar offen auf ihren Schultern – erschien sie Veit schön.

»Urs verwendet nur Heilwasser mit besonders hohem Salzgehalt«, sagte sie.

»Ein Lebenselixier«, ergänzte der Schweizer und lächelte auffordernd.

Endlich begriff Veit: Die beiden empfahlen ihm dringend ein Bad. Offenbar roch er alles andere als angenehm. Tatsächlich wünschte sich Veit beim Anblick der beiden in ihren Morgenmänteln plötzlich nichts sehnlicher als ein heißes Bad. Danach vielleicht ein wenig Schlaf, immer wieder klappten seine Lider herunter. Das Bild würde er erst am Abend hierherbringen, wenn er die Ladung aus Marseille holte. Kurze Übergabe – und weg.

Er ließ sich von dem Diener Claude in ein Badezimmer führen. Es war größer als Veits gesamte Wohnung. Die Wanne maß drei mal drei Meter und war in den Boden eingelassen. Die Milchglasscheiben beschlugen vom Dampf, es roch nach Lavendel. Veit ließ seine Kleider einfach auf den Boden fallen und stieg ins Wasser. Es war heiß, aber nicht zu heiß, gerade so, dass es noch angenehm war. Ein öliger Film schimmerte auf der Lauge, die nun weitere Kräuterdüfte freisetzte.

Veit lehnte sich gegen den Rand und schloss die Augen. Er atmete ein und aus, und mit jedem Atemzug ging es ihm besser. Er lag mit vollem Bauch in südfranzösischem Heilwasser, die Luft roch wie eine Sommerwiese in der Provence, und heute Abend würde er um zwanzigtausend Euro reicher sein. Natürlich wäre er damit noch nicht wohlhabend. Ein Haus wie dieses würde für ihn immer unerreichbar bleiben. Vielleicht verspielte er das Geld in den kommenden Wochen. Doch das wäre in Ordnung. Denn im Grunde bereitete ihm das sogar noch mehr Vergnügen, als in diesem Wasser zu liegen, dass ihn nun immer schläfriger machte.

Sein Kopf sank nach hinten auf den Rand der Wanne. Der Dampf war so dicht, dass er kaum noch etwas erkennen konnte, als er Minuten später wieder die Augen öffnete. Oder hatte er sie länger geschlossen gehabt? Ein Geräusch hatte ihn geweckt. Er hörte Schritte auf den Fliesen. Sein Blick war nach oben gerichtet. Gemälde griechischer Götter zierten die Decke. Im Dunst sah Veit die schöne Europa dem in einen Stier verwandelten Zeus lüsterne Blicke zuwerfen. Veit spürte eine Bewegung im Wasser. Er senkte den Kopf auf die Brust.

Da war sie schon bei ihm. Sie lächelte, streckte die Arme aus, nahm seinen Kopf in beide Hände und presste ihre Lippen auf seine. Sie schmeckte nach Zigaretten, doch das machte ihm nichts aus. Ihre Küsse waren zunächst forschend, dann wurden sie fordernd. Unter Wasser tastete sie nach ihm, und als er in sie eindrang, umfing sie ihn so fest mit ihren Schenkeln, dass er sich kaum bewegen konnte. Sie sprachen kein Wort, und später war Eva so schnell verschwunden, wie sie aufgetaucht war.

Veit schlief. Er wusste nicht wie lange. Als er erwachte, war das Badewasser kalt. Der Schaum hatte sich aufgelöst. Veit zitterte. Seine Haut war runzelig und an den Fingerkuppen so weich, das er glaubte, die obersten Schichten einfach abreiben zu können. Vorsichtig trocknete er sich ab und zog den dicken Morgenmantel an, den Claude ihm gebracht hatte. Durch die Milchglasscheibe fiel Sonnenlicht in das Badezimmer, doch Veit hatte keine Ahnung, wie spät es war. Bevor er die Tür öffnete, lauschte er daran. Nichts war zu hören. Auch als er auf einen von grünen Leuchtstoffröhren beleuchteten Flur trat, blieb es still. Womit mochte Frühbrodt sich den ganzen Tag beschäftigen? Veit fragte sich, ob ihm nicht langweilig wurde in seinem privaten Garten Eden. Und Eva? Womit vertrieb sie sich die Zeit, nachdem sie Veit im Bad besucht hatte?

Einen Augenblick lang versuchte Veit sich einzureden, dass er es nur geträumt hatte. Doch er spürte noch immer ihre Berührung. Er bereute es nicht, er hatte es längst gewollt. Und sie sollte sich nicht einbilden, ihn nun um den Finger wickeln zu können! Sie hatten noch immer eine geschäftliche Abmachung. Ohne seinen Anteil würde Veit nicht zurück nach Deutschland fahren.

Er musste damit rechnen, dass Eva ihn aufs Kreuz legen wollte. Ja, im Grunde war er sicher, dass sie nach einer Möglichkeit suchte, ihn mit weniger als den vereinbarten Zwanzigtausend abzuspeisen. Sie hatte nie mit offenen Karten gespielt. Mochten die Gentechnikgegner, die ihre Assistentin getötet hatten, auch verhaftet sein – irgendetwas über die Nacht des Einbruchs verheimlichte Eva noch immer.

Er verließ den grün beleuchteten Gang durch eine offene Schiebetür und gelangte in einen fensterlosen Raum. Ein Teil der Decke war verglast, und wieder konnte Veit bis zur Spitze der Pyramide hinaufsehen. In der Mitte des Raumes lag Urs Frühbrodt, nur mit einer Art Lendenschurz aus weißer Seide bekleidet, auf einer Hantelbank und stemmte Gewichte. Es gab noch weitere Fitnessgeräte: ein Laufband, eine Kletterwand, eine Ruderbank. Was die Wände zierte, konnte Veit zunächst nicht identifizieren. Bildhauerarbeiten aus grauem Gestein?

Erst als er näher an eines der Objekte herantrat, erkannte Veit ein versteinertes Schneckenhaus. Er ging drei Meter weiter nach links: das Skelett eines Vogels, ebenfalls im Stein verewigt.

»Sie interessieren sich für Fossilien?« Frühbrodt klang ein wenig außer Atem. Veit drehte sich zu ihm um. Die Muskeln des Alten spannten sich unter dem Gewicht der Hantel. Veit musste sich eingestehen, dass er selbst nicht so kräftig war wie der mindestens doppelt so alte Frühbrodt.

»Eigentlich nicht«, sagte Veit. »Entschuldigen Sie, ich wollte Ihr Training nicht stören.«

»Sie stören nicht. Haben Sie sich gut ausgeruht?«

Veit glaubte einen spöttischen Unterton zu hören. Vielleicht hatte Frühbrodt ihn und Eva beobachtet. Oder – und das kam Veit nicht einmal unwahrscheinlich vor – hatte Eva ihm von ihrem gemeinsamen Bad berichtet?

»Das Bad hat sehr gutgetan«, sagte er. Er bemühte sich um einen neutralen Tonfall. »Ich bin eingeschlafen. Wie spät ist es?«

Frühbrodt atmete gepresst aus und setzte die Hantel zurück in ihre Halterung. Durch die Glasdecke sah er zur Spitze der Pyramide hinauf und kniff die Augen gegen das Sonnenlicht zusammen. »Etwa halb zwei.«

Also hatte Veit den ganzen Vormittag in der Wanne gelegen. Kein Wunder, dass er noch immer zitterte und seine Haut sich anfühlte, als würde sie sich im nächsten Moment vom Fleisch lösen.

»Was macht Eva?« Noch als er es aussprach, wurde ihm bewusst, was er da gerade gesagt hatte: Zum ersten Mal hatte er sie bei ihrem Vornamen genannt. Das gefiel ihm nicht.

»Sie ist in die Calanques gegangen.« Frühbrodt richtete sich auf, griff nach einem Handtuch und wischte sich den Schweiß vom Oberkörper. Zwei lange Holznadeln hielten sein gewelltes weißes Haar als Knoten oben auf dem Kopf zusammen. »Soll ich Sie zu ihr führen?«

»Ich muss noch nach Marseille.«

»Richtig, Eva sagte, Sie hätten dort ein Geschäft zu erledigen.«

Innerlich lachte Veit. Was mochte Frühbrodt unter einem Geschäft verstehen? Sicher nicht, einen algerischen Container im Hafen abzuholen.

»Und dann haben Sie ja auch noch etwas für mich ...« Frühbrodt war neben Veit getreten, der noch immer vor dem versteinerten Vogelskelett stand. Veit roch seinen Schweiß. Der Alte war einen halben Kopf größer als er und wog sicher zwanzig Kilo mehr, die sich bei einem Mann in Veits Alter nicht besser hätten verteilen können.

»Ich bringe das Bild mit, wenn ich aus Marseille zurückkomme.«

»Und dann bleiben Sie doch sicher über Nacht mein Gast?«

»Eher nicht. Ich werde morgen schon wieder in Deutschland erwartet. Bleibt Eva denn noch länger bei Ihnen?«

»Ach, Eva ...«

Frühbrodt legte seine schwere Hand auf Veits Schulter und führte ihn an den Fossilien vorbei zu einer weiteren Schiebetür. Sie betraten ein Zimmer, das dunkler war als die übrigen Räume der Pyramide: schwere Ledersessel, Bücherregale aus dunklem, rötlichem Holz, vertäfelte Wände, daran gerahmte Fotografien. Die Glasdecke, durch die man zur Pyramidenspitze hinaufsah, fehlte in diesem Zimmer.

»Ich bin ehrlich zu Ihnen: Meinetwegen kann Sie so lange bleiben, wie sie will«, sagte Frühbrodt. »Ich war schon immer verliebt in Eva.«

Mit dem Ellenbogen boxte er Veit in die Seite und lächelte dabei – eine kumpelhafte Geste unter Männern, die gegenseitiges Verstehen andeuten sollte. Doch für eine Sekunde blieb Veit von dem Stoß die Luft weg.

Frühbrodt baute sich in seinem Lendenschurz neben einem ausgestopften Biber auf, der in einer Ecke des Raumes stand. »Den hat Henrik geschossen, Evas Mann.« Er tätschelte dem Tier den Kopf. Der Biber stand auf den Hinterbeinen und streckte die Nase witternd in die Luft. »Und dort drüben der Eber ...« – er deutete auf den Kopf eines Wildschweins, den Veit an der Wand neben sich noch gar nicht entdeckt hatte –, »... der geht auf das Konto ihres Vaters. Ach, wir haben oft zusammen gejagt. Und Eva war schon als Kind dabei.«

»Das kann ich mir gut vorstellen«, sagte Veit. Er wusste nicht, wie er darauf kam.

»Dann schauen Sie mal hier!« Frühbrodt wies auf eine der gerahmten Fotografien an der Wand.

Veit trat näher. Ein Farbfoto zeigte eine Jagdgesellschaft, bestehend aus drei jungen Männern und einem etwa fünfjährigen Mädchen. In dem athletischsten der drei Jäger erkannte Veit sofort Frühbrodt. Sein langes, damals noch dunkelbraunes Haar, passte zur Mode der späten Sechzigerjahre. Die anderen beiden trugen ihr Haar kurz und adrett. Evas Haar war damals blond, das heutige Rot also künstlich. Veit betrachtete das Gesicht des Kindes und suchte nach Ähnlichkeiten mit der Frau, mit der er vor wenigen Stunden geschlafen hatte. Manche Menschen verloren nie die Gesichtszüge ihrer Kindheit. Andere veränderten sich so stark, dass man kaum Gemeinsamkeiten entdeckte. Veit gehörte zu der zweiten Gruppe und, wie er jetzt bemerkte, Eva ebenfalls.

Das Kind auf dem Foto trug eine derbe braune Cordhose und hatte die kleinen Fäuste in die Seiten gestemmt. Das blonde Haar fiel auf eine grüne Lodenjacke. Darunter schaute ein kariertes Hemd hervor, aus dessen Kragen ein dicker Kinderhals quoll.
»Ja, als kleines Mädchen war sie ganz schön pummelig, was?«, sagte Frühbrodt.
Veit antwortete nicht. Er versuchte in dem Blick des Mädchens zu lesen, der auf einem erlegten Hirsch ruhte. Und er versuchte sich zu erinnern, wo er dieses Mädchen schon einmal gesehen hatte. Das pausbackige Gesicht, die blonden Locken, der staunende Blick. Es musste in Evas Büro oder in ihrer Baden-Badener Villa gewesen sein. Aber hingen dort Fotos? Er erinnerte sich an die Kunstwerke in dem Raum vor der Bibliothek: Gemälde, aber keine Fotografien. Ja, in ihrem Büro und in den Korridoren ihres Labors hingen viele Fotos: elektronenmikroskopische Aufnahmen aus dem Inneren der Gebärmutter ebenso wie unzählige Aufnahmen von Säuglingen und Kleinkindern mit ihren glücklichen Eltern – Dr. Eva Westphals dankbare Kunden.
»Das ist sie mit fünfzehn«, riss Frühbrodt Veit aus seinen Gedanken und wies auf ein weiteres Bild: »Damals verbrachte sie den Sommer hier bei mir.«
Veit sah einen Teenager im Badeanzug neben einer der Bronzestatuen vor Frühbrodts Pyramide posieren. Er erkannte Evas Blick – das Selbstbewusstsein und die Kälte darin.
»Sie hat meine sämtlichen männlichen Angestellten verrückt gemacht«, sagte Frühbrodt und warf lachend den Kopf in den Nacken.
Veit betrachtete wieder die erste Fotografie. Und nun erkannte er auch in den Augen der pausbackigen Fünfjährigen Evas Blick. Wie sie den toten Hirsch fixierte: eine Mischung aus Neugier und Verachtung. Doch nicht allein den Blick erkannte er wieder. Er wusste nun auch, wo er das Mädchen schon einmal gesehen hatte. Kein Zweifel, es war dasselbe Mädchen, von dem sieben oder acht Fotografien in einer senkrechten Reihe in Evas Büro hingen. Veit erinnerte sich an den Abend, als Eva ihn zu dem Einbruch überredet hatte. Er hatte die Fotos betrachtet, die, wie er jetzt erkannte, Eva als Kleinkind zeigten. »Das Ergebnis einer meiner ersten künstlichen Befruchtungen«, hörte er sie sagen.

Achtzehntes Kapitel
Dolly ist nichts wert

Eva saß auf einem Felsen. Das Wasser der kleinen Bucht unter ihr schimmerte türkis im Licht der Spätnachmittagssonne. Sie zog den Reißverschluss ihres Parkas bis zum Hals zu. Die Sonne stand schon tief über dem westlichen Horizont, von Minute zu Minute wurde es nun kühler. Es war ein Irrtum zu glauben, man könne dem Winter entfliehen, indem man nach Südfrankreich fuhr. Sie hob den Blick und versuchte in südlicher Richtung über dem Meer die Küste Afrikas zu erkennen. Es war unmöglich, das wusste sie. Vielleicht sollte sie dorthin. Nach Algerien oder Marokko. Urs hatte Kontakte, er konnte sie unterbringen. Und mit dem Geld, das er ihr für das Gemälde geben würde, ließ sich ein neuer Anfang machen. Dort drüben lebte man billiger als in Baden-Baden.

Veit war seit über zwei Stunden unterwegs. Er holte seine Ladung aus Marseille und würde danach das Bild aus dem LKW zu Urs' Haus bringen. Wie viel ahnte er? Vor seiner Abfahrt hatte er kein Wort zu ihr gesagt, hatte sie nur angestarrt und die Stirn in Falten gelegt. Lag das an ihrem gemeinsamen Bad am Vormittag? Oder war sein Misstrauen weiter gewachsen?

Sie hatte Urs gefragt, ob er mit Veit gesprochen habe. »Ich habe ihn ein wenig im Haus herumgeführt«, hatte dieser geantwortet. Eva war nicht weiter in ihn gedrungen, worüber sie gesprochen hatten. Auch Urs musste nicht alles wissen, und er sollte sie nicht beunruhigt sehen. Urs hatte immer ihre Stärke geschätzt und bewundert. Würde er sie noch unterstützen, wenn sie sich verletzlich zeigte? Es klang paradox, aber Eva war überzeugt, dass sie nur so lange auf die Unterstützung des Alten hoffen konnte, wie sie keine Hilfe zu benötigen schien. Urs liebte ihren dominanten Charakter. Sobald sie Unsicherheit zeigen würde, musste er das Interesse an ihr verlieren.

Und Eva war nie zuvor so unsicher gewesen wie jetzt. Das betraf ihre materielle Situation ebenso wie ihre psychische Verfassung. Sie konnte nicht nach Deutschland zurückkehren. Bestimmt hatte der Kommissar nur wenige Minuten nach ihrem überhasteten Aufbruch an der Tür ihrer Villa geklingelt. Wahrscheinlich war sie bereits zur Fahndung ausgeschrieben.

Sie schleuderte einen Stein ins Wasser. Die Kreise, die sein Eintauchen auf der Oberfläche verursachte, waren schnell verschwunden. Hatte sie beim Medizinertreffen nicht mit etlichen Leuten gesprochen, um in Erinnerung zu bleiben, bevor sie zum Labor gefahren war? Und dann war sie doch kaum eine halbe Stunde fort gewesen! Nach ihrer Rückkehr hatte sie sich sofort wieder in unzählige langweilige Gespräche mit Kollegen gestürzt. Trotzdem ... es hatte nicht gereicht.

Wie hatte sie noch kurz vor seinem Tod zu Friedrich gesagt? »Man sollte im Leben einfach nichts dem Zufall überlassen. Niemals. Es könnte einen teuer zu stehen kommen.« Zum ersten Mal hatte sie gegen diesen Grundsatz verstoßen, als sie ihr Alibi auf den mutmaßlichen Aussagen ihrer Kollegen aufbaute. Und jetzt wurde sie dafür bestraft. Sie konnte kein Selbstmitleid aufbringen. Dafür ärgerte sie sich zu sehr über ihre eigene Unvorsichtigkeit.

Eine Möwe schrie über Evas Kopf. Sie blickte nach oben. Der Vogel segelte im Wind, spähte in die Tiefe und stürzte sich im nächsten Augenblick ins Wasser. Einen kleinen Fisch im Schnabel haltend, tauchte die Möwe wieder auf und flog zu den Felsen am rechten Rand der Bucht. Dort, auf dem Weg, der von Urs' Anwesen hinabführte, ließ sich der Vogel nieder und spähte zu Eva hinüber. Hinter ihm tauchte eine Gestalt vor dem sich rot färbenden Himmel auf.

Es war Veit. Eva winkte ihm zu. Er blieb stehen und wies mit ausgestrecktem Arm den Weg hinauf zur Pyramide. Sie stand auf und kletterte über die Felsen. Anstatt auf sie zu warten, setzte Veit sich in Bewegung. Die ganze Zeit, bis sie das Haus erreichten, ging er zwanzig Meter vor ihr. Am Eingang zum unterirdischen Korridor, der in die Pyramide führte, forderte er sie auf, Urs zu holen.

»Wo ist das Bild?«, fragte sie.

»Wir machen die Übergabe beim LKW. Er soll das Geld mitbringen.«

»Was soll das? Traust du uns nicht?«

»Warum sollte ich gerade Ihnen trauen, Frau Dr. Westphal?«

Der Ton seiner Stimme gefiel ihr nicht. Doch Eva fügte sich, ließ sich von dem arabischen Butler zu Urs führen und sagte diesem, er solle das Geld mit nach draußen bringen.

»Was ist dein Begleiter für ein misstrauischer Kerl?«, fragte Frühbrodt.

»Kümmere dich einfach nicht um ihn. Er bekommt gleich seinen Anteil, und danach werden wir ihn nicht wiedersehen.«

Zu dritt stiegen sie die Straße hinauf. Niemand sprach ein Wort. An dem Platz, auf dem Veit den LKW geparkt hatte, brach Frühbrodt endlich das Schweigen.

»Hören Sie«, sagte er, »ist das Ihrer Meinung nach ein geeigneter Ort, um ein Geschäft abzuwickeln?« Er nickte in Richtung eines Cafés auf der gegenüberliegenden Straßenseite. Etliche Leute begossen darin ihren Feierabend mit Pastis.

»Wir setzen uns ins Führerhaus«, sagte Veit, öffnete die Beifahrertür und ließ zuerst Eva und dann Urs einsteigen. Dann ging er um den Wagen herum und stieg auf der Fahrerseite ein. Er griff hinter Evas Rücken in die Schlafkabine des Lastwagens und zog eine Sporttasche hervor.

Eva nahm sie sofort an sich und zog den Reißverschluss auf. Gemeinsam mit Frühbrodt warf sie einen kurzen Blick hinein.

»Die Frau im Raps ...«, murmelte Urs. Ein seliges Lächeln trat in sein Gesicht, er blickte zum Café hinüber und schloss hastig den Reißverschluss der Tasche.

»Sechzigtausend, nicht wahr?«, sagte Veit.

»Verdammt, was spielst du dich so auf?« erwiderte Eva. »Urs ist mein Freund – und ein Gentleman. Er wird schon bezahlen.« Zu Frühbrodt gewandt sagte sie: »Ich entschuldige mich für das schlechte Benehmen meines Begleiters. Er kommt aus einfachen Verhältnissen.«

»Na, dann wird ihm sein Anteil hiervon hoffentlich helfen, seine Verhältnisse ein wenig zu verbessern«, sagte Urs. Er zog ein Bündel Geldscheine aus der Innentasche seines weißen Leinensakkos und reichte es Eva.

Sie gab Frühbrodt die Tasche.

»Willst du nicht nachzählen?«, fragte Veit.

»Du beleidigst meinen Freund!« Eva funkelte ihn an.

»Lass gut sein, Eva!« Urs schien in diesem Moment nichts ärgern zu können. Er tätschelte die Sporttasche.

In Evas Hand befanden sich ausnahmslos Fünfhundert-Euro-Scheine. Sie zählte vierzig davon ab und reichte sie Veit. »Und jetzt verschwinde!«

Frühbrodt öffnete die Beifahrertür und kletterte hinaus. Eva wollte ihm folgen, doch Veit hielt sie am linken Handgelenk fest.

»Wir haben noch etwas zu besprechen«, sagte er und startete den Motor. »Du bist mir ein paar Erklärungen schuldig!«

»He, Moment mal!« Urs hatte sich bereits drei Schritte vom LKW entfernt, als der Motor aufröhrte. Er griff nach der Haltestange neben der Beifahrertür, um zurück ins Führerhaus zu klettern. Doch sein Griff ging ins Leere. Der Wagen rollte bereits.

»Was willst du von mir?«, schrie Eva.

»Nur die Wahrheit.«

»Lass mich los!«
Er erfüllte ihr diesen Wunsch erst, als sie bereits über vierzig Stundenkilometer erreicht hatten. In der ersten Kurve schlug die Beifahrertür zu. Im Rückspiegel sah Eva, wie Urs wild gestikulierend mitten auf der Straße herumsprang. Die Sporttasche umklammerte er mit einem Arm vor der Brust. Im Café dahinter schien niemand Notiz vom Geschehen zu nehmen. Doch aus einer Nebenstraße fuhr nun ein Wagen auf die Kreuzung, passierte Urs und folgte dem LKW. Es war ein rostiger, verbeulter Opel.
Sie befanden sich am Stadtrand von Cassis. Nur wenige, einzeln stehende Häuser säumten die Straße. Bald hatten sie den Ortsausgang erreicht.
»Schnall dich besser an!«, sagte Veit. »Die Serpentinen sind gefährlich.«
Er hatte recht. Die Straße war schmal und die Kurven eng. In der nächsten drückte Eva die Fliehkraft gegen die Beifahrertür, weil Veit kaum abbremste.
»Du wirst uns noch umbringen, du Arschloch! Was ist los? Willst du das ganze verdammte Geld?«
»Das ist keine schlechte Idee«, sagte Veit, »aber etwas sagt mir, dass man dich nicht erpressen sollte. Habe ich recht?«
»Was meinst du damit?«
»Ich weiß es noch nicht. Nur über eines bin ich mir sicher: Du hast mich für irgendeine schmutzige Geschichte benutzt. Ich meine: außer dem Einbruch in dein Labor. Der Mord an deiner Assistentin. Das war kein Zufall. Steckst du dahinter?«
»Das ist absurd!«
»Ich weiß ja selbst nicht, warum du sie töten solltest. Ich weiß nur, dass du eine Lügnerin bist.«
»Wann habe ich dich angelogen? Ich habe dir zwanzigtausend Euro versprochen, und jetzt stecken sie in deiner Hosentasche.«
»Die Fotos in deinem Büro.«
»Wie bitte?«
Erneut fuhren sie um eine Kurve, und wieder wurde Eva zur Seite gedrückt, diesmal nach links gegen Veits Schulter.
»Das blonde Mädchen auf den Fotos in deinem Büro«, sagte Veit.
»Was ist mit den Fotos?«
Eva wurde heiß. Sie sah in den Rückspiegel. Direkt hinter ihnen bog der Opel um die Kurve.
»Du hast mir erzählt, dieses Kind wäre das Ergebnis einer deiner künstlichen Befruchtungen.«
»Genauso ist es. Sie heißt Eva Klein.«

»Eva, ja …« Veit lachte. »Ich verstehe es ja selbst nicht«, sagte Veit, und für einen kurzen Moment wandte er den Blick von der Straße ab und sah Eva in die Augen. »Aber das Mädchen auf dem Foto … das bist du!«

Links schoss der Opel an ihnen vorbei. Gerade noch rechtzeitig vor einem entgegenkommenden Kleintransporter zog der Fahrer seine Rostlaube wieder auf die rechte Spur. Eva sah ein deutsches Nummernschild. Den Fahrer konnte sie aus der Höhe des Führerhauses nicht sehen. Wie konnte dieser Wagen jetzt hier auftauchen? Sie hatte gedacht, er gehöre den IVML-Chaoten.

Und worauf wollte Veit hinaus? Ja, er hatte ihr Gesicht auf den Fotos von Eva Klein erkannt. Aber reichte seine Kombinationsgabe so weit wie die von Agnes van Doorn? Und falls ja, was würde er für sein Schweigen verlangen? Nein, mehr als die Zwanzigtausend konnte sie ihm nicht geben. Die restlichen Vierzigtausend in ihrer Jackentasche waren alles, was sie noch besaß. Die magere Grundlage ihres neuen Lebens. Das Geld von der Versicherung konnte sie abschreiben.

»So ein Idiot!«, schrie Veit und riss Eva aus ihren Gedanken. Er trat hart auf die Bremse, und Eva wurde gegen das Armaturenbrett gedrückt. Vor ihnen hatte sich der Opel quer gestellt und versperrte die Straße. Wenige Meter davor kam der LKW zum Stehen. Rechts von der Straße lag ein von flachen Sträuchern bewachsener Hügel. Links fiel dieser steil zum Meer hinunter ab. Raus hier und weg, war Evas erster Gedanke. Aber wohin?

Veit riss die Fahrertür auf und sprang auf die Straße. Er lief auf den Opel zu und erstarrte plötzlich. Der Fahrer war ausgestiegen. Er zielte mit einem Revolver auf Veit. Eva erkannte Krysztof Mendritzki. Er winkte und bedeutete ihr auszusteigen. Sie zögerte. Das Lächeln verschwand von Mendritzkis Gesicht, und er richtete die Waffe auf das Führerhaus des Lastwagens. Sie öffnete die Beifahrertür und kletterte hinaus. Die Sonne war nun untergegangen. Geradeaus, über Mendritzkis Kopf, strahlte der Himmel in tiefstem Orange. Ein kalter Wind blies vom Meer her den Hügel hinauf.

»Frau Dr. Westphal …«, sagte Mendritzki und deutete eine Verbeugung an. »Wie ich mich freue, Sie wiederzusehen!«

»Wer ist der Kerl?«, fragte Veit.

»Einer, der abkassieren will«, sagte Eva. »Habe ich recht?«

»Ihre schnelle Auffassungsgabe beeindruckt mich«, sagte Mendritzki. »Und sie nimmt mir auch die letzten Zweifel.«

»Woran?«, wollte Veit wissen.

»Daran, dass die verehrte Frau Doktor da ein ganz schön raffiniertes Ding gedreht hat. Als ich dich ...« – er sah Veit an –,» ... an jenem Abend aus dem Labor hab rennen sehen, dachte ich tatsächlich noch an einen normalen Versicherungsbetrug.«

»Sie waren Mittwochabend vor dem Labor?«, fragte Veit.

»Ihr müsst ein bisschen vorsichtiger sein, wenn ihr euch trefft«, sagte Mendritzki. »Warum in Ihrem Büro, Frau Doktor? Selbst der mieseste Ermittler beobachtet seine Verdächtigen doch wenigstens an ihrem Arbeitsplatz.«

Eva erinnerte sich an den Abend, als sie Veit in ihrem Büro zum Einbruch überredet hatte. Danach war ihr auf der Straße der Opel aufgefallen.

»Ich hab Sie auch schon mal gesehen«, sagte Veit. »Jetzt erinnere ich mich: auf dem Aussichtsturm. Ich war mit dem Hund spazieren.«

»Ich war so frei, dich ein bisschen zu beobachten, nachdem ich dich so vertraut mit der reizenden Frau Doktor gesehen hatte. Im Casino hast du mich schwer beeindruckt. So bedingungslos hat sonst niemand gespielt.«

»Warst du am Mittwochabend auch *im* Labor?«, fragte Eva.

Mendritzki grinste nur.

»Natürlich!«, sagte Veit. »Dann waren Sie es, den der Kioskbesitzer um Viertel vor zehn gesehen hat.«

»Scharf kombiniert«, sagte Mendritzki. »Aus dir könnte ein Detektiv werden!«

»Und du hast auch den Nachtwächter niedergeschlagen«, sagte Eva.

»Das tut mir ehrlich leid!« Mendritzki legte die Hand auf seine Brust, um dieser Behauptung Nachdruck zu verleihen. »Aber weder den Einbruchdiebstahl noch Ihren Mord, Frau Doktor, wollte ich mir in die Schuhe schieben lassen.«

»Er hat sie getötet!« Eva deutete auf Veit. »Ich hatte ihn lediglich beauftragt, das Bild zu stehlen!«

Veit setzte zum Protest an, aber Mendritzki schnitt ihm das Wort ab. »Mit Verlaub, Frau Doktor, ich glaube, Sie wollten zwei Fliegen mit einer Klappe schlagen. Ihre Assistentin um die Ecke bringen und Ihre Versicherung betrügen. Wie ich gehört habe, ist Ihr Alibi nicht ganz perfekt. Sie haben sich von Ihrem Medizinertreffen für ein halbes Stündchen entfernt, um Ihre Assistentin zu töten. Ich weiß nicht, warum sie sterben musste. Aber das erste Mal war es jedenfalls nicht, dass jemand Ihretwegen ins Gras beißen musste.«

Eva spürte Veits Blick.

»Sie wussten, dass Dr. van Doorn noch arbeiten würde«, setzte Mendritzki seine Zusammenfassung fort. »Und Sie wussten auch,

dass dieser sympathische junge Mann nur kurze Zeit später ins Labor einbrechen würde. Einbrecher wird überrascht und schlägt zu. So sollte es aussehen. Kein schlechter Plan, zumal Sie, falls der Versicherungsbetrug aufgedeckt würde, wenigstens für den Mord Ihren Partner büßen lassen konnten. Falls nicht, konnten Sie ihm erzählen, die bösen Gentechnikgegner hätten Ihre Assistentin umgebracht. Glück für Sie, dass Sie seit Monaten bedroht wurden!«
Mendritzki sah von Eva zu Veit und wieder zurück. Er sonnte sich im Licht seiner Kombinationsgabe
»Du verdammte ...«, hörte Eva Veit sagen.
»Ich bitte dich«, unterbrach ihn Mendritzki, »eure persönliche Aussprache noch ein wenig zu verschieben. Die Frau Doktor hat es ja bereits angedeutet: Ich bin nicht hier, um Sie zu verhaften. Wie ich eben in Cassis beobachten konnte, hat eine Sporttasche den Besitzer gewechselt. Ich nehme an, da ist auch ein wenig Geld geflossen ...«
Er lehnte sich gegen sein Auto und hielt die linke Hand auf. Die rechte hielt den Revolver. Er richtete ihn auf Eva.
Ihr brach vor Zorn der Schweiß aus. Hatte sie all das auf sich genommen, um sich nun von einem fetthaarigen Alkoholiker ausnehmen zu lassen? Sie zog das Geld aus der Jackentasche, ballte die rechte Hand darum zur Faust. Sie ging einen Schritt auf Mendritzki zu. Noch einen.
Der bemerkte den Zorn in ihrem Blick. Sein Lächeln verschwand. Er stieß sich vom Auto ab, streckte den Arm mit dem Revolver aus und brachte sie so zwei Meter vor ihm zum Stehen.
»Halt!«, befahl er. »Gib ihm das Geld!« Sein Kopf machte eine kurze Bewegung in Veits Richtung.
Eva zögerte. Dann hörte sie ein Klicken. Mendritzki hatte den Abzug des Revolvers gespannt. Sie sah nach links zu Veit. Er stand schräg hinter ihr, ebenfalls etwa zwei Meter entfernt, im Gegenlicht der LKW-Scheinwerfer. Die Dämmerung war zur Nacht geworden. Sie konnte Veits Gesichtsausdruck nicht erkennen.
»Mach schon!«, forderte Mendritzki sie auf. »Und du gibst es dann mir!«, sagte er zu Veit. »Sie müssen mein Misstrauen entschuldigen, Frau Doktor.«
Sie gab Veit das Geld. Ihre Handflächen waren feucht. Ihr Herz hämmerte gegen die Rippen. Mendritzki grinste breit und streckte die linke Hand nach Veit aus, nach dem Geld, nach Evas Zukunft. Seine Gier veranlasste Mendritzki, einen Schritt in Veits Richtung zu gehen. So kam er mit der linken Schulter neben Eva und hielt den Revolver nicht mehr genau auf sie gerichtet.
Sie überlegte nicht. Sie trat einfach zu. In die Kniekehlen, so wie das

IVML-Mädchen sie selbst zu Fall gebracht hatte. Mendritzki sackte zusammen und wirbelte dabei herum. Doch bevor er den Revolver auf sie richten konnte, trat sie erneut zu, diesmal in sein Gesicht. Das Nächste, was sie wusste, war, dass sie auf ihm saß, beide Hände in sein Haar gekrallt, und seinen Kopf auf den Asphalt schlug. Immer wieder.

Bis sie an den Schultern zurückgerissen wurde. Sie stolperte, fiel auf die Straße. Veit stand über ihr. Er hielt Mendritzkis Waffe in der rechten und ihr Geld in der linken Hand. Sie drehte sich zu Mendritzki um. Er rührte sich nicht. Sein Kopf lag in einer dunklen Pfütze.

»Du hast ihn umgebracht!« Veits Stimme zitterte.

»Das Schwein hatte es verdient.«

»So wie deine Assistentin?«

Eva sah Veit an. Diese dürre Gestalt mit der vorspringenden Nase! Da stand er und zitterte vor Angst oder Bestürzung oder warum auch immer. Was hatte ihr nur an ihm gefallen? Sie wollte ihm erklären, was er einfach nicht begriff. Ihm, dem Spieler, der sein Schicksal dem Zufall auslieferte. Sie wollte ihm erklären, wie starke Menschen, mutige Menschen das Schicksal selbst in die Hand nahmen. Wie sie, Dr. Eva Westphal, geschafft hatte, wovon er und die Mehrheit der Menschen – die Durchschnittstypen – heute noch kaum zu träumen wagten.

»Ja«, sagte sie, »so wie Agnes.«

»Warum?«

Die Geldscheine flatterten in Veits Hand. Wenn Eva nicht gleich zugriff, würde er sie womöglich loslassen.

»Du ahnst es doch längst«, sagte sie. »Nur willst du es dir nicht eingestehen. Es geht über deinen beschissenen kleinen Horizont.« Sein verständnisloser Blick brachte sie zum Lachen. »Die Bilder von dem Mädchen in meinem Büro ... Ja, du hast mich erkannt. Aber ich bin es nicht. Und gleichzeitig bin ich es doch.«

Veits Mund klappte auf, doch es kam kein Wort heraus.

»Haben wir uns nicht über meine Forschung unterhalten?«, fragte sie.

Er antwortete nicht.

»Ich nehme künstliche Befruchtungen vor. Und ich beschäftige mich mit Klonen. Fällt der Groschen?«

»Du hast dich selbst ... reproduziert?«

»Na, endlich!« Eva atmete erleichtert auf.

»Und deine Assistentin ist dahinter gekommen?«

»Ich hätte sie nicht die alten Akten ordnen lassen sollen. Es tut mir leid um sie. Sie war eine begabte Forscherin.«

Veit schüttelte den Kopf. »Du bist auch noch stolz darauf, was?«
»Und das mit gutem Recht! Scheiß auf Dolly! Was sind diese geklonten Tiere schon wert?« Ihre Stimme überschlug sich. Endlich konnte sie jemandem von ihrer Forschung erzählen! »Alles, was möglich ist, wird irgendwann getan. Und ich bin der erste Mensch, der einen Menschen geklont hat!«
»Was ist mit den Eltern? Wissen Sie davon?«
»Wie naiv bist du? Natürlich nicht!«
»Sie werden es doch herausfinden. In wenigen Jahren wird eure Ähnlichkeit nicht mehr zu übersehen sein.«
Eva lächelte. »Ach, Veit ... Kommt Zeit, kommt Rat. Wer weiß, vielleicht wird den beiden etwas zustoßen. Ein tragischer Unfall ... Wichtig ist, dass ich Eva noch ein bisschen beobachten, sie regelmäßig untersuchen darf. Verstehst du denn nicht? Wichtig für uns alle, für die Menschheit, für unsere Zukunft!«
Veit schienen die Worte zu fehlen. Endlich sagte er: »Konntest du dir nicht jemand anderen als Zellspender aussuchen? Eine von deiner Sorte ist mehr als genug für diese Welt!«
»Jetzt wirst du aber ungerecht! Heute Vormittag habe ich dir noch gut gefallen, oder?«
»Du ekelst mich an!«
»Komm, hilf mir hoch!«
Sie streckte ihm ihre rechte Hand hin. An den Knöcheln klebte Blut.
Veit rührte sich nicht.
»Du steckst da genauso drin wie ich«, sagte sie. »Meinetwegen behalt das ganze Geld. Aber hilf mir noch, diese Schweinerei hier zu beseitigen. Die Straße wird zwar nicht viel befahren, aber trotzdem kann jeden Augenblick jemand vorbeikommen.« Noch immer streckte sie ihm ihre Hand entgegen. Sie verzog das Gesicht. »Ich glaube, ich habe mich verletzt. Ich habe Schmerzen. Komm, hilf mir hoch.«
Ein paar Sekunden lang zögerte er noch. Schließlich stopfte er das Geld in seine Hosentasche und streckte ihr die linke Hand hin.
Sie griff zu. Und dann zog sie ruckartig. Sein Oberkörper zuckte nach vorn.
Sie wollte ihm in den Unterleib treten, doch plötzlich spürte sie nur noch Wärme. Eine Wärme, die aus ihrem tiefsten Innern kam und sich in jeder Faser ihres Körpers ausbreitete, bis zu den Zehenspitzen, bis zu den Augenlidern.

Neunzehntes Kapitel
Mosche malt

Veit stand im Licht der Scheinwerfer seines Lastwagens. Er hörte den Dieselmotor, der während der vergangenen Minuten die Szene mit seinem Brummen unterlegt hatte. Vom Meer wehte der kalte Wind herauf und trug den Geruch von Algen in Veits Nase. Er blickte auf die Waffe in seiner Hand, auf die beiden Leichen am Boden. Der Detektiv lag ein wenig rechts von Eva. Die Blutlache umgab seinen Kopf wie ein Heiligenschein. Eva war zunächst auf die Knie gesackt, nachdem er den Revolver in ihren Bauch abgefeuert hatte. Sekundenlang hatte sie noch seine linke Hand gehalten, bis sie schließlich nach vorn aufs Gesicht gefallen war. Die Straße war uneben, und Evas Blut suchte sich seinen Weg durch Vertiefungen im Asphalt zum Abhang.

Wie lange hatte er sich nicht gerührt? Wie lange stand er schon hier und starrte die Toten an? Irgendwo in der Ferne hörte er eine Autohupe. Das Geräusch riss ihn aus seiner Erstarrung. Jetzt begann er zu zappeln. Als würde er von Krämpfen geschüttelt, tänzelte Veit zwischen den Leichnamen und dem Lastwagen hin und her. Er musste weg. Doch wohin? Und was sollte mit den beiden dort geschehen? Urs Frühbrodt konnte ihn beschreiben. Wusste er auch Veits Namen? Wahrscheinlich dauerte es nicht mehr lange, bis er hier auftauchte. Er oder die Polizei. Ihr Aufbruch in Cassis musste wie eine Entführung ausgesehen haben.

Langsam bekam Veit seine Gliedmaßen wieder unter Kontrolle. Das krampfartige Zittern, das Hin- und Hertänzeln ging vorüber. *Fass sie bloß nicht mehr an!* mahnte ein Teil seines Verstandes. Doch konnte er sie einfach hier liegen lassen? Nein, sie mussten verschwinden. Genau wie der Revolver, den er noch immer in der Hand hielt. Er holte einen alten Lappen aus dem Werkzeugkoffer, den er im Führerhaus aufbewahrte, und wischte die Waffe damit ab. Dann presste er sie dem Detektiv in die Hand und bog seine Finger darum. *Schmauchspuren*, schoss es ihm durch den Kopf. Er dankte zahllosen Fernsehkrimis und feuerte den Revolver noch einmal aus der Hand des Detektivs ab.

Danach leerte er die Taschen des Leichnams: Zigaretten, benutzte

Papiertaschentücher, ein Mobiltelefon, ein Portemonnaie aus Kunstleder. Darin befand sich der Personalausweis. *Name: Mendritzki, Vorname: Krysztof,* las Veit. Eine Adresse in Hannover. *Geburtsdatum: 16.03.1974, Größe: 187 cm.* Der Tote war nur ein Jahr älter als Veit. Er stopfte das Portemonnaie zurück in Mendritzkis Jackentasche und zog ihn zum Straßenrand. Er wusste noch immer nicht, was er mit den beiden anfangen sollte. Nur, dass er bald etwas tun musste, war ihm klar. Der Abhang war steil und endete im Meer. Sollte er sie hinunterstürzen, Mendritzkis Auto hinterher? Es war die einzige Lösung, die ihm einfiel. Veit keuchte. Der Körper des Toten war schwer, obwohl er so dünn wie Veit selbst war.

So dünn wie ich, wiederholte sein Geist. *Nur ein Jahr älter. Und genau so groß wie ich.*

Veit blieb stehen und ließ den Toten wieder auf den Asphalt sinken. Im nächsten Augenblick durchsuchte er Evas Jackentasche. Er war froh, dass sie auf dem Bauch lag – so musste er nicht in ihr Gesicht sehen. Tatsächlich, in einer Tasche des Parkas fand er seinen eigenen Personalausweis, den sie ihm abgenommen hatte, als er in ihre Villa eingebrochen war. Er zog den Führerschein von Leif Marder aus der Gesäßtasche seiner Jeans, den Führerschein, den Mosche für ihn gefälscht hatte. Es war das gleiche Foto.

Er lief wieder zu Mendritzki hinüber, zog dessen Personalausweis und Führerschein aus dem Portemonnaie und schob stattdessen seinen, Veits, Ausweis hinein. Sein Telefon schob Veit in die Brusttasche von Mendritzkis Anorak. Das Telefon und die Papiere des Toten sowie den Führerschein auf den Namen Leif Marder steckte Veit in seine eigene Jackentasche. Jetzt packte er Mendritzki wieder bei den Schultern. Doch nicht zum Abgrund schleppte er ihn. Er zerrte den Leichnam des Mannes hinter das Lenkrad des Lastwagens. Es war schwer, ihn dort hinaufzubekommen.

Noch schwerer fiel es ihm, Eva auf den Beifahrersitz zu tragen – einerseits, weil er der Erschöpfung nahe war, andererseits, weil er ihr dabei nicht ins Gesicht sehen mochte. Es ließ sich nicht vermeiden. Als er sie im Sitz aufrichtete, sah sie ihn aus weit aufgerissenen, leeren Augen an. Ihre Nase war beim Sturz auf den Asphalt gebrochen, die linke Gesichtshälfte blutverschmiert. Rasch wandte er sich ab.

Er wollte Mendritzkis Hände auf das Lenkrad legen, doch bei jedem Versuch klappte der schlaffe Körper vornüber. Veit benötigte etliche Versuche, um die Sinnlosigkeit dieses Unternehmens zu begreifen. Er begoss Mendritzkis Leiche mit Diesel aus einem Kanister. In einer von Evas Jackentaschen hatte er ein Feuerzeug gefunden. Die Straße besaß ein Gefälle. Zwanzig Meter weiter gab es eine scharfe

Rechtskurve. Geradeaus ging es steil nach unten, mindestens fünfzig Meter tief in eine der zahlreichen kleinen Buchten.

Veit parkte Mendritzkis Opel am rechten Straßenrand. Dann lief er zum Lastwagen zurück. Das Führerhaus stank nach Diesel. Er griff über Mendritzkis Leiche hinweg zur Handbremse und löste sie. Der Wagen setzte sich in Bewegung. Veit schnippte das Feuerzeug an und hielt es an Mendritzkis dieselgetränkte Jacke. Sie fing sofort Feuer. Nach zehn Metern Fahrt war seine Angst zu groß. Er sprang ab. Der LKW hatte bereits gut Tempo aufgenommen. Bei der Landung verlor Veit das Gleichgewicht und legte einen schrägen Purzelbaum hin. Als er wieder auf die Beine kam, sah er den Laster aus der Kurve hinausfahren und in der Tiefe verschwinden.

Wenige Sekunden später hörte er die Explosion. Der gegenüberliegende Hang wurde von Feuerschein erhellt. Veit stürzte zu Mendritzkis Opel, zündete den Motor und raste davon. In der Rechtskurve sah er nicht den Abhang hinunter.

Zwanzig Minuten später passierte er eine Tankstelle. Er fuhr noch fünfhundert Meter weiter, dann parkte er den Wagen am Straßenrand. Im Kofferraum fand er eine Tasche mit halbwegs frischer Kleidung. Er entschied sich für ein weißes Hemd, ein schwarzes Cordsakko und eine dunkelgraue Hose. Die Sachen passten wie angegossen. Er steckte Leif Marders Führerschein, sein Portemonnaie und die sechzigtausend Euro in die Innentasche des Sakkos und zog seine eigene Jacke darüber. Mendritzkis Papiere und sein Telefon stopfte er zu den Resten eines Cheeseburgers in eine Papiertüte von McDonald's, die auf dem Beifahrersitz gelegen hatte. Er schloss den Kofferraum und ging, Mendritzkis Reisetasche und die Papiertüte schlenkernd, die Straße zurück.

Er wollte über das nachdenken, was er gerade getan hatte. Doch er konnte sich lediglich auf mögliche Folgen konzentrieren, nicht auf die Tat selbst. Würde die Verwechslung funktionieren? Die Beschreibung, die der Karlsruher Zeuge von Mendritzki gegeben hatte, passte auch auf Veit. Warum also sollte Urs Frühbrodts Beschreibung von Veit nicht auf die verkohlte Männerleiche im Lastwagen passen? Zumal Frühbrodt Veit und Eva darin hatte davonrasen sehen ...

Wieder sah er Evas Gesicht, die gebrochene, zur Seite geknickte Nase, das Blut, den leeren Blick. Sobald er nach Rechtfertigungen für sein Handeln suchte, schoben sich andere Gedanken davor. Immer wieder kam ihm sein Vater in den Sinn. Wie er Veit mit auf den Sprungturm genommen hatte. Anstatt Angst vor der Polizei zu verspüren, spürte Veit nun wieder die alte Furcht, die ihn damals auf dem schwankenden Gerüst überfallen hatte. »Atme!«, hörte er seinen Vater sagen. Und: »Bevor du springst, musst du stehen.« Dann war da Fredo. Zuerst stand er unten am Sprungturm, und dann, in der Gestalt Mosche Gurfinkels, sah Veit ihn am Grab von Mario Glassmann. Er legte einen Stein auf das Grabmal und murmelte ein hebräisches Gebet. Plötzlich stand ein kleines Mädchen neben Mosche Gurfinkel und griff nach seiner Hand. Es wandte sein Gesicht Veit zu. Und Veit erkannte das Mädchen auf den Fotos in Evas Büro, erkannte Eva …

An der Tankstelle stärkte er sich mit einem Kaffee. Die McDonald's-Tüte mit Mendritzkis Papieren und seinem Telefon stopfte er in einen Mülleimer am Straßenrand. Er musste nicht lange warten, bis ein alleinreisender Mann seinen Wagen volltankte. Veit fragte den Fremden auf Französisch, ob er ihn mitnehmen könne.

»Meine Freundin …«, sagte Veit, »… wir haben uns gestritten. Sie hat mich einfach am Straßenrand stehen lassen!«

Der Mann lachte. »Temperamentvoll, was?«

»Ein bisschen zu sehr!«

»Wohin wollen Sie?«

»Wohin fahren Sie?«, entgegnete Veit.

»Cannes.«

»Meine Richtung.«

Sie fuhren dieselbe Straße zurück. Nach fünf schweigsamen Minuten fragte der Franzose, ein Mittvierziger mit Wohlstandsbauch, nach Veits Namen.

»Leif«, sagte Veit.

»Was bedeutet das?«

»Es bedeutet *Sohn* oder *Erbe*.«

»Lust auf einen Abstecher nach Monte Carlo, Leif? Kennen Sie das Casino?«

Veit zögerte.

»Das hilft Ihnen über den Ärger mit Ihrer Freundin hinweg.«

Veit spürte die Sechzigtausend in der Innentasche seines Sakkos.

»Kommen Sie!«, sagte der Fremde. »Nur auf ein Spielchen …«

In der kommenden Welt muss ich nicht verantworten, dass ich nicht Mose gewesen bin. Ich muss verantworten, dass ich nicht Sussja gewesen bin. Noch einmal flog Mosche Gurfinkels Blick über die Worte Rabbi Sussjas. Diese chassidische Geschichte war ihm stets die liebste gewesen. Er schloss das Buch und strich mit den Fingerspitzen über den abgegriffenen Einband.

Lange hatte er damals überlegt, hinter welcher Maske er ein Leben im Ausland und dennoch in Veits und Angelas Nähe führen könnte.

Zufällig war ihm in einem Straßburger Antiquariat die Sammlung chassidischer Geschichten in die Hände gefallen. Er hatte gewusst, dass Straßburg neben Paris die zweitgrößte jüdische Gemeinde Frankreichs beheimatete. Eine Idee hatte in ihm zu reifen begonnen. Eine solche neue Identität würde ihm ein Leben nahe der deutschen Grenze ermöglichen. Und zugleich würde er sich freiwillig eine ungeheure Buße auferlegen: Fortan würde er den Angehörigen eines geknechteten und verfolgten Volkes spielen müssen. Er hatte nichts für Religion übrig. Jeden Tag seines neuen Lebens, jeden Gang in die Synagoge hatte er gehasst. Und bis heute bestätigte ihm jeder dieser verhassten Tage, dass er sich richtig entschieden hatte.

Er stellte das Buch zurück ins Regal und wandte sich seiner Staffelei zu. Die Malerei war ihm geblieben – und was sonst? Gut, nachher würde Joël von nebenan zu seiner wöchentlichen Unterrichtsstunde kommen. Noch hörte er ihn unten vor dem Haus mit seinen Freunden Fußball spielen. Heute wollte er Joël zum ersten Mal in der Kiste einschließen. Joël wusste das, hoffentlich hatte er sich vorbereitet. Vor Ablauf einer Stunde würde ihn Mosche nicht befreien. Zwar war Joël fasziniert von Mosches Entfesslungskünsten. Doch seine Faszination hatte bisher nicht annähernd denselben Ehrgeiz ausgelöst, den früher Veit besessen hatte.

Mosche tauchte die Pinselspitze in ein dunkles Blau. Es wirkte besonders warm, weil er es mit einem hohen Anteil Rot vermischt hatte. Er dachte an Veit. Wie er ihn zum ersten Mal gefesselt in die Kiste gesperrt hatte. Veit hatte keine zehn Minuten gebraucht, um sich zu befreien. Und das war noch im ersten Jahr seiner Ausbildung gewesen! Was für eine Begabung – und Mario wollte, dass er vom Turm in dieses verdammte Becken sprang! Der eitle Mario ...

Mosche setzte den Pinsel auf die Leinwand und malte den Straßburger Himmel ein wenig dunkler. Er arbeitete an einer Serie über Cagliostro, den berühmten Hochstapler, den Meister der Illusion. Auf dem in Arbeit befindlichen Gemälde stand Cagliostro vor dem Tor des Château Rohan und sah zu den Fenstern empor. Es war Nacht, Cagliostro war allein. Mosche hatte ihn von hinten gemalt, so dass man seinen Blick nicht erkennen konnte. Doch seine Haltung schien zu sagen: *Wenn ich nur will, komme ich dort hinein.*

Im Gegensatz dazu war er, der Entfesslungskünstler, stets überall hinausgekommen – zuletzt sogar aus seiner Identität. Was hatte es ihm gebracht? Carlos Schweigen hatte er sich dadurch erkauft, dass er ihm Angela überließ. Damals hatte Carlo beobachtet, wie Fredo Mario vor dem Auftritt mit Wodka abgefüllt hatte. Warum war Carlo nicht eingeschritten? Schließlich wusste er, dass Mario immer springen würde, auch wenn er noch so betrunken wäre. Hatte Carlo bereits damals, eine Stunde vor Marios tödlichem Sturz, viel weiter kalkuliert ... und seine Chancen bei Angela steigen sehen? Ja, am Ende hatte Fredos Tat nur Carlo genützt. Er hatte schließlich dadurch das Große Los gezogen: Nicht nur Angela bekam er, auch durfte er Veit wie seinen Sohn erziehen – Veit, dessen Ähnlichkeit mit Fredo auch Mario nicht mehr lange verborgen geblieben wäre.

Das war es, was Mosche während all der Jahre beinahe in den Wahnsinn getrieben hatte: die Vorstellung, Veit besäße nun schon den zweiten falschen Vater. Umso größer war seine Befriedigung gewesen, als er Veit bei Carlos Hochzeit mit der Braut überrascht hatte. Dieses süße Gefühl bösartiger Genugtuung ... Einmal mehr hatte es Mosche bewiesen, dass seine selbstauferlegte Buße keinen besseren Menschen aus ihm gemacht hatte.

Er betrachtete seine unfertige Cagliostro-Darstellung. Das Bild war mittelmäßig, weil Mosche in den vergangenen Nächten zu wenig geschlafen hatte. Doch Clément in der Rue Brûlé würde den üblichen Preis bezahlen. Clément sah keine Unterschiede in der Qualität von Mosches Bildern. Was der Galerist wohl von Mosches letztem Werk halten würde? Nur eine Nacht und einen Tag hatte er daran gemalt, und doch war es sein Meisterwerk geworden. Schade, dass er es niemandem zeigen konnte. Beinahe wünschte er sich, die Fälschung möge aufgedeckt werden. Vielleicht war die Farbe noch nicht richtig trocken gewesen, als er Veit das Bild überreicht hatte? Dann würde man seine Kunst würdigen und ihm als Meister der Kopisten die nötige Ehre erweisen müssen.

Mosche lachte still vor sich hin, lachte über seine Eitelkeit, die er auch im Alter nicht loswurde. Er legte den Pinsel auf den kleinen Tisch neben der Staffelei, lehnte sich im Stuhl zurück und betrachtete das Gemälde an der Wand, betrachtete die Frau mit ebenjener Gelassenheit, mit der sie selbst den Raps ansah.